Frozen Beats

BIS DEIN HERZ SCHMILZT

J.J. ADEN

J.J. ADEN

Frozen
BEATS

BIS DEIN HERZ
SCHMILZT

Bibliografische Information der Deutschen Nationalbibliothek: Die Deutsche Nationalbibliothek verzeichnet diese Publikation in der Deutschen Nationalbibliografie; detaillierte bibliografische Daten sind im Internet über dnb.dnb.de abrufbar.

Copyright © 2023 J. J. Aden

Herstellung und Verlag: BoD – Books on Demand, Norderstedt

ISBN: 9783758311239

Coverdesign:

Kreationswunder – Katie Weber

https://kreationswunder.de/

Lektorat/Korrektorat:

Lektorat Detailteufel – Susanna Schober

https://lektorat-detailteufel.jimdosite.com/

Grafiken: Canva

Playlist

Conor Maynard - Forget Me
Kevin McAllister, Iolite - Through the Dark
Leroy Sanchez - Out My Way
Madonna, Sickick, 070 Shake - Frozen
Andrew Lambrou - Break a Broken Heart
Clairity - Exorcism
Shawn Mendes, Justin Bieber – Monster
Able Heart - Body Language
EMELINE - cinderella´s death
Rihanna - Cry
Fight The fade - Monster
Chaitha, Kofi - There She Goes
Camila Cabello, Shawn Mendes - Senorita
Neoni - Darkside
Faouzia - Tears of Gold
Tommee Profitt, Nicole Serrano - Cry Me A River
Wyatt - In Another Life
Ellise - 911

Hinweis zum Buch

Bevor ihr mit der Geschichte anfangen könnt, habe ich einen Hinweis für euch!

Kennt ihr schon die anderen Teile der Serie, die über den ersten und zweiten Sänger der Boygroup? Wenn ja, dann viel Spaß beim Lesen. Für das volle Lesevergnügen und um die BEATS zu verstehen, empfehle ich die vorherigen Bücher (Burning Beats & Control Beats) zu lesen.

J.J. ADEN

Frozen
BEATS

BIS DEIN HERZ
SCHMILZT

Bibliografische Information der Deutschen Nationalbibliothek: Die Deutsche Nationalbibliothek verzeichnet diese Publikation in der Deutschen Nationalbibliografie; detaillierte bibliografische Daten sind im Internet über dnb.dnb.de abrufbar.

Herstellung und Verlag: BoD – Books on Demand, Norderstedt

ISBN: 9783758311239

Coverdesign:

  Kreationswunder – Katie Weber

  https://kreationswunder.de/

Lektorat/Korrektorat:

  Lektorat Detailteufel – Susanna Schober

  https://lektorat-detailteufel.jimdosite.com/

Grafiken: Canva

Widmung

Für alle, die Angst haben, weil sie innerlich zerbrochen sind. Ihr seid nicht allein und könnt euren Schmerz überwinden. Seid wunderschön mit euren Eigenarten und erstrahlt die Welt.

Vorwort

D u bist gelaufen und hast dich verausgabt, bis du nicht mehr konntest?

Tja, Pech gehabt, es hat nicht ausgereicht. Denn du bist wieder hier.

Herzlich willkommen zurück.

Jetzt müsste dir klar sein, dass meine Warnung nicht nur leere Drohungen, kein Versprechen, sondern eine Prophezeiung gewesen sind. Einmal meine Welt betreten, entkommt mir niemand mehr. Auch du nicht.

Meine Entscheidung ist gefallen: Du gehörst für immer mir. Damit bist du ein Gefangener der Leidenschaft, Emotionen und Hingabe.

Besitz, Begehren und Lust sind eine Gefahr, wenn du nicht aufpasst. Besonders gefährlich wird es, wenn du dich der Liebe, Zuneigung und tiefen Verbundenheit stellen musst.

Aber du bist dir dem Risiko bewusst und willst es dennoch, nicht wahr?

Dann lass uns mal schauen, ob du dich in mir oder in dir selbst getäuscht hast.

Sei bereit, herauszufinden, ob ich der Gute oder Böse bin.

ZIAM

Spezielle Triggerwarnung

Hierbei handelt es sich um einen wichtigen Hinweis für die unter euch, die unter einem Trigger zum Thema Vergewaltigung leiden. Alle weiteren Trigger findet ihr am Ende des Buches aufgelistet.

Denn ihr werdet im Prolog von Abella auf eine Rückblende ihrer traumatischen Vergewaltigung treffen.

Ihr seid bereit, euch dem Moment zu stellen, in dem eine Seele bricht? Dem dunklen Abgrund der Realität zu begegnen? Dann traut euch an den Prolog und lest hier **nicht** weiter, sondern blättert um. Viel Spaß beim Finale von Ziam und Abella.

Ihr lest hier weiter: kein Problem. Es ist in Ordnung, ein mulmiges oder kein gutes Gefühl dabei zu haben, in die emotionalen Momente einer Vergewaltigung einzutauchen. Deswegen erfahrt ihr jetzt kurz, was euch der Prolog vor Augen führen würde.

SPOILERWARNUNG

Grundsätzlich geht es darum, zu erfahren, wieso Abella geworden ist, wie sie ist. Im Prolog wird sie euch einen Einblick in ihren schrecklichsten Moment geben. Bis zu dem Zeitpunkt, in dem sie entscheidet, sich zu retten, indem sie alle ihre positiven Emotionen und ihre Persönlichkeit hinter einer dicken Eisschicht verschanzt. Geboren ist die Abella Bailey, die ihr in Frozen Beats – bis deine Seele gefriert, kennengelernt habt.

Jetzt wisst ihr nicht im Detail, was im Prolog passiert, aber euch fehlen auch keine Informationen, um mit Kapitel 1 zu starten. Also blättert jetzt um und traut euch, den Rest von Abellas und Ziams Entwicklung zu erleben. Viel Spaß dabei.

Prolog

ABELLA

Vor sechs Jahren

Klamme Kälte kriecht in meine Knochen und der kühle Schlamm klebt auf meiner Haut. Angst, Schmerz und Verzweiflung pulsieren in jeder Zelle meines Körpers. Dabei prasseln die Regentropfen auf mich nieder. Bis eben habe ich noch geschrien, um mich geschlagen und versucht, das Unvermeidliche abzuwenden. Jetzt ist mir klar, dass ich nichts mehr tun kann. Das alles ist nur passiert, weil ich dem falschen Menschen vertraut habe.

Wir sind hier allein. Nur ich, der kalte, nasse Boden, die alte Bibliothek der Universität, einige hundert Meter von uns entfernt. Und er. Auch wenn er eine Maske trägt, habe ich ihn erkannt. An seinen Augen, diesem penetranten Männerparfüm und der Kette, die direkt neben meinem Sichtfeld baumelt.

Sein schwerer Körper drückt sich auf mich. Geräuschvoll atmet er an meinem Kopf, sorgt jede weitere Sekunde dafür, dass mich Ekel und Panik erschüttern und mich komplett handlungsunfähig machen. Nicht, dass es was ändern würde, denn so wie er sich nun mit seinem Knie auf meinen unteren Rücken abstützt und mich bäuchlings fester auf die Erde drückt, weiß ich, dass ich keine Chance habe.

Meine Lippen öffnen sich zitternd, um erneut nach Hilfe zu rufen, aber kein Laut kommt heraus, so als hätte er mir meine Stimmbänder herausgeschnitten. Hat er nicht.

Eher ist es viel schlimmer, denn sobald er mich zu Boden gebracht hat und ich nach einiger Zeit die Kraft verloren habe, mich zu wehren, hat er mir seinen Gürtel zwischen die Lippen gepresst und ihn hinter meinem Kopf festgezogen. Jetzt bin ich geknebelt und ihm noch mehr ausgeliefert.

Der Mann, der sich mein Vertrauen erschlichen hat, bewegt sich hinter mir und versetzt mich weiter in eine Schockstarre. Ein Wimmern versucht sich aus meiner Kehle zu kämpfen, aber es entkommt nicht, sondern fördert den Druck in meinem Inneren noch mehr. Ich weiß genau, was er vorhat und das bestätigt er, indem er in dem Moment die Strumpfhose zerreißt und den Rock meiner Schuluniform hochschiebt.

Hektisch atmend schlage ich nach hinten, aber bekomme ihn nirgends zu fassen. Die Erkenntnis, dass ich gar nichts tun kann, erfasst mich in der Sekunde, in der er seine Hand unter meinen Slip drängt und einen Finger in mich zwängt.

Schockiert schnappe ich nach Luft, schlucke angestrengt und kämpfe gegen sein Knie an, mit dem er mich immer noch auf die nasse Rasenfläche drückt.

Wimmernd sehe ich zu Boden, schließe die Augen und lasse die Tränen ungehindert über meine Wangen laufen. In meinem Kopf herrscht eine verdammte Leere: meine Seele scheint mit jedem weiteren Regentropfen, der meine Haut trifft, aus mir heraus zu fließen.

Schmerz schießt über meine Kopfhaut. Mit einem festen Ruck greift er mir in die Haare, sorgt dafür, dass ich die Wange wieder auf den Boden lege und spüre kurz darauf seinen Atem an meinem Gesicht. »Leider weißt du genau, wer ich bin, deswegen kannst du nicht mehr gehen.«

Zu seinen Worten bewegt er seine Hand an meiner Mitte und treibt mir die Galle die Speiseröhre empor. Nein, bitte nicht ... nein ...

Doch die stillen Gebete werden nicht erhört.

In der nächsten Sekunde höre ich ein Rascheln, spüre, wie das Gewicht auf meinem Rücken nachlässt, aber meine Hände im Polizeigriff auf dem Rücken fixiert werden. Schmerz erfasst mich, als er meine Beine zu weit spreizt und mit einem gewaltvollen Griff dafür sorgt, dass ich so liegen bleibe, wie er mich braucht.

»Aber dich will ich schon die ganze Zeit.«

Es ist zu spät. Alles zu spät. In dieser Sekunde verliere ich.

Meine letzte Chance ist es, den Rest meiner Hoffnung und Seele in der hintersten Ecke zu verschließen und es über mich ergehen zu lassen. Überwältigt von der Erkenntnis, dass ich mich aufgeben muss, um überhaupt leben zu können, schließe ich erneut weinend die Augen.

KAPITEL 1
Abella

A ber dich will ich schon die ganze Zeit. Will dich. Die ganze Zeit. Für immer.

Schreiend schrecke ich aus dem Flashback hoch und schnappe überfordert nach Luft. Viel zu schnell schlägt mein Herz in der Brust. Hektisch ziehe ich den Sauerstoff in meine Lungen, während ungehindert Tränen über meine Wangen laufen. Vollkommen fertig versuche ich, die Umgebung wahrzunehmen, aber alles ist wie in Nebel gehüllt, als müsse mein Gehirn erst hinterherkommen. Ich spüre überall Schmerz.

»Süße. Es ist okay, hey.« Ist das eine weibliche Stimme? Woher kommt sie? Ich kenne sie, oder?

Zitternd wische ich mir die Tränen aus dem Gesicht, um erkennen zu können, wo ich bin, aber es kommen immer wieder neue nach. In meinem Kopf vermischen sich die Ereignisse.

Der kalte Regen, der eklige Geruch nach Parfum, die Augen des Mannes, der mich vergewaltigt hat. Es sind die

Erinnerungsfragmente der fatalen Nacht vor einigen Jahren. Hinzu mischt sich noch etwas anderes. Die warme Brise des Windes, das kühle Nass des Baches und der Mann, der den Abhang zu mir nach unten geeilt ist.

Bei dem Gedanken erfasst mich erneut die Panik und holt mich zurück in die Realität.

Rasch scanne ich den Raum. Ich erkenne die schwarzen Laken, den weißen Boden und den wunderschönen Ausblick, der so trügerisch für meine Situation ist. *Ziams Schlafzimmer.*

Moment.

Wie bin ich hierhergekommen?

Was ist passiert, nachdem ich ohnmächtig geworden bin?

Wo ist Ziam?

Ein lauter Schluchzer entkommt mir und überwältigt schlage ich die Hände vors Gesicht. Sofort zieht ein Schmerz über meine Handflächen und ich erblicke die blutverkrustete Haut.

»Nein, ich ...« Wimmernd strampele ich und kämpfe mich unter der Decke hervor, aber bevor ich die Beine vom Bett schwingen kann, taucht ein Schatten vor mir auf.

Erschrocken zucke ich zurück, stoße einen überraschten Laut aus, bevor ich blinzelnd zu der Frau sehe, die sich mit erhobenen Händen neben mich auf die Bettkante setzt.

O mein Gott, ich halluziniere, anders kann es nicht sein.

»Abella. Ich bin es. Bitte beruhig dich.« Mit einem sanften Lächeln sieht sie mich an, dennoch kann ich in ihrem Blick die Sorge sehen.

»Ruby«, wispere ich. Ist sie es wahrhaftig? Sie kann nicht so schnell hier sein, oder wie lange war ich bewusstlos?

Hoffnung erfüllt mich, mit jedem Zentimeter, den sich ihre Hand auf mich zubewegt, aber mein Gehirn arbeitet dagegen, fordert mich auf, nicht erneut naiv zu sein. Mein Körper beginnt zu zittern. Alles in mir schreit mich an, zu verschwinden und die nächste Welle Angst begräbt mich unter sich.

Wie dumm bin ich? Wie konnte ich glauben, dass ich dieses Mal gerettet werde? Als ob Ziam mich hier liegen lassen würde. Ich bin mit Sicherheit angekettet und mein Gehirn baut mir diese schöne Szenerie, um mich zu schützen. Ich habe mir einen Safe Place in meinen Gedanken erschaffen. Ist das so?

O, Gott, ich werde verrückt. Ich bin so verdammt verwirrt.

Plötzlich spüre ich einen kleinen Funken, der in mir glimmt. Mein Selbstvertrauen, der Drang, sich verändern zu wollen und der Lebenswille. Meine innere Stimme erwacht zum Leben und schreit mich an: *Sei nicht so dumm. Du wolltest nicht wieder das Opfer sein, sondern kämpfen. ALSO. TUE. ES. VERDAMMT. NOCH MAL!*

Hektisch sehe ich an der Erscheinung von Ruby vorbei zur Ecke, in der vorhin der Karton stand, aber dort ist nichts mehr. Obwohl meine Muskulatur schmerzt, sehe ich ruckartig wieder zu meiner Freundin.

»Abella, Süße. Bitte mach langsam.«

Sie ist nicht echt, das bilde ich mir ein, so wie das letzte Mal. Es ist normal, sich in Schockmomenten seine liebsten Menschen zu wünschen. Deshalb höre ich gar nicht darauf, was die Frauenstimme sagt, sondern springe aus dem Bett und stürme in die Mitte des Zimmers, um mich umzusehen. Ich muss einen Weg finden, zu entkommen.

Meine Füße schmerzen, erst da erkenne ich, dass sie blutig sind, genau wie meine Beine. Überall sind Schnitte, Wunden und kleinere Schrammen. Mein Körper brennt, aber nicht nur er, nein, auch meine Seele und mein verdammtes Herz. Wenn ich so aussehe, dann kann ich noch nicht lange hier sein. Es ist meine Chance, erneut zu flüchten, aber als ich losstürmen will, fällt mir etwas auf.

Langsam gehe ich auf den kleinen Tisch vor der Fensterfront zu, auf dem der Karton steht – den ich eben gesucht habe. Der Inhalt ist überall ausgebreitet, außerdem liegt dort ein Notizbuch. *Ziams Notizbuch.* Es ist aufgeklappt und wie hypnotisiert starre ich auf die Seite, die eine große Dreißig ziert.

»Lass uns erst deine Wunden versorgen.« Erneut höre ich die Stimme, aber ich bin zu überwältigt von dem, was ich sehe.

Neben der Zahl ist zudem ein großes Fragezeichen vermerkt, unter dem ein Satz steht.

Die Frau, die meinen verdammten Wichser von Vater aufgehalten hat. Wer bist du?

Ein Schmerz schießt durch meine Brust. Fest drücke ich eine Hand gegen mein wild schlagendes Herz, das mir hart gegen die Rippen schlägt.

Kalter Schweiß bildet sich überall auf meinem Körper, während ich auf dem Tisch nach dem Bilderrahmen suche. Er lehnt an dem Karton. Das Glas zieren nun weitere

Risse, und der Rahmen ist überdeckt mit Blutflecken, die letztes Mal noch nicht da waren. *Von wem ist das Blut?*

Rasch begutachte ich meinen Körper und merke erst da, dass ich immer noch *seine* Sweatjacke trage. Bei der Erkenntnis bricht der Schutzpanzer meiner Gefühle erneut. In meinem Kopf wechseln sich die Bilder meiner schlimmsten und schönsten Stunden ab. Mittelpunkt all dieser Erinnerungen ist der Mann, der mir mein Herz gestohlen, für sich beansprucht und danach zu Eissplittern zerschlagen hat. Warum nur Ziam? Warum nur konntest du mich nicht richtig lieben? Warum bist du mein Feind?

Weinend breche ich unter der Last der schmerzenden Liebe und Unzufriedenheit zusammen, falle mit den Knien auf den Boden und reiße dabei den Reißverschluss auf, um mich von der Jacke zu befreien. Es fühlt sich an, als würde mich der Stoff damit aufziehen, wem ich vertraut und dann verloren habe. Schwer atmend schleudere ich sie von mir und kauere mich nackt auf den Boden.

»Es soll aufhören. Ich will nicht mehr.« Meine Stimme ist nasal, weil ich erneut weine, bitterlich und unkontrolliert. So viel dazu, dass ich kämpfen will, eine bessere Version von mir bin. Es war abermals nur ein Trugbild, ein erbärmlicher Versuch, ohne Erfolg.

Du bist ein Feigling, Abella Bailey, schreit meine innere Stimme.

Parallel spüre ich, wie jemand über meine Arme streicht, höre diese weibliche Stimme, aber kann sie nicht richtig verstehen. Denn neben einem bitterlichen Weinen kämpft in mir meine ängstliche Seite gegen meine innere Stimme.

Reiß dich zusammen. Es ist an der Zeit, dass du auch allein für dich kämpfst.

Mit jedem Aufflackern des Mutes, den meine innere Stimme entfacht, schlägt die Angst ihn in der nächsten Sekunde nieder. Ich treibe im offenen Eismeer, pralle immer wieder gegen die Schollen aus Schmerz, Verlust, Leid und purer Panik.

»Abella«, höre ich eine weibliche Stimme. Fester spüre ich die Hände, die an mir rütteln. Nach einiger Zeit immer unnachgiebiger, bis der Griff an meinen Armen schmerzt.

Blinzelnd starre ich in ein wunderschön geschminktes Gesicht. Doch kann es nicht fokussieren, verliere mich wieder und wieder in meinem Chaos an Emotionen. Beim nächsten Atemzug treibe ich wieder im kalten, eisigen Meer meines Untergangs. Die Eisscholle prallt gegen mich, schneidet in meine Haut und hinterlässt eine weitere Narbe auf meiner Seele.

»Verdammt. ABELLLA!« Jetzt brüllt nicht nur meine innere, sondern auch die Frauenstimme vor mir.

Erneut verschwimmt das Eismeer vor meinen Augen, entlässt mich zurück in die Realität. Mit rasselndem Atem presse ich die Lider zusammen, blinzele und erkenne langsam die Umgebung.

Rubys Gesicht wird umrahmt von erdbeerroten Strähnen und blaue, mit Tränen verschleierte Augen blicken mir entgegen.

»Das ist ein Traum. Ein fucking Traum. Ich drehe durch«, wimmere ich hysterisch und greife mir in die Haare. Schmerz schießt über meine Schädeldecke, weil ich so fest daran ziehe.

»Sieh mich endlich richtig an, bitte.« Erneut die Stimme meiner besten Freundin. *Ruby.* Ich kann das Leid darin spüren und erkennen, wie sehr sie mit mir fühlt. Das will ich nicht.

Mit letzter Kraft kämpfe ich dagegen an, wieder im kalten Meer abzutauchen, kralle mich an der Realität fest, an dem Schmerz. Ich muss da durch, es aushalten und stärker sein als das.

Für mich, für Ruby, für meine verdammte Zukunft.

»Ruby«, rufe ich laut und stürze mich in dem Augenblick vor. Ohne wirklich darüber nachzudenken, was ich tue, pralle ich gegen sie. Sofort schließen sich ihre Arme um mich, drücken mich so fest, dass ich alle Wunden spüren kann.

Aber genau das hält mich im Hier und Jetzt.

Das ist die verdammt ungeschönte, aber wahrhaftige Realität.

Ihre Hände streichen über meinen nackten Rücken, ihre Wärme geht auf meinen Körper über und hüllt mich ein.

»Du bist es wirklich.« Tränen laufen mir über die Wangen, als mir ihr Geruch nach Orange und Blüten in die Nase steigt. »O mein Gott. Ich ...«

Erneut erfasst mein Körper ein Zittern, das ich nicht kontrollieren kann. Sofort drückt Ruby mich noch fester an sich, bis nichts mehr zwischen uns passt. So knien wir gemeinsam auf dem Boden, halten uns in den Armen.

»Ich bin es. Ich bin hier und es wird wieder gut. Es ist nicht, wie du denkst. Glaub mir.« Bei ihren Worten erstarrt alles an mir. Ich habe sogar das Gefühl, dass mein Blut zu Eis erfriert.

»Nein. Nein. Nein. Wir m-müssen verschwinden.«

Ich verhaspele mich beim schnellen Reden. Entsetzt will ich mich aus ihrer Umarmung lösen, aber sie lässt mich nicht. »Lass mich los. Wir müssen los. Er ist gefährlich.«

»Abella. Beruhige dich. Du vertraust mir doch, oder?« Ruby versucht, mich zu besänftigten, küsst sachte meinen Kopf und flüstert weitere beruhigende Worte. Wie kann sie das denken?

»Aber -« Ruckartig packt meine Freundin mein Gesicht und zwingt mich, sie anzusehen.

»Jetzt hörst du mir mal zu.« Noch näher zieht sie mich zu sich, bis ich die einzelne Träne über ihre Wange laufen sehen kann. »Ich. Bin. Hier. Für. Dich. Verstehst du das?«

Mein Herz rast und meine Gedanken kreisen. Obwohl ich nicht realisiere, was passiert, nicke ich dennoch. Denn sie ist wohl der einzige Mensch, der gerade weiß, was ich brauche.

Außer Ziam, wirft meine innere Stimme ein. Bei diesem absolut vernichtenden Kommentar erschaudere ich am ganzen Körper, was Ruby ihre Stirn gegen meine lehnen lässt.

»Atme mit mir. Ein«, flüstert sie und tut, wie sie es mir aufgetragen hat. Sofort folge ich ihrem Beispiel. »Aus.« Gemeinsam führen wir diese Atemübung durch. Immer wieder atmen wir zusammen, bis sich mein Puls beruhigt.

»Genau so! Jetzt musst du mir zuhören.« Sanft wischt sie die Tränen, die über meine Wange laufen weg und wartet auf meine Reaktion. Außer ein Nicken bekomme ich nichts zustande, was sie nicht zu stören scheint.

Seitdem Ruby es mit ihrer Atemübung geschafft hat, mich etwas herunterzubringen, bin ich wie leergesaugt.

»Ziam hat mich angerufen ...« Nur bei seinem Namen zucke ich zusammen, aber sofort ergreift meine Freundin meine Hände. »... Er hat mir alles erklärt oder zumindest, was er vermutet, was mit dir passiert ist. Bist du geflüchtet?«

Verwirrt runzele ich bei ihrer Aussage und Frage die Stirn. Ich spüre, wie sich die Angst ihren Weg bahnt. Deswegen atme ich erneut einige Male langsam ein und aus.

»Ja.« Es ist mehr ein Hauchen als ein Wort, aber Ruby scheint mich dennoch zu verstehen.

»Ich weiß, es ist schwierig und du bist überfordert. Wir lösen alles auf. Bitte glaube mir: Du schaffst das. Aber alles, was dir offenbart wird, ist erschreckend. Und das muss was heißen, wenn ich das so sehe. Du musst mir vertrauen, okay?« Beschwörend sieht sie mich an und die Ruhe, Entschlossenheit und tiefe Liebe, die von ihr ausgeht, legt sich wie eine Decke um mich.

»Ich vertraue dir.« Fest umklammere ich ihre Hand und verschränke unsere Finger miteinander. »Angst habe ich trotzdem. Besonders vor ...«

Schnell wende ich den Kopf ab, als ich sehe, wie Ruby mich mitleidig ansieht. Ich könnte schwören, sie noch nuscheln zu hören: bald nicht mehr, versprochen.

Doch sie erhebt sich, geht zum Stuhl, nimmt etwas davon und kommt auf mich zu. Wackelig erhebe ich mich, steige in den Slip und den Pullover, den sie mir reicht.

»Bevor wir etwas machen, müssen wir deine Wunden versorgen. Die Männer haben absichtlich gewartet, weil

sie dir keinen weiteren Grund zur Sorge geben wollten.«
Während sie redet, führt sie mich zu dem Stuhl vor der
Fensterfront, setzt mich darauf und schiebt die weiten
Ärmel hoch. Nun entdecke ich auch dort weitere
Schrammen und Blutspuren. *Welche Männer?*

In der nächsten Sekunde wendet sie sich zur Tür und
ruft nach Cam.

Wie bitte? Der Bodyguard ist hier?

Sofort geht die Tür auf und der Angesprochene kommt
mit einer Sanitätstasche langsam auf uns zu. Mit einem
beruhigenden Blick geht Ruby neben mir in die Knie und
streicht sanft eine Strähne hinter mein Ohr. »Alles wird
gut.«

Wie lange war ich weg und was ist bitte in der
Zwischenzeit passiert?

KAPITEL 2

»Fuck. Fuck. Fuck.« Mit jedem weiteren *Fuck,* das mir über die Lippen kommt, prallen meine Knöchel gegen den Boxsack. Ich brülle all die angestaute Energie heraus.

Schweiß rinnt mir über den Körper, tropft aus meinen Haaren über mein Gesicht in die Augen. Doch es stoppt meinen Trieb nicht, mir die Fingerknöchel an dem Stoff blutig zu schlagen. Das Pochen in meiner Stirn nimmt zwar nicht ab, aber dafür hält der biestige Dämon in meinem Kopf die Fresse. Was höchstwahrscheinlich daran liegt, dass selbst ihm das Ausmaß an Scheiße, die hier passiert, niemals eingefallen wäre. Dass ich krank bin, war mir klar, aber das übertrifft alles.

»Du solltest langsam ruhiger werden oder du bringst dich um. Sollte das allerdings das Ziel sein, könnte ich dir eine einfachere Methode anbieten.« Bei Kiyans sarkastischen Einwurf stoppe ich in der Bewegung und reiße den Kopf zur Seite.

Wütend starre ich den Bodyguard an, der in seinem schwarzen Outfit, der Knarre an der Hüfte und mit verschränkten Armen in einer Ecke des Boxrings lehnt. *Wie so ein fucking Bad Boy aus einem Model Magazin.*

Mit einem verschwörerischen Grinsen lässt er eine Hand zu seiner Waffe gleiten und legt den Kopf schräg. »Soll ich sie ablegen und wir prügeln uns so lange, bis einer bewusstlos ist oder kommst du endlich darauf klar, dass du dich unter Kontrolle bringen musst?« Provozierend krempelt er die Ärmel seines Hoodies hoch.

»Halt die Fresse, Rush. Das weiß ich selbst«, knurre ich und will gerade zum nächsten Schlag ausholen, als seine Stimme erneut erklingt.

»Ist das so.« Er treibt es eindeutig zu weit und das Schlimmste ist, dass er es genau weiß.

»Sei still«, presse ich zwischen zusammengebissenen Zähnen hervor.

»Na ja, ich meine nur. Kriegst du dich nicht ein, wirst du sie für immer verlieren.« *Das reicht.*

Brüllend stürme ich auf den Bodyguard zu, der nur dunkel lacht und in einer schnellen Handbewegung seine Waffe zieht. Überrascht reiße ich die Augen auf, weil ich mit allem gerechnet habe, aber nicht damit. Noch überrumpelter bin ich, dass er nicht einmal mit der Wimper zuckt, als ich erst in dem Moment stehenbleibe, in dem sich die Mündung an meine Brust drückt.

»SIE. GEHÖRT. MIR.« Es braucht gar nicht meine innere Stimme, das kranke Biest oder irgendetwas anderes in mir, um mir dessen bewusst zu werden. Ich bin wütend genug. Alles ist schiefgelaufen, aber wenn ich eins weiß, dann, dass ich zu hundert Prozent nur *sie* will.

»Willst du ihr das gleich so sagen? Dann können Cam und ich sie sofort mitnehmen und du siehst sie nie wieder.« Ein weiteres Knurren kämpft sich meine Brust empor, aber er lässt sich davon nicht beirren. »Du bist ein besitzergreifender Wichser, hast krankhafte Züge. Ja, die Frauen stehen drauf. Aber nicht jetzt. Es ist an der Zeit, dass du endlich diesen Eispanzer ablegst, den du um dieses Organ geschaffen hast.« Zu seinen Worten schiebt er seine Waffe ein Stück weiter, sodass die Mündung direkt über meinem Herz schwebt.

Dass diese Situation alles andere als richtig oder moralisch ist, steht außer Frage. Dieser Mann vor mir ist wie ein Bruder für mich, außerdem mein Bodyguard und hält mir eine beschissene Knarre an die Brust. Aber es verdeutlicht und zeigt, wie nah wir uns stehen. Wir vertrauen uns blind und wenn ich jemandem mein Leben anvertraue, dann verdammt noch mal Kiyan Rush. Selbst wenn er der Mensch wäre, der es mir nimmt.

Nur darum geht es nicht. Es ist eine Lektion, die er mir erteilt, um dafür zu sorgen, dass ich nicht werde wie er. Abgestumpft von Gefühlen, verloren im Meer aus Abgeschiedenheit und Sturheit.

Schwer atmend stehe ich da, hebe eine Augenbraue, weil er genauso verzweifelt ist wie ich und offenbar ist er noch nicht fertig. Denn ehe ich mir meiner Entscheidung klar werden kann, redet er schon weiter. »Herrgott, Ziam. Ehrlich, ich habe auf diesen Gefühlsquatsch am wenigsten Bock. Ich bin sicherlich auch nicht der Richtige dafür, aber du ... seitdem sie da ist. Sie tut etwas mit dir und halt mich für ein Weichei, aber ich glaube daran, dass das etwas bedeutet. Also, Moreno, bist du bereit für diese Frau die Hosen runterzulassen?«

Schnaubend starre ich ihn an. Außer dass er mit der Zunge schnalzt, weil ich ihm nicht sofort antworte, tut er nichts. Keine Ahnung, wie lange wir uns in die Augen sehen, ohne dass einer sich rührt oder ein Wort sagt.

Kiyan fordert hier meinen Zusammenbruch, treibt mich an den Rand der Beherrschung, damit ich jetzt hier bei ihm die Kontrolle verliere. Nicht erneut vor Abella, denn dann habe ich alles verloren, was jemals mein Ziel war. Nämlich sie.

Nun stellt sich die Frage: Schaffe ich es, die Wut zurückzudrängen und trotz des Hasses und der Rachegelüste endlich eine Möglichkeit zu finden, um Abellas Licht als meine Rettung zu sehen?

KAPITEL 3
Abella

Nachdem Cam meine Wunden an den Füßen, Armen und Beinen sowie den Cut an meiner Stirn versorgt hat, habe ich mir eine Leggings angezogen, die ebenfalls auf dem Stuhl lag.

Gemeinsam mit Ruby und dem Bodyguard gehe ich langsam die Wendeltreppe nach unten und kann nicht verhindern, dass ich wie ein kleines, ängstliches Mädchen nach der Hand meiner Freundin greife. Doch sie sagt nichts, sondern geht nur weiter und drückt aufmunternd meine Finger.

Sobald wir im Wohnbereich sind, beschleunigt sich mein Puls automatisch. Verängstigt sehe ich mich nach allen Seiten um, kann aber nichts erkennen und atme erleichtert aus.

Du meinst wohl ihn. Leider hat meine innere Stimme recht, denn eins ist klar: Wir verschwinden nicht. Das wird mir bewusst, als Ruby die Terrasse und nicht die Haustür ansteuert. Sofort zerre ich sie zurück, weil ich nicht weiß, was jetzt passiert. Überforderung überkommt mich. Immerhin würden Cam und Ruby wohl nicht so entspannt herumlaufen, wenn Ziam so gefährlich ist, wie ich denke, oder? Aber er hat mich manipuliert, vielleicht hat er das auch mit den beiden gemacht? Es sind zu viele wirre Vermutungen, da bleibt mir nur endlich die Wahrheit zu erfahren.

»Vertrau mir.« Mit diesen zwei simplen Worten zieht sie mich mit einem schmalen Lächeln weiter zur geöffneten Terrassentür. Das tue ich, aber ich vertraue ihm nicht und was noch viel schlimmer ist, mir sowieso gar nicht. Denn immer wieder hallt nur eine Sache durch meinen Geist. *Wieso?*

Rasch schüttele ich den Kopf, weil all die dummen Überlegungen darüber, was hier los ist, mir gar nichts bringen, außer dass ich wahnsinnig werde. Nicht, dass ich das nicht schon bin. Es ist alles zu viel für mich. Nur leider ist mir klar, dass mir der schwerste Teil noch bevorsteht. Denn Ruby bringt mich sicherlich nicht nach draußen, um mit mir einen entspannten Tag zu verbringen.

Mit einem mulmigen Gefühl lasse ich mich auf den Stuhl an der Spitze des Tisches fallen, nervös blicke ich zum Wald, durch den ich gestern noch gerannt bin. Ja, verdammt noch mal, gestern. Die ganze Nacht war ich ausgeknockt, kann mich nur noch an Bruchstücke erinnern, nachdem Ziam mich am Bach eingeholt hat.

Jetzt ist es früher Vormittag und die Sonne wandert langsam hoch zu den Baumkronen. Laut stoße ich die Luft aus, sauge die Ruhe des Waldes in mich ein, die aus dem Zwitschern der Vögel und dem Rascheln der Bäume besteht. Es ist wunderschön, beruhigend und die beste

Medizin für die verpesteten Emotionen, die durch meine Adern fließen.

Plötzlich durchschneiden Schritte die angenehme Stille. Reflexartig drehe ich den Kopf in Richtung der Geräusche und erstarre zu Eis. Wie festgefroren kralle ich die Finger in die Armlehnen und blende alles andere aus. Angefangen bei Ruby, die rechts neben mir sitzt, bis hin zu all den schönen Dingen um mich herum.

Denn alles ist ausgerichtet auf ihn. Den Menschen, der mich verändert hat und der in diesem Moment so viele unterschiedliche Gefühle in mir auslöst, dass mir Schweiß auf die Stirn tritt. Alles, was eben noch tief in mir versteckt war und gebrodelt hat, kommt in dieser Sekunde an die Oberfläche. Das Gift, in meinen Adern pulsiert und besteht aus Angst, Panik und Zweifeln. Es vermischt sich mit dem Zauber der Liebe, der Zuneigung und Sehnsucht, die ich für den Mann empfinde.

Tränen brennen in meinen Augen, treten über und laufen mir ungehindert über die Wangen. Hektisch schnappe ich nach Luft, als ich bemerke, dass ich vergessen habe zu atmen. So sehr bin ich gefangen von dem Anblick, den *er* mir bietet.

Zwar spüre ich, dass Ruby meine verkrampfte Hand löst und sanft darüber streicht, aber ich kann mich nur auf ihn konzentrieren. Am Ende des Tisches, mir direkt gegenüber, sitzt er nun ... Ziam Moreno. Wer ist er? Mein Feind? Mein Verbündeter?

»Das ist mit Sicherheit nicht einfach und fühlt sich an wie eine Austreibung, Intervention oder nennt es, wie ihr wollt, egal. Aber ihr müsst *das* jetzt klären.« Kiyans Worte verstehe ich, aber mehr als einen kurzen Seitenblick ist er mir nicht wert. Denn auch wenn ich es sicherlich nicht sollte, bin ich von Ziam hypnotisiert.

Mit den Ellenbogen auf dem Tisch vor sich abgestützt, hat er die Hände in seinen Haaren vergraben und rauft sie sich, während er mich nicht eines Blickes würdigt. Das sollte nicht wehtun, dennoch tut es das.

»Abella.« Bei Kiyans direkter Ansprache schaffe ich es, mich von Ziam loszureißen und ihn anzusehen. Er sitzt neben Ziam, lehnt sich auf seinem Stuhl zurück und schiebt seine Hände in seinen Hoodie. »Du darfst jetzt alles fragen, sagen und tun, was du willst. Egal, was.«

Überfordert blinzle ich, kann nicht glauben, was er da gerade gesagt hat. Was passiert hier nur?

Da kann mein Unterbewusstsein mir einreden, was es will, aber wenn ich die Bilder, Ziams Taten und alles richtig gedeutet hätte, dann würden wir jetzt wohl nicht hier sitzen, oder? Meine Vermutungen waren falsch, anders kann es nicht sein, richtig?

O Gott. Meine Gedanken sind schon wieder völlig durcheinander.

»Es ist auch okay, wenn du gehen willst, Süße. Aber Kiyan und ich dachten, dass es ...« Ruby verstummt, weil ich mich etwas zu hektisch auf dem Stuhl zu ihr drehe und unsere Hände verschränkt auf den Tisch packe.

»Geh nur nicht weg, okay?«, wispere ich so leise, dass nur sie mich hören kann.

»Niemals.« Meine Freundin sieht mich so stark und beschützend an, dass ich mir wieder einmal klar werde, dass ich nicht allein bin. Außerdem ist es okay, die Kraft anderer zu nutzen, wenn man gerade nicht selbst genügend besitzt.

Tief hole ich Luft, sehe wieder geradeaus. Kiyans Gesichtsausdruck ist abwartend, während Ziam verloren auf die gläserne Platte schaut, in der sich sein Gesicht spiegelt. Seine Hände sind blutverschmiert, seine Arme überziehen Unmengen Kratzer, aber anders als meine, sind sie nicht versorgt.

»Wieso bist du verletzt? Wer war das?« Wieso ist das die erste Frage, die mir einfällt? Tausend andere sind viel wichtiger, entscheidender für alles, was als Nächstes passieren soll. Aber wenn ich ehrlich bin, habe ich nicht nachgedacht, sondern direkt gesprochen.

Bei meiner Frage reißt Ziam den Kopf hoch, starrt mich überrascht an und öffnet einen Spalt den Mund. Nun kann ich endlich auch sein Gesicht erkennen. Unter seinen Augen liegen dunkle Ringe und an seiner Lippe ist ein blutender Cut. Was ist nur in den vergangenen Stunden passiert? Oder haben Kiyan und er sich geprügelt?

»Das tut nichts zur Sache.« Ein Schauer rieselt mir über die Wirbelsäule, als seine Stimme über die Terrasse zu mir getragen wird. Sofort treten erneut Tränen in meine Augen.

Auf Ziams Antwort fällt mir nichts ein, außer den Mund zu öffnen, ohne einen Ton herauszubringen. Wieso ist er so harsch? Habe ich mich doch in ihm getäuscht?

Mein Gott, wieso kann ich meinen eigenen Gefühlen nicht vertrauen?

Kiyans angepisstes Knurren schneidet durch die Stille, was dafür sorgt, dass meine Gedanken verstummen und Ziam laut Luft holt. Außerdem stellt er die unruhigen Bewegungen seiner Hände ein, um sie auf den Tisch zu legen.

»Du hast wie eine Kriegerin um dein Leben gekämpft. Du warst das«, offenbart Ziam und versetzt mir damit einen nächsten Schreck. Wie bitte?

Erneut schwirren Bilder durch meinen Kopf, wie ich im Bett um mich schlage, wie der Geruch nach Blut in meine Nase steigt und ich immer wieder schreie. Dann habe ich das nicht geträumt, sondern das war real?

»Aber es ist in Ordnung, wirklich. Kiyan hat recht. Bitte, frag mich, was du willst, Mi Belleza.« Bei seinem Kosenamen für mich, der mich wieder mit Wärme umhüllt, beiße ich mir auf die Innenseite der Wange, um nicht laut zu schluchzen.

»Wieso?«, bringe ich zitternd und mit dünner Stimme hervor. Ich bin mir selbst nicht sicher, ob er mich versteht. Bei seinem Gesichtsausdruck würde ich nein sagen.

»Wieso was? Wieso du mir so viel bedeutest? Wieso alles so kommen musste?« Ziam wird mit jeder Frage immer lauter. »Wieso ich krank bin? Wieso ich bin, wer ich bin?«, brüllt er und springt bei seinen Worten auf. »Wieso ...«

Sofort steht Kiyan ebenfalls auf und legt Ziam eine Hand auf die Schulter, flüstert ihm leise etwas zu, was ihn verstummen lässt.

»Tut mir leid«, schiebt Ziam in der nächsten Sekunde deutlich ruhiger nach und setzt sich wieder auf seinen Stuhl. »Die Situation überfordert mich. Du ... verdammt, Abella. Ich würde dir nie etwas tun.«

Erschrocken schnappe ich nach Luft, blicke in Ziams Augen, die mich förmlich an ihn binden. In ihnen schimmert dieser Glanz, der mich ab dem ersten Tag süchtig gemacht hat. Außerdem glitzern Tränen darin, das kann ich von hier deutlich sehen, und das überwältigt mich. Er offenbart mir klar, wie fertig er ist. Mir springen all die Emotionen entgegen, die ich die ganze Zeit bei ihm entdecken wollte. Es ist dieses Mal nicht die Dunkelheit, seine Angst, wahnhaft zu sein, die ihn in den Klauen hält, nein, das ist wahrhaft der Mann, in den ich mich verliebt habe. Mit all seinen Facetten, Macken und angestauten Empfindungen.

»Bitte, lass mich alles erklären oder sag mir, was ich tun kann, damit du mir vertraust«, flüstert er.

Es fühlt sich an, als würde die Zeit stillstehen. Keiner sagt etwas, nicht einmal die Vögel geben einen Ton von sich, während wir beide uns anstarren, wie vor dem finalen Spielzug. Nur geht es hierbei nicht um ein verdammtes Spiel, sondern um mein Leben und ich bin es satt, dass ohne mein Zutun gehandelt wird.

Genau, Bailey. Du wolltest eine Kämpferin sein. Du willst diesen Mann, dann hol ihn dir. Du willst endlich mit der Vergangenheit abschließen, dann bezwinge den Wichser, der dir das angetan hat, endlich. Du willst eine Überlebende sein, dann sei eine.

Die motivierenden Worte meiner inneren Stimme fegen wie ein Sturm durch meinen Körper, elektrisieren mich und sorgen dafür, dass der Eispanzer, der als Schutzmauer dient, zerspringt.

»Wieso hast du dich für mich interessiert? War das für dich alles nur Mittel zum Zweck?« Ich könnte mich verteufeln, dass ich gerade einmal diese zwei Fragen herausbekomme, bevor mir die Tränen wieder in Sturzbächen über die Wangen laufen. Schniefend richte ich mich auf und greife fester nach Rubys Hand.

»Warum hast du mir nie erzählt, wer dein Vater ist? Warum warst du nicht ehrlich? Hast du nur mit mir geschlafen, weil du dir mein Vertrauen erschleichen wolltest?« Die letzte Frage ist eher ein hysterisches Schreien. In einem normalen Zustand wäre mir das vor unseren Freunden wohl peinlich, aber nichts hier ist normal. Das alles hier ist scheiße, aber ich bin es so verdammt leid, mich herumschubsen zu lassen von meiner eigenen Angst.

Ich konzentriere mich nur darauf, endlich die ängstliche Blockade in mir niederzureißen. Ruby ist mein Anker, der Mut, den ich gerade so nötig habe, um meinen eigenen im Meer aus schlechten Entscheidungen zu finden.

Immer tiefer versinke ich in Ziams mehrfarbigen Iriden und kann ihm förmlich ansehen, wie seine traurige Miene dunkler wird und er beginnt, gegen seine Zerrissenheit, seine widersprüchlichen Verhaltensweisen anzukämpfen.

»Ist okay, schrei ruhig oder schmeiß etwas nach mir.« Und ja, ich meine das genau so. Keine Ahnung, ob meine Entscheidung von gestern Abend richtig war, aber ich muss nach vorn blicken. Wenn es eskalieren sollte, dann ist es wohl Schicksal.

Trotzdem zucke ich zusammen, als Ziams Faust auf die Tischplatte trifft.

»Fuck«, knurrt er, wischt sich übers Gesicht und atmet laut mehrmals ein und aus.

»Abella, bitte. *Du* bist alles für mich.« Seine Stimme ist so leise, dass der Wind sie förmlich davonträgt.

Moment. Wie bitte? Ich bin alles für ihn.

Doch bevor ich nachfragen kann, steht er auf und kommt um den Tisch herum auf mich zu.

»Glaub mir. Alles, was ich getan, gesagt oder gezeigt habe, war ich. Ich will dich. Dass unsere Vergangenheiten so verbunden sind, wusste ich nicht. Ich habe es erst im Telefonat erfahren. Bitte glaube mir.« Mit jedem Wort kommt er näher. Doch Ruby neben mir scheint das genauso wenig zu beängstigen wie Kiyan. Sie lässt sogar meine Hand los, nickt mir aufmunternd zu und beobachtet, wie Ziam vor mir in die Knie geht. »Es tut mir leid, dass es so gekommen ist. Aber glaube mir, ich wusste es nicht, bis Kiyan mich heute Morgen angerufen hat. O Mann, echt, keine Ahnung, was ich fühle oder ob ich jemals das fühlen kann, was ich will. Und Gott bewahre, ja ich bin ein besitzergreifender Arsch und bei dir nimmt es ein Ausmaß an, das selbst mir Angst macht. Für dich würde ich die verdammte Welt niederbrennen, damit dir niemand wehtun kann. Ich würde alles dafür tun, dass es dir gut geht.«

»Und wenn du mir weh tust?«, frage ich mit zittriger Stimme.

»Dann wirst du mir gefälligst dafür den Arsch aufrei-ßen, mir sagen, dass ich ein Idiot bin. Ich will dir nicht wehtun und eine bessere Hälfte für dich sein, als ich es bisher war. Verdammt, ich will dich lieben können, wie du es verdienst.« Seine Augen weiten sich, als wäre er über seine eigenen Worte erschrocken.

Deswegen nutze ich seine Verwunderung und stelle die Frage, die ich wahrscheinlich gleich als Erstes hätte stellen sollen. »Hast du mit deinem Vater zusammengearbeitet?«

»Fuck. Herrgott, nein.« Knurrend reißt er den Stuhl zur Seite, sodass ich nun direkt vor ihm sitze.

Ohne dass ich es steuern kann, zucke ich zurück und beiße mir von meiner eigenen Reaktion verwundert auf die Lippe.

»Ach, Scheiße ...« Beschwichtigend hebt er die Hände und rutscht auf den Knien ein Stück zurück. »Tut mir leid. Ich wusste nicht, dass du ... Scheiße, Mi Belleza. Ich will ihn töten, dafür, was er dir ... dass du ... Ich wusste es nicht. Ehrenwort. Fuck ...«

Schwer atmend starre ich den Mann an, dem offenbar die Worte fehlen. Er sieht so verwirrt aus, wie ich mich fühle.

»Ich glaube dir.« All das hier. Diese Intervention, Ziams Worte und dass ich hier und jetzt auf der Terrasse sitze, beweisen es mir. Es war eine unglückliche Fügung und ein Missverständnis. »Es tut mir leid, dass -«

Weiter komme ich nicht, weil Ziam plötzlich vor mir ist und den Finger auf meine Lippen legt. »Nein. Nicht, du wirst dich nicht entschuldigen. Ich mache dir keinen Vorwurf, also nicht jetzt und ... Gott, nicht vor den beiden.«

Schnaubend erhebt Ziam sich und verschränkt die Arme. »Darf ich den Rest mit *meiner Freundin* jetzt allein klären, oder wollt ihr weiter eure Soap angucken?« O mein Gott, hat er offen *Freundin* gesagt? Scheiße, ich bin seine Freundin. Wie kommt man von einem Albtraum direkt in seinen Wunschtraum? Das könnte kein Film so darstellen. Absolut unwirklich.

»Offensichtlich ist alles wieder gut, wenn du so ein angepisster Arsch sein kannst.« Kopfschüttelnd geht Kiyan an Ziam vorbei und schlägt ihm auf die Schulter. »Ruf an, wenn etwas ist. Egal, was.«

»Abella. Ich bin stolz auf dich.« Ehe ich reagieren kann, schließt Ruby ihre Arme von hinten um mich und küsst mich auf die Wange.

»Warum?«, frage ich verunsichert.

»Du bist für dich eingestanden und hast ausgesprochen, was du denkst, was dich bedrückt. Außerdem wusste ich vorher, dass es so endet. Scheiße, er war so süß verzweifelt, als er mich angerufen hat. Dieser Mann braucht dich mehr als du ihn. Versprich mir, dass du mir nachher schreibst. Nicht, dass ich mich doch irre. Dann wird er das bitter bereuen.« Lachend erhebt sie sich. »Aber jetzt brauchst du mich nicht mehr.«

»Danke für alles, Ruby. Ich weiß gar nicht, wie ich das gut machen soll.«

»Bitte nicht wieder irgendwelche Abhänge herunterstürzen, dich verletzen oder mir einen Herzinfarkt verpassen. Dann bin ich schon glücklich.« Ihr Grinsen wird breiter, was mich empört mit der Zunge schnalzen lässt.

»Ich gebe mir Mühe«, rufe ich ihr nach, als sie im Haus verschwindet.

»Wir sollten endlich alle Karten auf den Tisch packen, damit so etwas nicht noch einmal passiert.« Schwer schlucke ich gegen den Kloß an, als ich auf seine Antwort warte.

»Wo möchtest du reden?« Nervös sehe ich zu Ziam auf, der mit Sicherheitsabstand vor mir steht und beruhigend lächelt.

»Hast du mir nicht erzählt, dass du einen Rückzugsort hast?«, frage ich vorsichtig.

»Ja.« Verwundert wandert seine Augenbraue in die Stirn. »Aber er ist tief im Wald. Ich denke nicht -«

»Dann da.« Mit gestrafften Schultern unterbreche ich ihn und stehe auf.

Ist das verrückt? Vielleicht.

Ein bisschen widersprüchlich? Mit Sicherheit.

Aber es ist gerade das, was sich richtig anfühlt. Es ist Schluss damit, alles vorher tausendmal zu durchdenken oder irgendwelche Vermutungen anzustellen, wenn ich nicht alle Informationen habe. Es ist an der Zeit, dass ich sie mir hole und das auf meine – unsere – Art. Ob andere das verstehen oder nicht, scheiß drauf.

»Abella, ich weiß nicht -«

»Hast du mir nicht eben versucht zu erklären, dass ich keine Angst vor dir haben muss?« Mit festem Druck wische ich mir die Tränenspuren von der Wange und versuche, das stark gewordene Ich in mir die Oberhand gewinnen zu lassen.

Es ist der Moment gekommen, mein Herz für immer zu befreien. Ich bin es leid, dass ich das, was ich will, nicht haben kann. Und verdammt, ich will diesen Mann. Aus Verzweiflung, Angst und einem offensichtlich riesigen Missverständnis hat er sich mir geöffnet, indem er mir gesagt hat, wie er fühlt. Jetzt beweise ich ihm, dass ich ihm vertraue. Selbst wenn ich es bereuen würde, dann bin ich wenigstens einmal für mich eingestanden. Zum ersten Mal in meinem Leben. Es ist meine Entscheidung und damit im Notfall meine Konsequenz, aber vielleicht auch mein Sieg. Und das finde ich jetzt heraus.

KAPITEL 4

Ziam

Offen gestanden weiß ich selbst nicht, was ich fühle. Es ist, als wäre aus meiner Zerrissenheit ein komplett einnehmender Zustand geworden, den ich nicht mehr kontrollieren kann. Noch schlechter als sonst schon. Fast so, als wäre die Mauer zwischen meiner ruhigen und meiner dunklen, verpesteten Seite zusammengefallen. Jetzt springe ich zwischen ihnen hin und her, ohne selbst zu wissen, wie ich als Nächstes reagiere. Wie gefährlich das ist, weiß ich selbst, aber ich kann daran absolut nichts ändern. Ich kann nur hoffen, dass es besser wird, je tiefer ich in den Wald laufe, um zu dem Rückzugsort zu kommen, an dem Abella mit mir reden will.

Na, im Endeffekt ist das eingetreten, was ich dir gesagt habe. Wir brauchen sie.

Danke für den Einwurf, inneren Stimme. Doch im Endeffekt hat der kleine Dämon recht. Dass er nicht in jedem Satz dunkle, verruchte Aussagen trifft, beweist, dass sich etwas verändert hat. Selbst ich merke das.

Angefangen hat es in dem Moment, in dem ich Abella mit blutverschmiertem Gesicht im Bach liegen gesehen habe. Während ich sie bewusstlos zurück ins Haus getragen habe, habe ich philosophiert, was passiert und wieso sie vor mir davongelaufen ist. Als ich sie nach oben ins Schlafzimmer gebracht und den Karton entdeckt habe, bin ich mir meiner Unachtsamkeit bewusst geworden. Ich war blind und dumm vor Hass auf meinen Erzeuger und mich.

Ihr Schmerz war ab der Sekunde auch meiner und wurde übermächtig, als ich zusätzlich die Bestätigung bekommen habe, dass sie die Frau ist, die ich so lange gesucht habe. Der eine Mensch, der mit seiner Kühnheit nach der Vergewaltigung Anzeige erstattet hat, weitere Opfer gesucht und damit meinen Mistkerl von Spermien-Geber vernichtet hat. Das alles war *sie*!

Schockiert von dem Verlauf des Tages und den Eindrücken, habe ich neben ihr gesessen und ihrem Brustkorb zugesehen, wie er sich in meiner Sweatjacke gehoben und gesenkt hat. Mein Kopf war wie ein abgestürzter Computer.

Gerade als ich ihr unüberlegt eine Strähne aus der Stirn streichen wollte, ist sie panisch und schreiend aufgewacht, hat wie wild um sich geschlagen und getreten. Danach hat sie so bitterlich geweint, dass ich meine eigene Trauer nicht mehr verdrängen konnte. In dem Augenblick ist etwas in mir zersplittert, als würde all die wabernde, verpestete Krankheit in mir den wahren Kern meines Inneren freigeben und mir signalisieren, was mich wirklich vernichten kann. *Sie*. Ihr Schmerz. Ihre Qualen. Ihre

Angst. Alles an ihr hat eine Gewalt über mich, wie ich es nie für möglich gehalten habe.

In dem Moment habe ich bereits alles verloren, was mir wichtig war. Ihr Vertrauen. Nach der Panik ist sie erneut ohnmächtig geworden und mir ist klar geworden, dass ich nur eine Möglichkeit habe. Deshalb habe ich sofort Ruby und Kiyan angerufen und untypisch für mich alle weiteren Entscheidungen und Lösungsfindungen in ihre Hände gelegt. Dabei herausgekommen ist das Gespräch auf der Terrasse und offenbar war es das Beste, was ich tun konnte. Denn wenn ich am Bett gesessen hätte, als sie aufgewacht ist, wären wir wohl nicht hier.

»Wow. Es ist wunderschön.« Abellas leise, angetane Stimme holt mich aus den Gedanken und erst da wird mir bewusst, dass wir bereits neben dem kleinen See stehen, der einladend glitzert. Ehrfürchtig geht sie in die Knie, hält eine Hand ins Wasser und schließt die Augen.

Überwältigt von ihrem Anblick, starre ich sie wie ein völliger Idiot – der ich mit Sicherheit auch gerade bin – an. Ihre Haare sind anders als sonst offen, reichen so bis über ihren Rücken und wirken noch heller als sonst.

Ich mustere sie aufmerksam, weil sie sich in der nächsten Sekunde zu mir dreht und auf den kleinen Steg zeigt, der direkt vor meiner umgebauten Höhle ins Wasser geht. Normalerweise sorgt der Anblick der Wohnung dafür, dass die Leute abdrehen. Selbst meine Bandmitglieder sind aus dem Staunen damals nicht herausgekommen. Es sollte mich wohl nicht wundern, dass Abella in der Hinsicht wieder mal anders reagiert, als ich erwartet habe.

»Können wir uns dahin setzen?« Rückwärts laufend

macht sie bereits einen Schritt darauf zu, lässt mich dabei aber nicht aus den Augen, als würde sie auf meine Zustimmung warten. »Bitte ... Ah.«

Mit einem Satz bin ich bei ihr, bekomme sie an der Hüfte zu fassen und falle dabei fast selbst über die herausragende Wurzel des Baumes, über die Abella gerade gestolpert ist.

Blinzelnd starrt sie mich an, an ihrer Schulter, die ihr verrutschter Pullover preisgibt, sehe ich ihre Gänsehaut und schlucke schwer. Sofort ziehe ich mich zurück. Ich will sie auf keinen Fall verschrecken.

So weit ist es also gekommen, dass wir nun der unsichere Part sind. Fantastisch, das ist kaum zu glauben ...

Meine innere Stimme ignorierend, gehe ich direkt auf den Steg zu und lasse mich am Ende auf die Kante sinken. Tief atme ich durch. Meine Beine baumeln in der Luft, während ich meine Gedanken sortiere und auf das Wasser blicke, das in der Mittagssonne glänzt.

Es dauert nicht einmal eine Minute, dann sitzt Abella neben mir, verschränkt ihre Hände auf ihrem Schoß und blickt mir, anders als ihre Haltung, selbstbewusst direkt in die Augen. Wie bereits vorhin auf der Terrasse beginnt alles an mir zu prickeln, so als würde ihr Blick auf meiner Haut brennen.

Unruhig rutsche ich ein Stück nach hinten, ziehe ein Bein an und wende mich so ihr zu. Nennt es Irrglaube, aber auch wenn das gestern etwas in uns beiden zerstört hat, hat es auch seinen Vorteil. Wir mussten beide ins eiskalte Wasser springen und unsere Gefühle offenbaren. Auch wenn Abella noch nicht viel dazu gesagt hat, wie sie zu mir steht, zeigen ihre Reaktionen eine Menge. Ich kann diese zerbrechliche Frau vor mir in einzelne Stücke zerschlagen, nur mit einem Wimpernschlag, einem falschen Wort oder einer unbedachten Bewegung. Habe ich immer gedacht, dass ich und besonders mein Schwanz auf Angst stehen? Bullshit. Wir lieben die knisternde Ungewissheit, den Kick, dessen bin ich mir nun bewusst. Denn wenn ich eins nie wieder will, dann ist es Abella so zu sehen. Ängstlich. Verloren. Panisch. Und schon gar nicht meinetwegen!

Deswegen bringe ich, bis sie offen mit mir gesprochen hat, diesen kleinen Abstand zwischen uns, auch wenn es nur mein Bein ist. Aber so muss sie ihn aktiv überwinden, wenn sie mir näherkommen will. Und machen wir uns nichts vor: Dem besitzergreifenden Teil in mir hilft es, zu verstehen, dass es hier nicht nach meinem Tempo geht.

Dass jedoch Ablehnung über ihr hübsches Gesicht huscht und sie ebenfalls ein Stück zurückrutscht, war nicht das, was ich erreichen wollte.

Tja, Frauenexperte warst du noch nie, aber mach dir nichts draus. Dafür bist du im Bett definitiv obere Meisterklasse. Weißt du, man kann nicht alles im Leben haben. Aber wir wollen diese Frau, also reiß dich mal zusammen.

What the hell? Eindeutig ist durch die Geschehnisse nicht nur bei mir etwas durchgeknallt, sondern auch bei dem kleinen Mini-Me, dem Dämon in meinem Kopf. Neuerdings ist er nicht mehr derb, sondern nur noch sarkastisch. Hat wohl eine Zeit zu lange mit Kiyans Monsterlein gekuschelt.

»Bitte, hab keine Angst vor mir«, presse ich angespannt hervor.

»Habe ich nicht, aber du ...« Sie deutet auf mein Bein,

was mich innerlich die Augen verdrehen lässt. Ach, Fuck. Echt, Kommunikation ist so anstrengend. Deswegen setze ich normalerweise auf klare, direkte, manchmal zu derbe Aussprache, aber das funktioniert. Nur wäre das hier gerade fehl am Platz.

»Ich wollte eigentlich symbolisieren, dass ich dir nicht zu nahekomme, wenn du es nicht willst. Glaub mir, in mir sieht es anders aus. Für mich hat sich nichts geändert, außer, dass ich jetzt wahrscheinlich noch besitzergreifender werde. Denke ich.« Bei dem Eingeständnis reibe ich mir über den Nacken, weil ich das gar nicht laut aussprechen wollte. Was soll als Nächstes passieren? Wie kann ich dieses Desaster zwischen uns auflösen?

Womit ich nicht gerechnet habe, ist, dass sich ein schmales Lächeln auf Abellas Lippen schleicht. »Mir ist nicht klar, ob eine Steigerung davon überhaupt möglich ist.«

Ein Knurren schleicht sich meine Kehle hoch, das ich nicht unterdrücken kann. »Freches Mundwerk, kleine Eisblüte.«

Eine Entschlossenheit legt sich auf ihr Gesicht, die ich bisher erst einmal gesehen habe, und zwar als sie mich förmlich angefleht hat, dass ich sie ficke. Ich liebe es, wenn sie mir den Teil zeigt, den ich offensichtlich in ihr geweckt habe.

»Ja, dank dir und ich will das nicht verlieren. Genauso wenig wie dich. Es tut mir leid, dass -«

Mit einem Zungenschnalzen unterbreche ich sie, was sie die Nase rümpfen lässt.

»Nicht entschuldigen«, knurre ich ungehalten und kralle meine Finger in die Hose, weil ich es hasse, wenn sie das tut. Und dann auch noch für Dinge, für die sie nichts kann.

»Doch, Ziam. Das hast du verdient.« Wie bitte?

Überrascht sehe ich sie an. Ich habe das verdient? Bullshit.

»Du hast mir klar gesagt, dass es kein Zurück gibt. Ich hätte dir vertrauen müssen. Habe ich aber nicht, weil der Hass und die Unsicherheit in mir stärker waren als die Liebe und das Vertrauen in dich und das ...« Ihre Stimme wird kratziger und tränenerstickt. Fuck, ich hasse es so sehr, wenn sie weint. Und dann auch noch indirekt meinetwegen.

Dieses Mal merke ich selbst, wie meine Hand zu meinem Oberschenkel wandert und den entspannenden Rhythmus anschlägt, wie ich es immer tue, wenn ich nachdenke oder nicht weiterweiß.

Scheiße. Ich bin ein Mann, der keine Ahnung hat, wie er mit seiner Freundin sprechen soll.

Ja, verdammt, das ist sie, ob ich nun diese epischen fucking drei Worte ausgesprochen habe oder nicht. Sie ist mein, gehört mir. Aber ich verbocke es auf ganzer Linie, weil ich nicht weiß, wie ich ihr klarmachen soll, was sie in mir auslöst, ohne wie ein völlig Verrückter zu klingen. Meine innere Stimme hat recht, ich bin ein verkorkster Idiot, wenn es um Gefühle oder insbesondere um diese Schönheit geht.

»Abella«, stoße ich mit rauem Timbre hervor, was eindeutig transportiert, dass ich mit meinem Latein am Ende bin.

»Nicht.« Sie hält mir eine Hand entgegen, auf der ich

die Schrammen sehen kann, die sie sich bei ihrer Flucht durch den Wald zugezogen hat.

Ihre Bewegungen, als sie vor uns geflohen ist, waren so sexy. Diese Frau ist in allem perfekt für uns. Für dich. Jetzt nimm mal den Stock aus dem Arsch und sei der Mann, in den sie sich verliebt hat. Herrgott.

Fucking hell. Ich bin so krank, völlig irre und soll diese verletzte Frau auffangen, obwohl ich wohl einen deutlich größeren Knall habe. Das ist doch ein Witz. So selten habe ich meine gefühlvolle Seite gezeigt, lieber bin ich locker, suche die Lösungen oder finde einen Weg, aber jetzt. Wo ist die Lösung?

»Mi Belleza, es tut mir leid, alles und -« Dieses Mal unterbricht sie mich und das in einer Form, die meinen gesamten Geist leerfegt.

»Hältst du jetzt einmal die Klappe, Moreno.« Sie reißt den Kopf zu mir herum und starrt mich aus ihren hellen Iriden an, in denen die Tränen wie kleine Eiskristalle glitzern.

Überrumpelt bleibt mir der Mund offen stehen, weil sie sonst nicht so mit mir redet. Gut, ich gebe den Leuten meistens – bis auf Kiyan – keinen Grund, immerhin bringe ich mich, wie gesagt, nur lösungsorientiert ein. Außer bei Rome, aber das ist etwas anderes. Manchmal sind wir wie Bullen, die ihre Hörner abwetzen müssen.

»Verflucht«, nuschelt sie. Mein Körper ist angespannt und ich halte die Luft an.

Erstens: weil mir niemand den Mund verbietet.

Zweitens: weil ich doch gleich alle Vorsätze vergesse und dafür sorge, dass wir endlich wieder da sind, wo wir gestern Abend waren. In unserem eigenen kleinen Paradies.

»Meine Güte. Echt ey ... da versucht man, dir zu sagen, dass man dich liebt, und du verfällst in diesen merkwürdigen Zustand: Du seist so krank, so abnormal, und lässt mich nicht ausreden. Dabei wolltest du doch reden.«

Halt Stopp. Eine warme Welle flutet mein Herz, das sofort zu rasen beginnt, weil die Worte meine gesamte Welt auf den Kopf stellen. Jedoch komme ich nicht dazu, überhaupt etwas zu erwidern, denn sie redet weiter. »Es tut mir leid, dass ich dachte, du bist der Feind. Aber es hat so gepasst, weil dein Dad diese Briefe schickt. Zwar lese ich sie nicht mehr, aber früher stand da immer wieder drin, dass ich besonders bin. Dass er nie verschwinden wird, dass er mich gezeichnet hat, als sein. Dass er irgendwann wiederkommt und mich holt.« Was? Sein? Niemals! Moment ... Meine Gedanken kommen gar nicht hinterher. Da schallt ihr Schluchzen, gemischt mit einem hysterischen Laut zu mir. »Es war so naheliegend, dass du gekommen bist, um seine Worte zu vollenden. Da habe ich rotgesehen. Ich hatte Angst, du hältst mich als Sklavin oder begräbst mich in deinem Wald. Oder ... ach ... verdammt. Aber ich hätte mir vertrauen müssen oder eher dir. Immerhin liebe ich dich. In der Liebe vertraut man auch in schlechten Zeiten. Deshalb ... Du wirst mich nie lieben können, wie ich es verdiene, weil ich Angst habe, es nicht mehr verdient zu haben.«

MOMENT. HALT. STOPP.

Meine Atmung kommt nur noch hektisch, mein Blut brodelt so extrem, dass ich es gefühlt auf meiner Zunge schmecken kann und meine Hände krallen sich so fest in meine Oberschenkel, dass der Schmerz mir bis in die Hüften schießt. Das reicht.

»Abella.« Noch einmal versuche ich es ruhig, aber sie hört mir gar nicht zu, sondern redet weiter.

»Weißt du, im Endeffekt ist es so. Du hasst ihn, genauso wie ich. Es geht nicht darum, dass du mich lieben kannst. Eher darum, dass du dich lieben kannst. Und ich weiß nicht, ob ich so stark sein kann -« FUCKING. Nein.

Knurrend knallt etwas in mir durch und das so wie niemals zuvor. Ich sehe rot, verdammt fucking rot, bis ich nur noch funktioniere, statt zu denken.

Mit einem Satz bin ich bei Abella, packe ihre Hüfte, was sie augenblicklich verstummen lässt. Fest drücke ich sie an mich, während ich mich abdrücke und rücklings mit ihr in den See falle.

Ein Schrei löst sich aus ihrer Brust, was kontraproduktiv ist, wenn sie gleich ins Wasser eintaucht, aber das ist mir egal. Ich denke gar nichts, bis zu der Sekunde, wo das eiskalte Nass meinen Körper umhüllt und meinem Gehirn einen Neustart verpasst.

Immer noch halte ich Abella schraubstockartig fest und tauche mit ihr an die Oberfläche, wo sie sofort nach Luft schnappt.

»Bist du vollkommen v-verrückt«, japst sie und streicht sich die nassen Strähnen aus dem Gesicht, ehe sie mich mit einer Mischung aus Wut, Unsicherheit und Verwirrung anfunkelt.

»Du musstest den Mund halten, oder ich hätte dir augenblicklich Vernunft eingevögelt. Da das keine Option war, habe ich mich für diese Variante entschieden.« Achselzuckend halte ich uns an der Oberfläche und bewege uns ein paar Meter zum Steg, wo ich stehen kann.

Sobald ich den Boden berühre, schlinge ich den zweiten Arm um Abella und packe ihren Nacken, um sie vor meinem Gesicht zu fixieren. Das Wasser schwappt zwischen uns und geht ihr bis zum Hals. Mit der unteren Hand packe ich ihren Schenkel und zwinge sie, sich an mir festzuhalten. Sobald wir uns ansehen, schaltet sich mein Gehirn erneut kurz ab, weil die Wassertropfen viel zu sinnlich über ihre vollen Lippen laufen.

Küss sie einfach. Das ist der kürzeste Weg, um klarzustellen, dass es nur eine Lösung gibt. Rabiate-Methoden sind am besten. Hättest du mich gefragt, hätten wir auch eher gevögelt, als wie begossene Pudel im See zu stehen. Aber gut.

»Hast du mir überhaupt zugehört, Ziam«, wispert Abella.

»So gut mein Kopf folgen konnte, ja. Aber du hast mich nicht zu Wort kommen lassen. Außerdem hast du dich wieder in Rage deines merkwürdigen Selbsthasses geredet. Das ertrage ich nicht. Deswegen gehörte mein Gemüt und deins erst recht abgekühlt.«

Tief atmet sie ein, schließt die Augen und öffnet sie wieder in dem Moment, in dem sie ihre Hände in meinen Haaren vergräbt und ihren zitternden Körper an meinen drückt.

»Danke.« Ihr Flüstern direkt an mein Ohr sorgt für eine Gänsehaut auf meinen nassen Armen. »Trotzdem ...«

»Sei still, Mi Belleza. Tu uns beiden den Gefallen und wiederhole den letzten Satz nicht.« Tief blicke ich in ihre Augen, drücke meine Hand auf ihren unteren Rücken und presse sie an mich. »Keine Ahnung, ob ich zu weit gehe, wenn ich das hier tue. Aber meine zuhörende Methode war offensichtlich nicht der richtige Weg, wenn du denkst, dass mein verfickter Erzeuger mir dich nehmen kann. Die Frau, die mich endlich an etwas anderes denken lässt als die Rache und die Suche nach dem letzten Opfer, das dem Wichser das Handwerk gelegt hat. Tja, und wie sich herausgestellt hat, warst es sowieso du.«

Abellas Hände krallen sich fester in meine Haare, alles an ihr drückt sich näher an mich, fast so, als würde sie mit mir verschmelzen wollen. Und zum ersten Mal in meinem Leben fühle ich mich bereit dazu, dass jemand bei mir Schutz sucht.

KAPITEL 5
Abella

W*arst es sowieso du.*
Überfordert starre ich Ziam an. Als Erstes wollte ich ihm am liebsten in sein wunderschönes Gesicht schlagen, was so gar nicht meine Art ist, aber ich war überrumpelt, als er mit mir in den eiskalten See gesprungen ist.

Erst an Ziams warmen Körper gepresst habe ich gemerkt, wie das bedrückende Gefühl, das vorher noch auf mir lag, verschwunden ist. Das Atmen fühlte sich freier an und das dröhnende Pochen in meinem Kopf ist aushaltbarer.

Außerdem hat er recht, ich habe mich in Rage geredet, die Worte sind so aus mir heraus gepoltert, obwohl sie alle der Wahrheit entsprechen. Es heißt nicht, dass ich sie mag, aber das ist auch nicht ihre Aufgabe. Die Wahrheit besteht aus Fakten und nicht aus Emotionen.

Dennoch bin ich froh, dass Ziam mich unterbrochen hat, bevor ich laut aussprechen konnte, dass das hier –

diese Beziehung, diese Verbindung - zwischen uns vergiftet ist. Es zu sagen ändert zwar nichts daran, aber macht es auf eine Art realer. Deswegen kann ich ihm nur dafür danken, dass er den alten Ziam wiedergefunden hat.

Nicht, dass er nicht unsicher sein darf, aber in diesem Moment wären wir beide an unserer Angst erstickt, hätten wahrscheinlich die falschen Entscheidungen getroffen, doch so ... jetzt haben wir eine Chance. Wenn wir voneinander lernen.

Genau. Schön, dass es erst ihn und eine eiskalte Dusche braucht, dass du aus diesem Becken aus Trübsal auftauchst. Aber besser als nie. Bereit, ihm jetzt noch mal in Ruhe zu sagen, was das Problem ist?

Ja, verdammt. Bereit.

»Der Wichser bekommt dich nicht. Niemals wieder tut er dir weh, oder überhaupt jemanden«, knurrt Ziam. Wahrscheinlich sollte ich ausrasten, weil er so ist. Doch bei ihm fühlt es sich anders an, beschützend und wie eine Energiequelle, die mir Kraft schenkt. Auch wenn er sich genau aus diesen Gründen für krank hält.

Ziam legt den Kopf schräg, mustert mich aufmerksam und krallt seine Hand in das Fleisch an meinen Hüften, was mich keuchen lässt. Zwar tut es weh, aber es fühlt sich gut an und außerdem scheint es so, als würde er den Halt brauchen, um nicht völlig verrückt zu werden. Und das verstehe ich.

»Blonde Haare, blaue Augen waren sein Kryptonit und früh merkte ich, dass es auch meine Vorliebe ist, aber ich wollte das nicht. Deswegen habe ich versucht, mich davon fernzuhalten, was auch gut geklappt hat, bis du aufgetaucht bist. Mein Dad hat mich erzogen wie einen Nachkommen. Immer wieder hat er mir davon erzählt, dass Frauen begehren und Lust besitzen und die Männer diese in der Hand haben. Das fing schon an, da habe ich gerade mal begriffen, wie mein Schwanz überhaupt funktioniert. Aber ich habe es nicht hinterfragt, immerhin war er mein *Dad*.« Das letzte Wort speit er so angewidert aus, dass ich erzittere und mich fest an ihn drücke, während wir immer noch im See stehen.

»Ist dir kalt?«, flüstert er direkt an meinem Ohr.

Rasch schüttele ich den Kopf, schlinge die Arme fester um seinen Nacken, beuge mich vor und erschaudere, sobald meine Lippen seine Haut berühren.

Alles in mir dreht sich. Scheiß auf normale oder logische Verhaltensweisen. Gestern bin ich noch weggelaufen, jetzt habe ich das Bedürfnis, niemals wieder woanders zu sein, als hier bei ihm im Wald. In der Natur, dem Ort, an dem er sich mir öffnet. Haltet mich für bekloppt, aber das ist der wahre Frieden.

»Bitte erzähle weiter«, hauche ich und streiche beruhigend über seinen Hinterkopf.

»Er war angesehen, war lieb im Umgang mit meiner Mutter und ein Vorzeige-Professor. Zumindest habe ich das gedacht. Je älter ich geworden bin, desto merkwürdigere Sätze hat er vor mir geäußert. So etwas wie: Ein echter Mann zeigt einer Frau, wie sie ihm gehorcht. Im Endeffekt hätte ich nie vermutet, was dahinter geschlummert hat. Bis eines Tages die Polizei vor der Tür gestanden und uns erzählt hat, dass er wegen mehrfacher Vergewaltigung verhaftet wurde. Unsere Welt ist zusammengebrochen und das letzte Mal, als ich ihn gesehen habe, war das Schlimmste von allen.« Seine Stimme wird immer leiser, verliert sich fast in der Tiefe des Waldes.

Langsam richte ich mich auf, sehe in seine Augen, die mit Tränen gefüllt sind und glitzern. Ich habe nicht erwartet, dass er mich direkt in seine Seele schauen lässt. Es überwältigt mich, dass er sich mir so öffnet. Ziam ist niemand, der gerne Schwäche zeigt, dennoch tut er es.

Mir treten ebenfalls Tränen in die Augen, während ich ihn beobachte und hoffe, dass er die Furchtlosigkeit nicht verliert. Ziams Finger wandern sanft aus meinen Haaren über meine Schulter zu meinem Hals und schließen sich locker darum, während er mir tief in die Augen sieht. Mit dem Daumen fahre ich über seine volle Unterlippe, fange einen Tropfen ein, der über sein Gesicht läuft.

In diesem Moment versinken wir gemeinsam in den dunkelsten Stunden des jeweils anderen, denn seine Worte schaffen es auch, mir Mut zu schenken, ihm zu offenbaren, wovor ich am meisten Angst habe.

»Ich hatte Angst, niemals wieder fühlen zu können, weil ich all meine Emotionen an diesem einen schrecklichen Abend in mir verschlossen habe. Mit dem Gesicht auf die nasse Rasenfläche der Universität gepresst, habe ich all meinen Stolz, mein Selbstbewusstsein und meine Liebe verloren. Bis du aufgetaucht bist. Eventuell ist es Fügung oder Schicksal. Du, Ziam Moreno, hast mich lieben lassen.« Nun weine ich wieder, obwohl ich mir sicher war, dass keine Tränen mehr übrig sind. Offensichtlich lag ich falsch.

»Du liebst mich?« Die Ehrfurcht, mit der er diese Frage stellt, überwältigt mich. »Du liebst die Brut deines Vergewaltigers? Aber ... Abella, ich bin doch wie er. Er hat es mir immer gesagt.« Ziams Stimme ist kratzig, wirkt geprügelt, genau wie sein Gesichtsausdruck, den ich niemals zuvor so gesehen habe. Er ist verwirrt, gefangen in dem Hoch meines Geständnisses und der Erkenntnis, wie verkorkst das ist.

Ja, das ist verrückt. Aber auf schräge Art hilft es. Denn das hier ist der wahre Ziam, der sich seiner Gefühle deutlich bewusst wird. Deswegen bin ich auch nicht verwundert, dass er meine Worte nicht erwidern kann. Das verlange ich auch gar nicht, denn ich bin selbst überrascht, wie gut es sich anfühlt, es ihm zu sagen. Es beflügelt mich.

»Was hat er dir gesagt, Baby?« Das kurze Aufblitzen in Ziams Iriden reicht aus, um ihn definitiv wiederzuverwenden.

»Du hast meine DNA, bist von mir erzogen worden und hast von mir gelernt. Wahnsinn ist vererbbar. Du bist genauso krank wie ich.« Bei den Worten erfasst mich eine neue Wut auf den Mann, den ich nie wieder sehen wollte. Ich habe mich vor ihm geekelt, ihn gehasst, aber nun verabscheue ich ihn noch mehr. Wut mischt sich nun in den ohnehin schon emotionalen Cocktail in meinem Blut.

»Was ist, wenn ich so werde?« Der Schmerz in seiner Stimme schneidet tief in meine Seele, weil er so verletzt klingt, dass ich es selbst am eigenen Leib spüren kann.

Doch mit dieser Frage hat er auch offenbart, was ihn wahrscheinlich so sehr quält.

»Weil du Frauen durch den Wald jagst? Weil du Stimmungsschwankungen hast und deine Gefühle regulieren musst?«, frage ich schrill und beuge mich so weit vor, dass unsere Lippen sich fast berühren. »Wirst du nicht. Das weiß ich.«

»Woher willst du das wissen?«, knurrt er und packt mich am Nacken, um mir wieder ins Gesicht schauen zu können.

»Weil ich es weiß.« Nicht, dass Ziam immer stark sein muss, aber es bringt gar nichts, wenn er sich in seiner Angst verliert. Davon kann ich ein Lied singen, schon vor Ziam und nun erst recht. Für uns beide ist es an der Zeit daraus die wahre Stärke zu machen. Immerhin haben wir jetzt den gleichen Feind.

»Du bist vor mir weggelaufen, zuckst vor mir zurück und hast manchmal sogar Angst.« Ich höre, wie angewidert er von sich selbst ist, deswegen offenbare ich ihm nun auch noch den Rest und lege mein kleines Herz komplett in seine Hände.

»Respekt, Ziam. Ich habe Respekt vor Männern, die wie du eine enorme Energie und Willensstärke haben. Das ist ein Unterschied, heißt aber nicht, dass du ein Wichser bist. Hörst du. Du bist kein elender Vergewaltiger, der Frauen gegen ihren Willen zwingt, Dinge zu tun. Alles, was du mit Frauen tust, wollen sie und dann reizt du sie nur über ihre Grenzen zu treten. Aber du hast ein großes Herz, das zeigt allein die Sache mit El. Hör auf, dir einzureden, dass es anders ist.«

»Sagt die, die sich einredet, dass sie nicht sexy ist oder sich hinter ihrer Unsicherheit versteckt«, murmelt er mit belegter Stimme, was mich gegen seine Brust schlagen lässt. Gespielt taumelt er zurück.

»Ich will dich, Abella.« Erneut erfasst mich die Wärme und vertreibt wie ein Sonnenaufgang die Dunkelheit in die letzte Ecke. Denn mir geht es genauso.

»Ich dich auch. Wir machen einen Deal«, wispere ich direkt vor seinen Lippen.

»Jetzt bin ich gespannt.« Es ist schön, zu hören, dass die Traurigkeit aus Ziams Stimme immer weiter verschwindet, als würde dieser See hier gerade all unsere negativen Erlebnisse aufsaugen und sie für uns verwahren. Damit wir dafür sorgen können, dass andere Gefühle den Platz füllen können.

»Ich beweise dir, dass du anders bist und du mir, dass ich besonders bin.« Energie fließt durch meinen Körper, die ich selten so intensiv wahrgenommen habe und die mich so euphorisiert. Es fühlt sich an, wie ein Neuanfang.

Ein verschmitztes Lächeln, das ich selten auf seinem Gesicht sehe, legt sich auf seine Lippen und seine Iriden strahlen mit dem Wald, dem See und der Erde hinter ihm um die Wette.

»Deal«, haucht er kurz vor meinen Lippen. Zärtlich streiche ich ihm eine Haarsträhne aus der Stirn, die ihm wild ins Auge hängt. »Vergiss eins nicht. Das wird sich nicht ändern und das sage ich dir immer wieder. Du gehörst mir.« Wahrscheinlich sollte ich ausrasten, weil Ziam so besitzergreifend ist. Doch bei ihm fühlt es sich anders an, beschützend und wie eine Energiequelle, die mir Kraft schenkt. Ein merkwürdiges Lachen entkommt Ziam, bevor er nuschelt. »Kiyan meinte, ich soll das nicht sagen, aber na ja, ich bin eben ich.«

»Keine Sorge, ich kann damit umgehen.« Ja, denn jetzt verstehe ich, warum er das sagt. Wahrscheinlich habe ich es sogar eher erkannt als er. Er liebt mich. Nur hat Ziam nie gelernt, was wirkliche Liebe bedeutet. Nicht, weil er nie welche erfahren hat, aber nach seinen Erzählungen hat sein Vater sein Wertempfinden maßgeblich verunsichert. Diese Aussage setzt die magischen drei Worte in Ziam Morenos Welt gleich. Und selbst wenn nicht, dann wird er es hoffentlich irgendwann erkennen und richtig aussprechen. Denn ab jetzt ist klar, dass ich nicht mehr weglaufen kann.

Erstens: weil ich nicht will.

Zweitens: weil ich dabei offensichtlich wegen meiner Ungeschicktheit eher sterbe.

Drittens: weil wir einander gehören.

Ja, wahrscheinlich ist unsere Beziehung nicht normal, gebaut auf der Sucht nacheinander. Aber wer will schon normal sein, wenn er wahrhaftig alles empfinden kann. Ich nicht.

»Einen Deal muss man besiegeln«, wispere ich und streife mit meinen Lippen seine.

»Einen Schwur besiegelt man, Mi Belleza. Einen Deal schließt man ab«, belehrt er mich schmunzelnd.

»Tja, egal. Unseren Deal muss man besiegeln.«

»Du willst, dass ich dich küsse, nicht wahr?«, fragt er dunkel, vergräbt seine Hand in meinen Haaren und entlockt mir ein Seufzen.

»Ja.« O verdammt und wie.

Keine Sekunde später berühren seine Lippen meine. Unheimlich sanft, zart wie eine Brise, die sich langsam über unsere geschundenen Seelen legt. Zaghaft neckt er meine Unterlippe, knabbert an ihr und gleitet mit seiner Zungenspitze in meinen Mund. Der sinnliche Tanz unserer Zungen verführt mich in eine Welt aus Harmonie und Einklang. Dieses Gespräch war genau, wie ich es erwartet habe. Der Kuss ist rau wie die Natur, wild wie die Vegetation, gefühlvoll wie die Melodie des Waldes und mitreißend wie das Wasser im See. Ziam ist nicht böse, nein, er ist vielschichtig und genau das, erobert jedes Mal mein kaltes Herz. Das ab heute offensichtlich schneller schlägt als jemals zuvor. Wer hätte das gedacht.

KAPITEL 6
Abella

A m nächsten Morgen stehe ich verschlafen vor dem Tisch in Ziams Schlafzimmer, auf dem verstreut der Inhalt aus dem Karton herumliegt. Auf den Bildern erkenne ich mich selbst. Nervös kaue ich dabei auf meiner Wangeninnenseite und werfe einen Blick über die Schulter zum Bett.

Ziam liegt schlafend, oberkörperfrei und mit der Bettdecke bis zur Hüfte heruntergerutscht auf dem Rücken. Dadurch bekommt er den Zwiespalt, in dem ich stecke und der plötzlich über mich hereinbricht, gar nicht mit.

Wir haben im See alles geklärt, dachte ich ... bis jetzt. Nun sieht das schon anders aus. Es ändert nichts daran, was ich für den Mann empfinde, der mich in der Nacht so fest an sich gedrückt hat, als würde er mich nie wieder loslassen. Doch ... Jetzt. Hier. Vor dem Sammelsurium an Bildern, Erinnerungsstücken und Ziams Notizbuch erfasst mich erneut eine Unsicherheit, die ich nicht erwartet habe.

Viele Fragen stellen sich mir, die mich überraschend überrollen.

Ja, aber nur weil du dir schon wieder Selbstzweifel einredest und ohne alle Informationen zu kennen, unnötig das Schlechteste ausmalst, das dir einfällt. Ergo: Lass das.

Wahrscheinlich hat meine innere Stimme recht, wie zu neunzig Prozent der Zeit, wenn sie mir etwas mitteilt. Aber ich kann es trotzdem nicht stoppen.

Mit zittrigen Fingern, einem Puls, der das Blut in meinen Ohren zum Rauschen bringt, greife ich nach einem der Bilder. Mit Kaffeebecher in der Hand komme ich aus einem Coffee-Shop und wirke recht abgehetzt. Auch bei vielen der anderen Fotos kann ich zuordnen, wann sie entstanden sind.

Ein Schauder erfasst mich, während ich sie mustere, immer mit zwei Fragen im Kopf: Wer hat die Aufnahmen gemacht und wieso?

Plötzlich schließen sich Arme um meinen Oberkörper. Abgelenkt von dem Anblick vor mir habe ich nicht gemerkt, dass Ziam nicht mehr schläft. Sofort steigt mir sein Geruch nach Minze und etwas Herbem in die Nase, was mich zu den betrübten Gefühlen mit dieser erwärmenden Hitze flutet.

»Du zitterst nicht nur, weil dir kalt ist, sondern weil ich mich an dich drücke.« Es ist keine Frage, sondern eine Feststellung, das ist mir sofort klar. Doch selbst wenn ich was sagen will, bekomme ich den Mund nicht auf. Es liegt daran, dass ich immer noch nicht damit klarkomme, was dieser Mann in mir auslöst. Immerhin sollte ich mir sicherlich nicht wünschen, dass er an meinem Hals knabbert, seine Zähne in die zarte Haut unter dem Ohr vergräbt und mir schmutzige Dinge zuflüstert. Auch wenn es mich berauscht, siegt in diesem Augenblick die Unsicherheit über die Begierde, die ich für ihn empfinde.

»Mach den Mund auf, kleine Eisblüte.« Als wüsste er genau, worüber ich nachgedacht habe, schweben seine Lippen direkt an meinem Hals. Meinem Verstand ist klar, dass er die Worte nicht als sexuelle Andeutung meint.

»Wieso hast du so viele Fotos von mir?« Mit aller Anstrengung, mich zu fokussieren und nicht in den Sog der Sehnsucht zu geraten, bringe ich die Worte so entspannt hervor, wie ich es im jetzigen Zustand hinbekomme. Denn dass ich ihm vertraue, war keine Floskel, sonst würde ich nicht so auf ihn reagieren. Dennoch bin ich verwundert, versuche, der Angst in mir nicht nachzugeben, die ängstlich vermutet, dass irgendetwas Gefährliches dahintersteckt.

»Ich habe überall Fotos von dir.« Seine Stimme ist rau und kratzig. Mir ist klar, dass nur weil er sich mir geöffnet hat, seine dunkle Seite nicht verschwunden ist. Soll sie auch nicht.

»Überall?«, frage ich dümmlich und schnappe nach Luft, als er eine Hand unter das Shirt schiebt. Seins wohlgemerkt. Zärtlich fährt er meinen Oberschenkel hoch bis zum Slip, was mich nervös mit dem Bein zucken lässt. Es ist ein Reflex, den ich perfektioniert habe. Ich mag meine breiten Oberschenkel und die kurvigen Hüften nun einmal nicht.

Ziam schnalzt mahnend mit der Zunge, aber anstatt mich freizugeben, krallt er die Finger nur fester in meine Haut und bringt seine Lippen an mein Ohr. »Ja.«

Ein überraschter Laut entkommt mir, als er mich plötzlich herumreißt und mit dem Arsch gegen den Tisch drückt, um über mir aufzuragen. Mit einem teuflischen Grinsen und glitzernden Augen steht er vor mir. »Eins im Wagen, im Portemonnaie, als Hintergrund auf dem Handy und in meiner Höhle. Damit ich dir nicht zu nahekomme, habe ich mir mit Fotos ausgeholfen und jemanden beauftragt, sie von dir zu machen. Ich wollte dich, nur durfte ich nicht.« Kurz stockt er, streicht mir eine Strähne aus dem Gesicht und beugt sich zu mir.

Er hätte gedurft, das weiß er auch, aber er hat es sich verboten. Und das kann ich sogar auf eine Art nachvollziehen. Jede andere Frau würde dieses Verhalten als Übergriff oder Stalking empfinden, ich nicht. Er hat immerhin ausgiebig erklärt, wo sein Problem mit mir liegt.

Trotzdem fällt mir nichts ein, was ich dazu sagen soll, deswegen öffnen sich meine Lippen, ohne dass etwas herauskommt. Blinzelnd sehe ich zu Ziam, der nur den Kopf schräg legt und nach kurzer Zeit den Abstand überwindet und mich küsst.

Sofort erfasst mich ein Prickeln vom Haaransatz bis zu den Zehenspitzen. Angetan keuche ich in seinen Mund, während er sich gegen mich drückt und seine Hände in meinen Haaren vergräbt.

»Gott. Ich wollte dich so sehr. Deswegen musstest du bei mir sein, verstehst du?« Die Worte fließen mir wortwörtlich direkt in den Mund und sorgen für einen warmen Feuerball im Magen.

»Ja«, hauche ich. Atme einmal tief ein, bevor ich weiterrede. »Aber wieso waren sie in der Kiste mit ...« Ich stocke, während ich an die Mütze, das Bild und die anderen Dinge denke.

»Ach, Mi Belleza.« Laut stößt er die Luft aus, zieht sich ein Stück zurück, damit ich seine Mimik sehen kann. »Das hätte wohl mehr als merkwürdig ausgesehen, wenn du und dein Team Fotos von dir hier bei mir entdeckt hättet.«

Moment, was?

»Warte. Die hast du sonst hier im Haus?«, frage ich dümmlich.

»O Ja. In jedem Raum eins.« O Gott. Er ist echt speziell. Eindeutig. Aber ich kann nicht leugnen, dass meine innere Kriegerin, die meistens von der Unsicherheit in Schach gehalten wird, gerade wahre Heldentaten vollbringt. Schreiend rennt sie in meiner Brust auf und ab und ruft: Das ist Hingabe. Denn wir sind es wert.

Logisch gesehen ist das dumm, nur weil er ein paar Bilder hat, symbolisiert das rein gar nichts. In unserem Fall ist das jedoch etwas anderes. Ziam konnte mich nicht vergessen, nicht ohne mich sein und solange er mich nicht haben konnte, hat er eben anders meine Nähe gesucht.

Ein Lachen entkommt mir vor Überforderung. »Ich sollte das echt beängstigend und verwerflich finden, tue ich aber nicht. Es ehrt mich und ...«

Nervös beiße ich mir auf die Unterlippe, starre auf Ziams Mund, den er sich befeuchtet und danach zu einem teuflischen Grinsen verzieht. »Und es macht dich an.«

Es wundert mich wenig, dass er das erkannt hat, weil er meine Körpersprache lesen kann. Das wird mir in dieser Sekunde noch bewusster. Ich hatte immerhin in seiner Nähe immer das Gefühl, dass er mich beobachtet. Doch sobald ich direkt mit ihm interagiert habe, hat er seinen neutralen Panzer angelegt.

»Ja.« Ich grinse zurück, weil es sich eh nicht lohnt, es zu verbergen.

Dieses Mal beißt er sich fest auf die Unterlippe und fixiert einen Punkt hinter mir, was mich verunsichert. Was will er mit mir?

»Fuck«, knurrt Ziam und tritt wieder einen Schritt auf mich zu. Sofort schießt ein weiterer warmer Pfeil durch mich. Wenn dieses Wort seine Lippen verlässt, hat es eine gewisse Magie, der Tonfall ist besonders und ergreift jedes Mal den wildesten Teil in meinem Inneren. »Ich will dich ...«

»Abella.« Gänsehaut schleicht sich auf meinem Körper, als er meinen Namen so liebevoll ausspricht wie niemals zuvor. Während mein Kopf versucht, hinterherzukommen, dass Ziam mich nicht geküsst hat, sondern so ansieht, als müsste er mich in Watte einpacken und beschützen.

Langsam habe ich mich daran gewöhnt, dass er diesen Wechsel der Gefühle und Zerrissenheit ausleben muss. Außerdem bezweifle ich, dass er schon realisiert hat, was unsere verbundene Vergangenheit bedeutet. Wenn man das Drama mit seiner Ex-Freundin und seinem ...

Bevor ich das zu Ende denken kann, rahmen Ziams Hände plötzlich sanft mein Gesicht ein.

»Versprich mir, dass du bei mir bleibst und nichts Unüberlegtes tust.« Verwundert hebe ich eine Braue, starre ihn an und kann nicht verhindern, dass ich wild den Kopf schüttele.

»Was soll das?« Mahnend recke ich das Kinn.

»Sag es«, fordert er, packt mich gröber und drückt mich erneut gegen den Tisch.

»Versprochen.« Mit fester Stimme bringe ich das Wort hervor und presse meine Brüste gegen seinen Oberkörper.

»Ich muss dir etwas beichten.« Ein dunkler Schatten huscht über sein Gesicht und er beißt seine Kiefer aufeinander.

»Ziam«, stoße ich angespannt aus. Keine Ahnung, was jetzt noch kommt. Aber im Endeffekt sind wir eh schon am Boden, versuchen uns gerade aus dem Moor unserer Vergangenheit hervorzukämpfen. Es kann nicht noch schlimmer werden, da bin ich mir sicher.

»Dass ich dich verderben werde, dass ich krank bin, war nie nur Gerede. Dass ich ein Bastard und Arschloch bin, ebenso nicht. Deswegen muss ich dir zu den Frauen und meinem Fetisch noch etwas erklären.« Jetzt werde ich hellhörig und nervös.

Mein verkorkster Körper schüttet bei den Worten Verderben und Bastard irgendwie Hormone aus und projiziert die Bilder von dem Sex auf dem Flügel in meinen Kopf. Noch dazu sieht er so verunsichert aus, wie er es damals am Strand war, als er mir von seinem Wald und den Frauen erzählt hat.

»Erkläre es mir.« Mit einem sanften Lächeln stelle ich mich auf die Zehenspitzen und gebe ihm einen federleichten Kuss, ehe ich mich wieder zurückziehe.

»Wenn -«

Ein Klingeln schallt plötzlich durch den Raum, was mich erschreckt und zusammenzucken lässt.

Laut stößt Ziam die Luft aus, starrt mich weiterhin an und scheint abzuwarten, bis der Anrufer aufgibt.

Sobald es still ist, setzt er erneut an, während seine

Daumen beruhigend über meine Wangenknochen streichen. »Ich habe -«

Wieder erklingen die Töne seines Klingeltons.

»Herrgott.« Knurrend lässt er mich los, marschiert auf seinen Nachttisch zu und schnappt sich das Handy. Sein Blick erweicht sich, sobald er auf den Bildschirm schaut, wechselt aber sofort ins Besorgte, als er den Anruf annimmt.

»Erica. Ist etwas los?« Wer ist Erica? Ein Dorn pikst in mein Herz und mir ist klar, was mich da gerade trifft. Eifersucht. Bitter und unvorbereitet.

Während er zuhört, kommt er langsam auf mich zu und nimmt meine Hand. Danach geht er auf die Tür zu, kräuselt kurz die Stirn und bedenkt mich mit diesem wissenden Blick. Sofort versuche ich, meine dummen Gedanken abzustellen und den Gesichtsausdruck neutral wirken zu lassen.

Tief atme ich aus, als er mich mitzieht und mit mir zusammen das Schlafzimmer verlässt.

Auf dem Weg nach unten über die Wendeltreppe, lauscht er der Stimme und lässt mich nicht los, bis wir in der Küche sind.

Gerade als ich zur Kaffeemaschine gehen will, packt er mich am Handgelenk und zieht mich zurück. Überrascht beiße ich mir auf die Lippe, weil er das Telefon an seiner Schulter einklemmt und mich plötzlich hochhebt, um mich vor sich auf den Tresen zu setzen.

»Wie schlimm ist es?« Nach den Worten spreizt er meine Beine und tritt dazwischen.

Verwirrt sehe ich ihn an, sage aber nichts, sondern nehme es hin.

Mein Herz setzt einen Herzschlag aus, als er in der nächsten Sekunde seine Stirn gegen meine sinken lässt, und erschöpft die Luft ausstößt.

Was ist da nur los? Die verschlagene Art, die er eben hatte, ist wie weggeblasen und Sorge und Erschöpfung sind in seinem schönen Gesicht zu sehen. Der kleine Stachel der Eifersucht verliert seine Kraft. Denn eindeutig sucht Ziam bei mir den Halt, der ihm gerade offenbar genommen wird.

Sofort schlinge ich die Arme um seinen Oberkörper. All seine Muskeln sind angespannt und jetzt, so nah bei mir, kann ich die Anspannung spüren, die wie bei einer Klangschale ein Echo durch den Raum schickt.

Jetzt höre ich leise die Stimme der Frau, kann aber immer noch nicht verstehen, worüber sie reden.

»Beruhig dich bitte, Erica.« Zu seinen Worten greift Ziam an meinen Kiefer, streicht hart über meine Unterlippe und hält inne, als würde ihn die Berührung erden.

Deswegen sage ich weiterhin nichts, sondern fahre nur mit den Fingernägeln über seinen Rücken, um ihn spüren zu lassen, dass ich da bin.

»Ich versuche, Kiyan zu erreichen, und dann machen wir uns auf den Weg.«

Kurz darauf legt er auf, schmeißt das Handy etwas zu grob auf den Tresen und knurrt.

Ein überraschter Laut entkommt mir, als er mich auf einmal küsst. Hart, unnachgiebig und besitzergreifend. Seine Hände umschließen mein Gesicht, seine Zunge schiebt sich fordernd zwischen meine Lippen und raubt mir alle Sinne. Das ist kein Tanz, das ist ein verdammtes Statement und eine Prägung. Und ich genieße es, zerfließe in seinem plötzlichen Überfall und lasse ihn durch den Kuss seine Energie kontrollieren.

Schwer atmend löst er sich von mir und sieht mich so niedergeschlagen an, dass ich nicht anders kann, als an seinen Nacken zu greifen und meine Stirn dieses Mal gegen seine zu lehnen.

»Das habe ich gebraucht«, flüstert er und atmet tief aus.

»Es ist etwas passiert, nicht wahr?« Mit Absicht rede ich leise, weil ich Angst habe, dass ich ihn noch mehr in dieses emotionale Chaos stürze.

»Natürlich. Es ist ja nicht so, dass ich dir etwas erzählen wollte, dass schon dumm genug ist. Aber jetzt müssen wir ...« Ziam verstummt, atmet ein paar Mal tief ein und aus, ehe er seinen Kopf zurücknimmt und mich mit einem falschen Lächeln ansieht.

»Bereit, meine Mutter kennenzulernen?«

Überrascht reiße ich die Augen auf, kann nicht glauben, was er da gesagt hat. Fragt mich nicht, wie wir davon, dass er mir ein Geheimnis verraten wollte, an dem Punkt geraten sind, dass ich die restliche Familie meines Freundes kennenlernen soll. Mir ist sofort klar, dass ich keine Wahl habe. Außer ich lasse ihn allein und das ist keine Option. Seine Zerrissenheit ist sowieso deutlich zu spüren. Das beweist sein Tick, in diesem bestimmten Rhythmus gegen seinen Oberschenkel zu schlagen. Mit einem Unterschied: Dieses Mal ist es mein Schenkel. Das zeigt eindeutig, dass er mich braucht.

Wir gemeinsam können das schaffen, egal, wie dunkel unsere eigenen Monster sind und was sich uns noch alles in den Weg stellt.

KAPITEL 7

Ziam

Überfordert werfe ich einen Blick in den Rückspiegel, um Abella anzusehen. Diese Frau ist unglaublich, mit ihren nun gestylten Haaren und dem weißen Jumpsuit mit weiten Ärmeln gleicht sie einer Göttin.

Man sollte meinen, dass ich endlich damit klarkomme, was die Frau in mir auslöst. Tue ich nicht. Denn *sie* verändert alles, lässt mich vergessen und mit weniger Trigger-Anfällen durchs Leben gehen. Es ist nicht einmal zwei Tage her, dass sie in einen verfickten Bach gestürzt ist. Und heute sind wir hier.

Abella bringt mich durcheinander, aber das hilft mir, nicht andauernd zu überlegen, welcher Ziam ich wirklich bin, der Gute oder der Böse. Bei ihr bin ich so, wie es aus mir herauskommt, und sie scheint damit keine Probleme zu haben. Als würde sie jeden meiner negativen Aspekte akzeptieren.

Na ja, der letzte Brocken muss erst aus dem Weg

geräumt werden. Immerhin reden wir bisher noch von einem bisschen Ponyreiten in der Jugend. Das letzte verruchte Fragment muss noch aufgedeckt werden.

Merkwürdigerweise stört dieser Dämon, der meine innere Stimme ist, mich nur noch selten. Als würde Abella auch hier für Ruhe sorgen. In diesem Fall hat er allerdings recht. Dass ich Vollidiot in meiner emotionalen Misere im See nicht darüber nachgedacht habe, auch die letzte verdorbene Vorliebe meinerseits auszupacken, wird sich rächen. Herr, steh mir bei, wenn Abella denkt, dass ich ihr nicht alles anvertraut habe. So ist es nicht. Es ist unrealistisch, doch ich habe es schlichtweg vergessen. Nicht nur, was ich getan habe, sondern auch mit wem. Sie alle haben ihre Farbkraft in der Nacht verloren, in der ich das erste Mal von Abella kosten durfte.

Wenn du es nicht dumm anstellst, wird sie diesen Fetisch mit dir ausleben. Glaube mir, die weißen Blüten unserer Eisblüte sind bereits gefärbt und nur du kannst dafür sorgen, dass sie glänzen kann. Male nicht alles schwarz, wenn es sowieso passiert ist.

»Pass auf, dass du nicht sabberst.« Kiyan habe ich total verdrängt. *Fast.*

»Du solltest aufpassen, dass ich mich nicht vergesse. Warte ... Bist du neidisch?« Bei meinem Konter sehe ich weiterhin Abella an, die den Schlagabtausch zwischen meinem Kumpel und mir schmunzelnd beobachtet.

»Sicher nicht. Kann mir gestohlen bleiben.« Kiyan entkommt ein Geräusch, das fast nach einem Lachen klingt. Woraufhin ich mich von Abellas Anblick losreiße und mich zur Fahrerseite drehe.

Irgendetwas an ihm ist anders. Er sieht noch angespannter aus, als er sowieso schon ist. Aber gerade, als ich fragen will, ob etwas passiert ist, lässt er das Fenster herunter und gibt den Code ein, um auf das Gelände meiner Mutter zu fahren.

Sobald das Eisentor hinter uns zufällt, ist klar, dass ich erst einmal meine eigenen Probleme lösen muss, bevor ich irgendwelche Psychospielchen mit Kiyan Rush – Mister ich-komm-allein-klar, spiele.

Tief ausatmend, schaue ich über meine Schulter auf die Rückbank zu Abella.

»Wie besprochen, okay?« So locker es mir möglich ist, versuche ich ein entspanntes Lächeln zu zeigen, obwohl mir nicht danach zumute ist.

»Ich bin nervös.« Plötzlich wird aus dem Versuch ein ehrliches Grinsen, weil sich diese Frau unser »Kein Zurück mehr« zu Herzen genommen hat und ausspricht, was sie denkt. Gut, dass sie unsicher ist, sehe ich allein daran, wie rot ihre Wangen sind und dass sie ihre Nase so süß kräuselt.

»Verstehe ich. Aber ich weiß selbst nicht, was jetzt passiert. Außer, dass meine Mutter ein herzensguter Mensch ist. Ihr geht es gerade nur nicht gut.« Das ist eine Untertreibung, aber gut. Wie wir das gelöst kriegen, weiß ich noch nicht. Aber da Erica mir am Telefon das Problem nicht schildern wollte, muss ich unvorbereitet herkommen.

»Na ja, da ich auch deine Stimmungswechsel aushalte.« Sie zuckt mit den Schultern und zwinkert mir zu, was mir kurzzeitig die Sprache und offenbar auch das Denkvermögen verschlägt.

Wie schön, wir haben ihren Panzer geknackt. Die Zukunft wird so spaßig.

Bevor ich meine innere Stimme, Abellas Spruch oder irgendetwas verarbeiten kann, hallt nun wirklich Kiyans Lachen durchs Auto. Kurz darauf parkt er direkt vor dem Eingang.

So selten wie ich es gehört habe, schockiert es mich fast.

Sofort verschwindet auch der Rest des Druckes, der eben noch auf meiner Brust lag. Egal, was passiert, ich kann erst eine Lösung finden, wenn ich das Problem herausgefunden habe.

»Die Kleine passt gut zu dir.« Lachend schlägt er mir auf die Schulter.

»Richtig.« Euphorisiert davon, dass ich dieses Mal nicht allein das Haus betreten muss, steige ich aus und öffne Abella die Tür.

Tief atmet sie aus, ergreift meine Hand, die ich ihr hinhalte und sofort verschränke ich unsere Finger miteinander. Gemeinsam laufen wir die Stufen zum Eingang.

Gerade als ich die Haustür öffnen will, wird sie bereits aufgerissen. Ein kleiner Wirbelwind mit hellblonden Locken fegt heraus, stoppt aber abrupt, als sie Abella erblickt.

Ein quietschender Schrei löst sich aus der Brust von Ella, die, statt auf mich zuzuhalten, nun auf Abella zuläuft. »Ah, Bella.«

Aufgeregt reckt sie ihre Arme nach oben und strahlt meine Freundin an, die nun ebenfalls breit grinst. Fast so, als würde meine kleine Halbschwester mit ihrer freudigen Art, alles Negative vertreiben. Und das, obwohl Ella selbst so viel Scheiße erleben musste. Vielleicht ist das die nächste Last, die ich mit Abella teilen werde.

Doch jetzt stehe ich erst einmal überrumpelt da, starre zum Boden, auf dem Abella sich hinhockt, um auf Ellas Höhe zu sein.

»Hebst du mich hoch, damit ich Ziam Hallo sagen kann?« Bei Ellas Frage färben sich die Wangen meiner Freundin rot. Schmunzelnd legt sie den Kopf zur Seite, wodurch ihr Zopf auf ihren Rücken fällt.

»Wenn du magst.« Sofort schlingt El ihre Arme um Abellas Hals und in der nächsten Sekunde grinst die Kleine mich an.

»Zi. Ich mag Abellas Haare, du auch?« Mit einem breiten Grinsen holt sie Abellas geflochtenen Zopf nach vorn und breitet ihn ordentlich über ihre Schulter aus.

»Ja, ich mag so einiges an ihr.« Abellas Lippen öffnen sich einen Spalt und das zarte Rot auf ihren Wangen weckt Regionen an meinem Körper, die ich gerade absolut nicht gebrauchen kann.

Doch nicht nur das. Mein Herz schlägt übernatürlich schnell, wenn ich die beiden zusammen sehe. Es war für mich immer schwierig, Zeit mit Ella zu verbringen, aber jetzt ist es nur noch ein fernes Hintergrundrauschen. Fast so, als würde Abella mit ihrer liebevollen Art und ihrem wunderschönen Lächeln alles ein bisschen besser machen.

Herrgott. Was stimmt nicht mit mir?

Liebe, Moreno. Das ist dann, wenn nicht der Schwanz zuckt, sondern das Herz hüpft. Im besten Fall auch beides gleichzeitig. Fühlt sich gut an, oder?

Wie ein Idiot stehe ich da, sehe Abella an und versuche das Organ in Schach zu halten, das eindeutig die Worte meiner inneren Stimmen bestärken will. Es schlägt so hart gegen meine Rippen, dass ich Angst habe, jemand könnte es hören.

Abella bemerkt mein Starren und schenkt mir ihre Aufmerksamkeit, die bis eben noch Ella galt. Die Kleine scheint es nicht zu stören, sondern redet weiter über irgendetwas mit Schneemann und Olaf, aber ich kann nur meine Freundin anstarren.

Unsicherheit tritt auf Abella Gesicht, was mich die Fäuste ballen lässt. Ich mag es nicht, dass sie hinter allem etwas Schlechtes vermutet, auch wenn ich weiß, wieso es so ist. Ein Grund dafür ist mein verfickter Erzeuger, der mit Sicherheit eine Teilschuld daran hat, wieso ich meine Mutter aus einem ihrer panischen Momente holen muss.

Bevor ich etwas sagen kann, damit sie sich bestärkt fühlt, kommt mir jemand zuvor.

»Wieso stehst du draußen, Junge? Komm doch -« Erica erscheint neben mir in der großen Tür und stockt, als sie Abella und Ella entdeckt.

»Erica, guck mal. Das ist Zis Mädchen. Sie sieht doch aus wie Elsa, oder?« Freudig hüpft sie auf Abellas Arm, während ich Erica neben mir tief Luft holen höre. Kurz bin ich verunsichert, was jetzt passiert, obwohl ich nicht weiß, woher das kommt.

»Ja, das sehe ich, El. Aber dürfen die beiden erst einmal reinkommen?« Mit hochgezogener Augenbraue mustert mein altes Kindermädchen Ella und deutet mit einer Hand nach drinnen.

»Klar, klar. Bella, geh rein«, flötet das kleine Mädchen auf Abellas Arm.

Herrgott, diese Kleine hat so viel Energie. Genau da liegt das Problem, das erinnert mich immer zu sehr an meine Ex-Freundin, ihre Mutter. Sie war genauso. Lebensfroh, flippig, abgedreht und laut, das genaue Gegenteil von Abella. Und das ist auch gut so. Denn erst jetzt, mit Ella und ihr im großen Foyer, wird mir klar, dass ich wie El bin. Nur, dass meine Gefühle leiser sind, aber ebenso wechselhaft. Ich brauche einen Ausgleich dafür und in diesem Moment wird mir klar, wer das ist. Abella ist mein verdammter Gegenpol.

»El, geh schon einmal zur Mama.« Erica deutet auf das große Wohnzimmer und Abella geht sofort in die Knie, um das kleine Mädchen abzusetzen.

»Aber -«

»Wir kommen sofort.« Ich versuche, meine Stimme so ruhig wie möglich zu halten, als ich die Kleine unterbreche.

»Na gut.« Schmollend und mit verschränkten Armen stapft meine Halbschwester davon.

Sobald sie weg ist, tue ich das, was mein gesamtes Sein fordert, und überbrücke die Distanz zu Abella, um sie zu küssen. Sie versteift sich kurz und krallt sich in mein T-Shirt, aber ich sehe es gar nicht ein, mich zurückzuhalten, und ziehe sie fest an mich. Ihre weichen Lippen und warmer Körper beruhigen mein Herz.

Mit einem Seufzen löse ich mich von ihr, schnappe mir erneut ihre Hand und drehe mich zum Wohnzimmer. Erst da wird mir bewusst, dass ich Erica total vergessen habe.

Entzückt mit den Händen vor dem Mund steht sie an der Tür und strahlt mich an.

»Offensichtlich hast du es endlich verstanden.« Die Frau konnte mich schon immer gut durchschauen, deswegen stellt sich mir gar nicht die Frage, wieso sie genau diese Worte gewählt hat. »Aber du hättest sagen können, dass du jemanden mitbringst. Weil ... «

»O je«, nuschelt Abella neben mir. »Entschuldigen Sie.«

»Ich brauche sie. Egal, worum es geht. Glaube mir.« Ein Lächeln huscht über Ericas Lippen, als würde sie verstehen, was noch alles hinter meinen Worten steckt. Sie kommt langsam auf uns zu, legt eine Hand auf meine Brust und reicht die andere Abella, die sie sofort ergreift.

»Ich bin Erica, Ziams Hausmädchen und zweite Mama. Keine Ahnung, wie viel du von uns weißt, aber ich habe ihn großgezogen.«

»Freut mich wirklich sehr. Ich bin Abella. Ziam hat mir einiges erzählt, aber mit Sicherheit noch nicht alles.« Ein breites Grinsen erscheint auf Ericas Gesicht, das ich nicht deuten kann.

»Du bist die Frau, die ihn so durcheinandergebracht hat.« *Das stimmt.* Aus sehr vielen Gründen.

Als ich nicht reagiere, sieht die Frau, der ich so viel zu verdanken habe, noch glücklicher aus.

Denn sie ist nicht dumm. Allein weil ich ihr viel erzählt habe, kann sie es zuordnen, außerdem wird ihr die Ähnlichkeit von Abella mit den Opfern meines Vaters schlichtweg nicht entgangen sein. Deshalb kann sie auch eins und eins zusammenzählen, wieso ich die letzten Male, wenn sie mich gesehen hat, über Beziehungen nicht nachgedacht habe. Eben wegen dieses Umstandes.

Gut, dass sie nun wahrhaft zu unserer Geschichte gehört, kann sie nicht wissen und ob Erica und Mutter das heute unbedingt erfahren müssen, weiß ich noch nicht. Ich habe Abella erklärt, dass ich es gerne davon abhängig machen möchte, was los ist. Im Endeffekt müssen sie darüber informiert werden, aber ich habe keinerlei Kontrolle, was passiert, wenn wir bei meiner Mutter sind. Deswegen will ich abwarten. Fuck, das alles macht mich nervös.

»Und er mich.« Dass Abella plötzlich antwortet, überrascht mich. Deswegen werfe ich ihr einen Seitenblick zu. Sanft streicht sie über meine Hand und die Antwort ist so charmant verpackt, dass ich innerlich die Augen verdrehe.

Regst du dich noch einmal auf, dass du nicht weißt, was Liebe ist, erinnere ich dich an diesen schnulzigen Moment und stelle unseren unteren Freund unter Hausarrest. Love is in the air, la la la.

Rasch schüttele ich den Kopf. Mit dem Gedanken kann ich mich beschäftigen, wenn ich wieder mit Abella allein bin. Jetzt muss ich erst einmal herausfinden, was meine Mutter aus der Bahn geworfen hat.

Als würde Erica spüren, dass jetzt kein Weg mehr ums Unvermeidbare herumführt, tritt sie zurück und lässt ihre Hände sinken. »Folgt mir.«

Gemeinsam laufen wir an den Säulen vorbei Richtung Wohnzimmer. Dass Abella dabei scharf die Luft einzieht, lässt mich schmunzeln. *Na, kleine Eisblüte. Musst du gerade daran denken, wie du hier für mich gekniet hast?*

Fest drücke ich ihre Hand, damit sie zu mir sieht und lasse meine Zungenspitze hervorblitzen. Sofort wird sie rot. Fuck, ja, ich liebe es, wie sie auf mich reagiert.

»Ziam.« Ihre Stimme ist leise, leicht empört, aber auch neckisch. Dass ich das nur mache, um meine Emotionen irgendwie zu lockern, weiß sie.

Dann betreten wir gemeinsam das imposante Wohnzimmer mit der großen Sofa-Fläche, auf der meine Mutter in eine hellgraue, flauschige Decke eingehüllt liegt und irgendeine Trash-TV-Sendung sieht.

Es wäre fast witzig, wenn man bedenkt, dass eine Senatorin als Lieblingsausgleich Trash-Sendungen schaut, wenn es nicht dieser Moment wäre. Sie behauptet felsenfest, das bringt sie runter, weil sie da nicht nachzudenken braucht. Mich regt es nur auf, wie sich die Männer dort geben. Aber das ist ein anderes Thema.

Jetzt ist die Situation viel verquerer, weil ich weiß, dass meine Mutter, anders als sonst, wahrscheinlich tief in ihren Gedanken versunken ist. Und ich habe eine Vermutung, die mir nicht gefällt.

Langsam lasse ich Abellas Hand los, trete seitlich neben die Couch und richte das Wort an meine Mutter. »Mum.«

Sofort schießt ihr Kopf zu mir und ihre Augen füllen sich mit Tränen. Rasch schält sie sich aus der Decke, steht auf und kommt auf mich zu, um mich zu umarmen. »Ziam.«

Beschützend drücke ich sie an mich und kann das leichte Beben ihrer Schultern spüren. Dabei sehe ich im Hintergrund, wie Erica Ella aus dem Raum führt.

Ich hasse es, wenn meine Mutter weint. Sofort entsteht eine brodelnde Wut in meinen Adern. Wer auch immer die Schuld trägt, aber ich bin bereit, demjenigen eine zu verpassen. Leider habe ich auch schon eine Vermutung, wer wieder einmal dafür verantwortlich ist.

»O mein Gott ... das ist ein Albtraum ... ich ... El und du ... wir.« Schniefend krallt sie sich in meinen Rücken und vergräbt ihr Gesicht an meinem Hals. Nur aus diesen gestammelten Worten kann ich erkennen, dass meine Mutter am Boden ist. Normalerweise ist sie stark, unnachgiebig und tough, sonst könnte sie auch keine Politikerin sein, aber jetzt ... Es erinnert mich an den Abend und die Zeit der Verhandlung, als unser Leben auf den Kopf gestellt wurde. Erneut brodelt es gefährlich in mir, weshalb ich meine Mutter noch enger an mich drücke. Keine Ahnung, ob ich ihr Halt geben will oder mich davon abhalte, etwas wirklich Dummes zu tun.

»Atme tief ein und dann erkläre mir in Ruhe, was passiert ist.« Mit streichenden Bewegungen über ihre Schultern versuche ich sie zu beruhigen. Dass ich mit meinen Ende zwanzig meiner Mutter eine Stütze sein muss, ist vielleicht für andere ungewöhnlich, aber nicht für mich. Diese Frau ist der Grund, dass ich ein normales Leben führen kann. Ausgenommen meiner Neigungen, von denen sie nichts weiß und meinen tief verankerten Problemen sowie der krankhaften Störung meiner Gefühle. Aber ich habe einen Job, eine Zukunft, ohne andauernd der Sohn des Vergewaltigers zu sein. Das allein habe ich nur ihr zu verdanken, weil sie sich stark dafür gemacht hat, dass ich ihren Geburtsnamen annehmen konnte, um meine Karriere zu beginnen.

Lange Zeit bleibt es still, nur die Trauer meiner Mutter ist zu spüren und zu hören, obwohl ich weiß, dass Abella und Erica immer noch mit uns im Raum sind, geben sie keinen Ton von sich. Das Schweigen breitet sich aus, wird jedoch in der nächsten Sekunde von ihren Worten und Abellas schockierendem Laut unterbrochen. »Er wird freikommen.«

Verfickte Scheiße. Ein Knurren entkommt mir, was ich

nicht unterdrücken kann, wobei ich von meiner Mutter zurück stolpere, als hätte sie mich geschlagen. Sie schluchzt, reibt sich über die tränennassen Wangen und starrt mich an, während ich schwer atmend mitten im Raum stehe.

Auf meiner Brust liegt ein Druck, so stark wie ein Dutzend Sumoringer, die versuchen mir auch noch den Rest kläglichen Sauerstoff aus den Lungen zu pressen. In meinem Kopf schallt dabei nur immer wieder seine Stimme: *Wir sind eine Familie, für immer. Ich komme wieder.*

Hass, Wut und Verzweiflung kochen in mir, bündeln sich mit der Mordlust, die ich gegen diesen elenden Wichser habe. Mein Sichtfeld verschwimmt, meine Finger kribbeln, weil ich sie so fest zusammenpresse, um nicht gegen die nächstbeste Wand zu schlagen.

Tue es verdammt. Lass es verdammt noch mal raus.

Dass meine innere Stimme tatsächlich jetzt meint, sich in solche Situationen einzumischen, treibt meine Hilflosigkeit nur noch weiter an. Ein Cocktail an bitteren, schmerzlichen und verwüstenden Emotionen brennt in meinen Venen.

»Fuck«, brülle ich so laut, dass es von den hohen Wänden durch das große Wohnzimmer schallt. Mit meinem Brüllen verstummt das Schluchzen meiner Mutter und eine tödliche Stille tritt ein.

Fest kneife ich die Augen zusammen, zähle bis acht und versuche mich zu beruhigen, was gut klappt, bis plötzlich Ericas Stimme erklingt. »Hey, Kleine ... ZIAM.« Ihre Worte werden zum Ende hysterisch, aufgewühlt, so wie ich es nicht von ihr kenne, woraufhin ich die Augen aufreiße und mich zu ihr umdrehe.

Das, was ich nun sehe, wirkt wie eine eiskalte Dusche und spült all die verwirrenden Empfindungen in die hinterste Ecke meines Geistes. Es wirkt wie ein verfluchter Elektroschock, der mein gesamtes System neu sortiert und sich nur noch auf eins ausrichtet. *Mein Mädchen.*

Jede Zelle in mir fixiert sich auf ihren erschlafften Körper, der in dieser Sekunde in Ericas Armen zusammensackt. Aus ihrem Zopf haben sich Haarsträhnen gelöst, ihre Gesichtsfarbe ich noch blasser als sonst und an ihrer Lippe kann ich eine aufgerissene Stelle erkennen, aus der Blut tritt. Aus meiner wunderschönen Göttin, die eben noch wie ein Fragment aus verborgenen Zeiten wirkte, ist ein gefallener Engel geworden.

»Scheiße ... Abella.« Sofort stürze ich vor, bin getrieben von der Schuld, dass ich nicht eine Sekunde daran gedacht habe, was diese Aussage bei ihr auslöst, und falle neben Erica auf die Knie. »Mi Belleza.«

Obwohl ich überwältigt von ihrem Anblick bin und die zitternden Hände kaum kontrollieren kann, bringe ich meine Finger so vorsichtig wie möglich an ihre Wange und beuge mich zu ihr. Sobald ich ihre kalte Haut berühre, wispere ich leise, »Öffne deine Augen, kleine Eisblüte. Ich will in deine Augen sehen.«

Noch ehe ich zu Ende gesprochen habe, ziehe ich mich zurück, starre auf ihr Gesicht und balle die freie Hand zur Faust, weil keine Reaktion von ihr kommt. Erneut erfasst mich eine Hilflosigkeit, die etwas in mir austicken lässt. Obwohl Abella nur einen Schwächeanfall hat, verliere ich mich in meinen nicht rationalen Vermutungen. *Sie darf*

mich nicht verlassen. Sie gehört mir. Meins. Meine.
Nur mir.

Angetrieben von diesen Gedanken, der Angst, dass ich ohne sie sein muss, rüttele ich an ihrer Schulter, so fest und intensiv, dass es mit Sicherheit nicht gut ist.

»Abella«, brülle ich, völlig von Sinnen. Zwar nehme ich vage wahr, dass Erica gegen meine Hand schlägt und mir irgendwas sagt, aber ich kann es nicht erfassen. Schwarze Krallen umschließen mein Herz, nähren sich an den guten Gefühlen darin und zerfressen mich von innen heraus.

Gefangen in der bitteren Selbstzerstörung, dass ich erneut Schuld daran bin, dass Abella leiden muss, packt mich die Dunkelheit und zieht mich mit sich. Zurück ist der Drang mir einzureden, dass ich bin wie er, nur weil er mich erzogen hat. Ich wusste immer, dass ich irgendwann den Kampf gegen diese unbändige Macht, seine Beschwörungen verliere. Der Zeitpunkt ist jetzt. Verloren, ein für alle Mal.

KAPITEL 8

Abella

Überall dieser bittere, einnehmende und eiskalte Schmerz, der sich wie eine Schicht über jede Stelle meines Körpers legt. Fast so, als würde mein Herz erneut drohen, zu erfrieren, obwohl ich erst seit Kurzem überhaupt wieder das Gefühl habe, dass es wiedererweckt wurde. Offensichtlich muss ich nun erleiden, was mir schon einmal passiert ist. Ich verliere gegen den gefährlichsten Trigger meines Lebens. Die Vergangenheit.

Ehe ich tiefer in der Schlucht aus Eis und Kälte versinken kann, spüre ich plötzlich ein Beben, das die Eisschicht zersplittern lässt. Immer heftiger erbebt es, bis ich erneut einen Schmerz wahrnehme, der sich allerdings lebendiger, echter und wahrhaftig anfühlt.

Als würde ich aus einem gefrorenen See zu schnell auftauchen, schnappe ich entsetzt nach Luft und reiße die Augen auf. Über mir sehe ich eine weiße, mit Stuck verzierte Decke und rieche diesen angenehmen Duft nach frischen Rosen.

Plötzlich wird mir wieder bewusst, an welchem Ort ich bin und dass ich aufgrund der schrecklichen Erinnerungen ohnmächtig geworden bin. Doch noch markanter ist der Schmerz, der sich an meiner Schulter ausbreitet und mich keuchen lässt.

Langsam nehme ich die Frauen wahr, Erica – die ältere Hausdame und Kindermädchen, auf deren Schoß ich liege und Ziams Mutter, die bei meinen Beinen und hinter ihrem Sohn steht, der sich über mich beugt. Erst da wird mir bewusst, dass jemand wild an meinem Körper rüttelt. Es sind Ziams Hände, die sich wie ein Schraubstock in meine Haut bohren, doch erschütternder sind die leisen Worte, die zu mir dringen. *Abella, verlass mich nicht.*

»Ziam, hey ... ich bin hier.« Meine Stimme ist brüchig, jedoch laut genug, um mich zu verstehen, zumindest signalisieren mir das die Reaktionen von Erica und Ziams Mutter. Die beiden sehen sichtlich erleichtert aus, kommen aber nicht zu Wort, weil ich erneut schmerzerfüllt stöhne. Ziam hat echt Kraft, das wusste ich, doch dieses Mal tut er mir echt weh. Allerdings scheint er das nicht zu merken, obwohl ich mich mit den Schultern versuche, gegen ihn zu wehren.

»Ziam«, keuche ich und winde mich, nur bringt es nichts, er presst mich weiterhin murmelnd auf den Schoß von Erica. »Es ist okay, wir sind okay. BABY.«

Es sollte mir unangenehm sein, dass ich das letzte Wort brülle, besonders vor seiner Mutter, aber das ist es nicht. Denn gerade geht es nur um Ziam und seine Verfassung. Er ist komplett außer Kontrolle, Tränen rinnen über seine Wangen, das kann ich spüren, weil sie auf mein

Dekolleté tropfen und sein Flehen schneidet tiefer, als ein Messer es jemals könnte.

Mit jeder weiteren Sekunde, in der ich es nicht schaffe, dass er meine Stimme hört, kommen nun auch mir Tränen. Verzweifelt sehe ich zwischen den beiden Frauen hin und her.

»Bitte, helft ihm«, wispere ich. Und als würde ich irgendeinen Zauberspruch anwenden, straffen sich die Schultern von Ziams Mutter, ihre Haltung wird eine andere und sie wischt sich rasch die Tränen aus dem Gesicht, bevor sie im nächsten Augenblick nach ihrem Sohn greift.

Ich schnappe nach Luft, als sie ihn so fest am Kragen des T-Shirts packt, dass ich den Stoff reißen hören kann und bin überrascht, als sie mit der anderen Hand ausholt, um ihm eine Ohrfeige zu verpassen.

Schockiert reiße ich die Augen auf, kann nicht glauben, was gerade passiert ist. Jedoch merke ich kurz darauf, wie der feste Griff von meinen Schultern verschwindet. Überfordert blinzle ich die große, blonde Frau an, die ihren Sohn geschlagen hat. Doch es hat seinen Zweck erfüllt, er hat mich losgelassen und scheint nicht mehr vor sich hinzumurmeln. Dafür sieht er komplett gebrochen aus. Er kniet vor ihr und hat den Kopf zum Boden gesenkt, sodass ich sein Gesicht nicht erkennen kann.

Schwer atmend traue ich mich kaum, mich zu bewegen, weil niemand ein Wort sagt. Mit zitternden Gliedern rutsche ich langsam auf Ziam zu.

Sobald ich bei ihm angekommen bin, legt mir seine Mutter eine Hand auf die Schulter. »Es tut mir leid ... es. Geht es dir gut?« Rasch nicke ich, was sie zum Weiterreden animiert. »Ihr solltet erst reden ... und ... ich ...« Die wunderschöne Frau, deren Gesicht Ziam eindeutig von ihr hat, wischt sich eine Träne von der Wange, die aber ungehindert nachkommen.

Bevor sie erneut etwas sagen kann, kommt Erica ihr zuvor. »Komm, Ravina. Ruft uns, sobald ihr fertig seid.« Mit einem letzten schmalen Lächeln verschwinden die beiden aus dem Wohnzimmer und lassen mich in einem Meer aus Eissplittern zurück. Überfordert balle ich die Hände zu Fäusten, versuche, zu erfassen, was passiert ist, aber bekomme keinen klaren Gedanken zu fassen.

Ohne darüber nachzudenken, greife ich an meine Schulter, reibe sanft über die schmerzenden Stellen, die mit Sicherheit Abdrücke von Ziams Fingern zieren.

Gerade als ich mich zu Besagtem umdrehe, erklingt seine Stimme. »Du weißt, wo die Tür ist. Bitte geh.« *Wie bitte?* Schockiert reiße ich so schnell den Kopf zu ihm, dass meine Nackenmuskulatur protestiert.

Noch immer sitzt er wie ein geprügeltes Kind auf dem Boden und würdigt mich nicht eines Blickes.

Auch wenn ich diesen glimmenden, erbarmungslosen Stachel der Zweifel und Ängste spüren kann, der mir sagt, dass ich auf ihn hören soll, denke ich gar nicht daran. Nicht nachdem, was wir uns verdammt noch mal im See geschworen haben. Auch wenn er mich verletzt hat, bin ich nicht bereit, erneut in der Furcht zu versinken. Dieses Mal nicht. Ich wollte etwas ändern und das tue ich jetzt auch, selbst wenn ich dafür zuerst offensichtlich seine Trigger aushalten muss.

Ich habe ihm gesagt, dass ich ihn liebe, und das war die Wahrheit. Bedingungslos, ob das mal mein Todesurteil sein wird, ist mir, gelinde gesagt, scheißegal. Er hat Ecken und Kanten, Triggerpunkte und tiefe Abgründe, aber die habe ich auch. Doch jeder hat es verdient, dass es den einen Menschen gibt, der ihn akzeptiert, wie er ist, mit eben all den Narben und Wunden, die das Leben einem geschenkt hat. Richtig gehört: geschenkt, denn wir werden nur zu der Person, die wir sind, weil wir Fehler machen, falsche Entscheidungen treffen und verletzt werden. Aber am Ende können wir stärker sein als das, besser werden als die Version von uns, die wir einmal waren. Und wenn eine tiefe Wunde, ein unkontrollierter Triggerpunkt nicht allein überwunden werden kann, dann wird es immer jemanden geben, der sich dieser Aufgabe mit stellt. Schiebt es auf meinen Glauben an spirituelle Fügungen und Schicksal, aber manchmal kann die Liebe, das Vertrauen des einen Menschen einem helfen zu überleben. Denn wir alle werden Überlebende sein, weil keine Angst der Welt uns besiegen kann. All dem bin ich mir bewusst geworden, als ich Ziam getroffen habe. Es ist an der Zeit, dass auch er erkennt, was unsere vielleicht nicht gesellschaftlich als normal abgestempelte Beziehung für positive Fähigkeiten hat.

Ja, verdammt und zugenäht, zeigen wir dem Superpopstar endlich unsere starke Seite und beweisen ihm, dass wir in den dunkelsten Zeiten sein Licht sein können. Bailey, ich bin verdammt stolz auf dich.

Mit der neuen euphorisierten Energie, die meine innere Stimme und die Gedanken ausgelöst haben, erwacht auch mein Selbstbewusstsein, das sich davon nährt, Ziam und mich beschützen zu wollen. Deshalb mache ich genau das Gegenteil von dem, was er gefordert hat, und ziehe an seinem Arm. Zum Glück hilft er mit, und erhebt sich mit mir gemeinsam, worauf ich den letzten Schritt auf ihn zutrete, um mich mit durchgestreckten Schultern vor ihm aufzubauen.

»Jetzt ist keine Zeit für Mut, Heldentaten oder Rebellionen, kleine Eisblüte.« Immer noch triefen seine Worte vor Schmerz und Schuld. Um das zu erkennen, brauche ich keine gezielte Ausbildung in Mimik oder Gesten lesen, das strahlt Ziam aus jeder Pore aus.

»Sicher nicht, aber es ist Zeit zu kämpfen! Dafür, dass wir glücklich sein können und du verstehst, dass du kein schlechter Mensch bist.«

»Bin ich nicht ...« Aufgebracht funkelt Ziam mich an, was mich dazu bringt, die Füße mit mehr Druck in den Boden zu stemmen. Nur um ihm keinerlei Reaktionen zu zeigen, die ihn denken lassen könnten, dass ich Angst vor ihm habe. Denn die habe ich nicht. »... und was ist dann das?« Knurrend deutet er auf meine Schulter, auf der mein Jumpsuit verrutscht ist und die roten Stellen seiner Handabdrücke preisgibt.

»Das, Baby, sind meine Wunden, um die Frau an deiner Seite zu werden.« Meine innere Stimme rennt schreiend, wie ein Indianer um den Marterpfahl, rudert mit den Armen und schmeißt Konfetti, als hätte ich gerade im Jackpot gewonnen. Dabei stehe ich nur endlich zu dem, was ich mir schon so lange wünsche, nämlich mir selbst zu vertrauen und für mein eigenes Glück zu kämpfen.

Entsetzt starrt Ziam mich an, rauft sich die Haare, legt den Kopf in den Nacken, um die Decke zu fixieren, während ich mich außer zu atmen, nichts anderes traue. Denn dieser Moment ist entscheidend und das wissen wir beide. Es ist fast so, als würden wir auf unserem Weg mehrere Etappenziele erreichen müssen, die uns immer wieder vor die Wahl stellen. Gemeinsam oder allein. Jetzt und hier ist ein weiterer.

Nach einigen Sekunden, die sich für mich anfühlen, wie in einem See aus eiskaltem Wasser zu ertrinken, nimmt er seinen Kopf wieder zurück und fixiert mich. Schwer schlucke ich gegen die Trockenheit in meinem Hals an, die allein sein Anblick in mir auslöst. Ziams Haare stehen wirr ab, eine Strähne hängt ihm übers Auge. Seine Iriden strahlen nun mit einer Kraft, die an eine Festung erinnert, die jedem verdammten Unwetter stand-halten könnte. Fasziniert davon, wie die blau, grün und braunen Ringe ineinander übergehen, merke ich erst, dass er den Abstand zwischen uns überbrückt hat, als er mir mit einer Hand an den Kiefer greift und fest zupackt.

»Ich habe deine weiße Seele besudelt, Abella. Nur nicht mit meiner Dunkelheit, sondern mit dem Schmerz und dem Leid. Warum siehst du das nicht?« Fragend legt er den Kopf schräg, mustert mich und wischt dabei mit der anderen Hand über meine Lippe. An seiner Daumenkuppe kann ich mein Blut erkennen, das er aufgefangen hat. Erst da wird mir bewusst, dass ich vor Anspannung meine Unterlippe erneut blutig gebissen habe.

»Schmerzen kann man nicht entkommen, Ziam. Man kann sie überwinden und bezwingen. Du machst mich stärker. Siehst du *das* nicht?« Während er mich immer noch am Kiefer festhält, lege ich nun die Hände an seine Wangen und spiegele die kreisenden Bewegungen seiner Finger.

Die nachdenkliche Falte auf seiner Stirn glättet sich bei

dieser Geste, seine Schultern entspannen sich sichtlich und ein kleines, schmales Lächeln schleicht sich auf seine Lippen.

»Doch, es ist kaum zu übersehen und überwältigt mich. Du wirst mich nicht aufgeben, nicht wahr?« Ehe er weiterreden oder irgendetwas tun kann, schießt es aus mir hervor. »Niemals, kein Zurück mehr, Baby.«

Etwas blitzt in seinen Augen auf, die sich schlagartig verdunkeln und diesen teuflischen, verruchten Blick in sein Gesicht zurückbringt. Wäre die Situation nicht so abstrus, obwohl sie typisch für uns ist, würde ich lachen.

»Sprich deinen Gedanken aus«, flüstere ich und drücke mich gegen Ziams Griff. Zum ersten Mal in meinem Leben fühlt es sich nicht falsch an, dass ich mich von selbst entscheide, mich in die Hände eines Mannes zu begeben.

Ein dunkles Grollen entkommt seiner Brust.

»Wir sollten dringend klären, wie wir meinen elenden Bastard-Vater im Knast verrecken lassen können und dann verschwinden wir von hier. Denn ich will hören, wie du Baby stöhnst, wenn mein Schwanz in deiner feuchten Pussy steckt.« Ein Schauder rinnt über meinen Körper, der Ziam mit Sicherheit nicht verborgen bleibt. Sein teuflisches Grinsen bestätigt es mir nur. »Es macht doch mehr Spaß als gedacht, dein weiß mit meinem schwarz zu mischen. Welches Bild werden wir wohl am Ende erzeugen? Bist du auch so fasziniert davon wie ich?«

»Ich bin fasziniert von dir«, wispere ich und hauche einen Kuss auf seine Lippen, die direkt über meinen schweben. Trotzdem schiebe ich schnell etwas hinterher, weil mir bewusst ist, welche Strategie Mister Moreno hier fährt. Zwar hat er seine Alles-im-Gleichgewicht-halten-Fassade mit meiner Hilfe wieder aufgebaut, aber dahinter liegt immer noch Schuld, das weiß ich genau. »Geht´s dir gut?«

»Ja. Dich so zu sehen ...« Er stockt, raubt mir in der nächsten Sekunde den Atem, weil er mir einen groben, schmerzhaften Kuss aufdrückt. »Ich kann dich nicht verlieren. Ich fühle mich schuldig, aber lass uns darüber zu Hause reden, okay? Jetzt sprechen wir erst einmal mit meiner Mutter und finden eine Lösung für dieses scheiß Chaos.«

Wie er zu Hause sagt, drängt einen wohligen Schauer über meinen Körper, der die Kälte der Szenerie von vorher langsam aus den Knochen vertreibt.

»Okay.« Rasch nicke ich und will Abstand zwischen uns bringen, aber dazu kommt es nicht, weil Ziam mich an seine Seite zieht und einen Arm fest um meine Hüfte schlingt.

O Gott, so süß. Jetzt will er dich erst einmal nicht loslassen. Das wird ein spannender Abend.

Innerlich verdrehe ich die Augen über den Einwurf meiner inneren Stimme.

»Mum«, ruft Ziam, was durch den offenen Wohnbereich hallt und bereits eine Sekunde später geht die Tür auf und Ravina und Erica betreten den Raum. Mit schnellen Schritten kommen sie auf uns zu.

»Ziam, es tut mir leid. Dass ich dich ...« Bevor sie weiterreden kann, greift Ziam nach ihrer Hand und drückt sie aufmunternd.

»Du hast mich da rausgeholt und dafür gesorgt, dass ich niemandem wehtun kann. Du brauchst dich nicht zu entschuldigen, aber ich muss mich bedanken. Danke, Mum.« Ein überwältigter Ton entkommt Ravina, die vortritt und die Wange von Ziam tätschelt, auf der sie ihn vorher geohrfeigt hat, und zwar, um ihren Sohn und mich vor ihm selbst zu beschützen.

Kurze Zeit ist es still, ehe der Mann neben mir sich an Erica wendet. »Dabei hast du mir früher immer nur Hausarrest gegeben. Mum scheint da härtere Bandagen anzulegen.« Himmel, ist er verrückt? Das ist doch viel zu früh, um einen Witz zu reißen. Mal davon abgesehen, dass das absolut untypisch ist, obwohl mich bei ihm langsam nichts mehr wundert.

»Jetzt weißt du es wertzuschätzen, dass ich deiner Mutter nie erzählt habe, wo ich dich nachts überall abholen musste.« Oha. Überrascht sehe ich zu Ziam, der nur den Kopf schüttelt und sein ehemaliges Hausmädchen dabei beobachtet, wie sie entspannt Gläser und eine Wasserkaraffe von einem Servierwagen nimmt und sie auf dem Wohnzimmertisch abstellt.

»Hey, es ... Herrje, wie stellt man sich denn vor, wenn man den eigenen Sohn vor ein paar Minuten geohrfeigt hat?« Ihren unsicheren Gesichtsausdruck kenne ich von mir nur zu gut. Ravina hält mir eine Hand hin.

Mit einem hoffentlich freundlichen Grinsen, das nicht aussieht wie Harley Quinn oder eine Entlaufene aus einem Zombiefilm, erwidere ich den Handschlag. »Machen Sie sich keine Sorgen, dass ... ich ...« Meine Güte, Abella. So schwer ist das nicht. »Danke. Sie haben Ziam da rausgeholt und mir geholfen, obwohl sie nicht wissen, wer ich überhaupt bin. Das war mutig.«

Ich weiß nicht, welche erschrockenen, verwunderten

Laute ich deutlicher höre, Ziams, Ericas oder Ravinas. Deswegen lasse ich ihre Hand los und kralle mich unsicher in Ziams T-Shirt, der mich daraufhin nur fester an sich drückt, ehe er schmunzelnd für mich einspringt. »Das ist Abella, meine Freundin.«

Die gesamte Aufmerksamkeit ist plötzlich auf Ziam gerichtet, der meine verkrampfte Haltung nur mit streichenden Bewegungen auf meinem Rücken kommentiert. In dieser Sekunde splittern auch die letzten Eisschollen, die immer wieder gerne wie schmerzhafte Erinnerungsfetzen meine alten Wunden aufreißen.

Wärme, Liebe und Euphorie erfassen mich, die ich niemals für möglich gehalten habe. O mein Gott, ich bin Ziam Morenos Freundin, offiziell und es macht mich glücklicher, als ich es mir je erträumen konnte.

»Das, mein Sohn, habe ich mir gedacht. Abella, es freut mich. Ich bin Ravina.« Nun tritt auch auf Ravinas Gesicht, zum ersten Mal, seitdem ich sie kennengelernt habe, ein fröhliches und warmes Strahlen, das mich sehr daran erinnert, wenn Ziam auf der Bühne steht oder Zeit mit seinen Bandkollegen verbringt. Dass sie verwandt sind, können sie auf jeden Fall nicht abstreiten. Jetzt, so nahe, verwundert es mich, dass niemand gezielt die beiden in der Presse zusammenbringt, aber wahrscheinlich hat eine Senatorin Anwälte, mit denen sich keiner freiwillig anlegt.

Zur Bestätigung oder als wüsste er, worüber ich nachdenke, ergreift Ziam als Nächstes das Wort, während wir gemeinsam zur Couch gehen. »Du solltest deinen Anwalt anrufen. Es ist Zeit, dass er und ich einen Plan erarbeiten, wie wir Jeremy weiterhin hinter Gitter festsetzen können.«

Eine Gänsehaut erfasst mich bei dem Namen, aber Ziams warmer Körper und sein Kuss auf meinen Scheitel vertreiben sie wieder. Es ist ein Beweis seines Vertrauens, dass er mich bei diesem Gespräch nicht wegschickt.

Ravina wirkt verwirrt darüber, sagt aber im ersten Moment nichts dazu, sondern wendet sich an Erica. »Könntest du nach El sehen?« Ach, verdammt, das kleine Mädchen habe ich total vergessen. Scheinbar hat Erica sie vorhin vor Ziams und meinem Zusammenbruch glücklicherweise aus dem Raum geschafft.

»Selbstverständlich.« Mit einem kurzen Nicken verschwindet das Hausmädchen, bevor sich Ravina wieder an uns wendet. Sichtlich nervös reibt sie die Hände an den Leggings.

»Ravina ...« Meine Stimme ist kratzig, weshalb ich mich selbst unterbreche und gegen die Trockenheit schlucke. Rasch beuge ich mich vor, nehme ein Glas in die Hände und trinke etwas davon. »Ich kenne Jeremy. Die Frau, die damals nie namentlich genannt wurde, aber der Grund war, wieso so viele andere ihn am Ende angezeigt haben ... dieses junge Mädchen war ich.«

Es purzelt so über meine Lippen, weil ich nicht will, dass diese Familie, die schon so viel Leid hinter sich hat, erneut Angst haben muss. Besonders nicht davor, dass ihnen jemand irgendetwas vorspielt oder Vertrauen erschleicht, das er nicht verdient. Denn wir sitzen im selben Boot und haben den gleichen Feind. Nur gemeinsam können wir dafür sorgen, dass wir endlich Frieden finden können.

Entsetzen tritt auf Ravinas Gesicht, die ungläubig zwischen uns beiden hin und her sieht. Ihr Blick bleibt auf

Ziams Hand liegen, die sich in meinen Oberschenkel krallt.

»Wusstest du das?«, fragt sie mit zittriger Stimme, während ich die Beklemmung versuche mit einigen Schlucken des kalten Wassers zu verdrängen.

»Nein. Ich habe die Frau gesucht, wie du weißt, aber ich hatte kaum Anhaltspunkte.« Moment, jetzt dämmert es mir, wieso Ziam sich mit der einen Frau getroffen hat. »Das vorletzte Opfer hat mir verraten, an welcher Universität die Unbekannte studiert hat. Damit konnte ich es eingrenzen. Bis dahin kannte ich Abella nur als Freundin meiner Bandkollegen.«

»Ich meine ... ihr ... du ...« Ravina laufen Tränen über die Wangen, während sie mich beobachtet und auf etwas zu warten scheint, aber ich verstehe nicht worauf. »Entschuldige, dass -«

»Nein«, schneide ich ihr das Wort ab und drücke die Schultern durch. »Tu das nicht. Es gibt nur einen, der sich zu entschuldigen hat und ich weiß aus sicherer Quelle, dass er es nicht bereut. Also nein!« Woher die Vehemenz in meiner Stimme kommt, weiß ich nicht, aber diese Familie hat genug Leid erlebt, sie müssen sich mit dem Schmerz nicht auch noch geißeln, für Dinge, die sie niemals selbst in der Hand hatten.

Sobald die Worte meinen Mund verlassen haben, weiß ich, dass ich etwas gesagt habe, das Ravina schockiert.

»Woher?« Ihre Stimme zeugt plötzlich nur so von Stärke, genau wie es jetzt Ravinas Körperhaltung tut. Sie sitzt kerzengerade vor uns, hat die Hände auf ihren Oberschenkeln zu Fäusten geballt und starrt mich an. »Sag schon.«

»Mum -« Ziam will etwas einbringen, aber wird von seiner Mutter unterbrochen, die nun offensichtlich in den Senatoren- oder allgemeinen Kampfmodus gewechselt ist. »Nein. Wieso, glaubst du, bereut er es nicht?«

Verwirrt sehe ich sie an, kann ihr absolut nicht folgen und öffne den Mund, ohne, dass etwas herauskommt. Meine Gedanken kreisen darum, was Ziam mir erzählt und Ravina vorhin offenbart hat und da wird es mir klar.

»Er kommt raus wegen guter Führung, weil er sich geändert hat oder seine Taten bereut, nicht wahr?«

»Fuck.« Ziams Finger krallen sich fester in meinen Oberschenkel, während Ravina mich immer noch mit diesem Blick bedeckt, der mir wahrscheinlich grob vor Augen führt, wie sie ihren Job ausübt. Das ist die Löwenmama, die ihre Familie, mit allem, was sie besitzt, beschützt und dass sie gerade nicht versteht, was hier passiert, kann ich nachvollziehen.

»Ja.« Auch wenn ich die Antwort von Ravina erwartet habe, trifft es mich mehr, als ich vermutet habe. Mit Erschrecken denke ich an die Truhe in meiner Wohnung, die mit seinen Briefen gefüllt ist. An die ersten Worte, die ich damals von ihm schriftlich gelesen habe und erschaudere nur bei der Erinnerung daran. Dennoch wird mir in dem Moment bewusst, dass dieser quälende Teil meines Lebens eventuell unsere einzige Chance ist.

Schnell leere ich das Glas, sortiere die Gedanken und wähle die nächsten Worte mit Bedacht.

»Wir wollen alle, dass dieser Mensch im Knast bleibt, richtig?« Ziam verkrampft sich neben mir, Ravina verzieht keine Miene, aber nickt nach einigen Sekunden, die sich für mich wie ein Wettlauf gegen die Zeit anfühlen. »Ich habe etwas, dass uns helfen kann.«

»Die Briefe«, stößt Ziam leise aus. Offensichtlich scheint auch er die Erkenntnis erlangt zu haben, dass wir noch nicht geschlagen sind. Zwar habe ich mir immer geschworen, dass ich dem Mann, der mir das angetan hat, nie wieder begegnen will, aber die Zeiten ändern sich. Jetzt bin ich stärker, habe meine Wunden geleckt, erlange mein Selbstvertrauen zurück und bin bereit, erneut dafür zu kämpfen, eine Zukunft zu haben. An der Seite des Mannes, der mir just, die entscheidenden Worte zuflüstert, die auch den letzten Kampfgeist in mir wecken. »Kein Zurück mehr, Mi Belleza. Wir gemeinsam.«

KAPITEL 9

Liam

Gegen späten Nachmittag sind wir in Abellas Wohnung, eher gesagt mitten in ihrem Schlafzimmer, in dem zwei große Truhen direkt vor ihrem Bett stehen.

Mir ist selbst nicht klar, wann Abella und ich die Rollen getauscht haben. Geschweige denn wie das, was hier passiert, überhaupt entstehen konnte, aber in mir herrscht eine Stille, seitdem wir auf der Couch meiner Mutter saßen. Es ist ungewohnt und etwas, dass ich bisher nicht kannte.

Während Abella sich auf den Boden hockt, verrutscht erneut ihr Jumpsuit und gibt den Blick auf ihre Schultern frei, auf denen ich meine Abdrücke erkennen kann. Im Laufe der Tage werden sie sich färben und uns demonstrieren, was zwischen uns passiert ist. Dieser Triggerpunkt, die Angst vor ihrem Verlust, hat mich komplett ausgeknockt. Ich kann mich kaum daran erinnern, wie es überhaupt dazu gekommen ist, aber es ist geschehen und lässt sich nicht mehr ändern.

Es waren keine hohlen Worte von mir, dass wir es gemeinsam tun, denn ohne die Frau möchte ich nicht sein. Dem bin ich mir nun bewusster als jemals zuvor. Trotzdem ist es ungewöhnlich ruhig in mir, selbst meine innere Stimme scheint seit dem Vorfall überwältigt zu sein.

Erst Abellas Ohnmacht, die nach ihrer Aussage davon ausgelöst wurde, dass die Erinnerungsfetzen der fatalen Nacht sie eingeholt haben, danach die Ohrfeige meiner Mutter, die ich sowas von verdient habe und uns vor weiteren Ausbrüchen meinerseits gerettet hat. Bis hin zu dem Moment, dass Abella uns mit einem fast schon Kampfschrei eine Chance geboten hat, meinen widerlichen Erzeuger endlich das Handwerk zu legen.

Deshalb stehen wir hier vor Abellas persönlicher Zerstörung und versuchen, aus diesem Scheiß etwas Gutes zu machen.

»Abella ...« Ich sagte ja, vertauschte Rollen, denn irgendwie weiß ich nicht, was ich tun soll. Dass mein Mädchen mich nach diesem vernichtenden Trigger nicht zurück ins Exil geschickt hat, überwältigt mich. Es ist eher so, als würde sie sich weiter verändern, stärker werden und für sich einstehen. Es macht diese Frau noch attraktiver, anbetungswürdiger und liebenswerter.

»Setz dich zu mir.« Sie sieht mich nicht an, aber klopft auf den Teppich neben sich.

Ohne weiter darüber nachzudenken, knie ich mich hin und warte darauf, was sie vorhat. Auf gar keinen Fall werde ich sie zu irgendetwas drängen. Denn ich kann mich nur zu gut daran erinnern, was das letzte Mal passiert ist, als sie einen dieser Briefe bekommen hat.

»In der einen Truhe sind meine wunderschönsten Dinge, die liebsten Mitbringsel von den Shows im Ausland, Urlaubserinnerungen und Fotos.« Während sie leise erzählt, schiebt sie die Ärmel ihres Jumpsuits hoch und wirkt konzentriert, so als müsste sie sich selbst erden. »In dieser sind die schlimmsten Dinge, die Erinnerungen, mit denen ich mir vor Augen führe, dass ich kein Opfer, sondern eine Überlebende bin. Doch ...« Abella stockt, atmet laut aus und öffnet die linke Truhe mit zitternden Fingern.

Als ich das sehe, greife ich nach ihren Händen und lege meine auf ihre.

»Sieh mich an.« Es ist keine Bitte, sondern eine Forderung und das scheint sie zu verstehen, denn sie folgt ihr. Sobald unsere Blicke sich treffen, zieht es in meiner Brust, weil ich erneut Tränen in ihren Augen glitzern sehe. »Du bist eine fucking Kämpferin, Abella. Sonst würdest du jetzt nicht hier sitzen. Du bist nicht defekt, nicht inkompatibel oder ein andersartiges Wesen. Nein, du bist eine Frau mit einer Geschichte, mit Narben, die dich zu dem Menschen gemacht haben, der du heute bist. Du bist eine Überlebende, eine Kriegerin und meine verdammte Schönheit.«

Über meine eigenen Worte überrascht, blinzle ich verwirrt, während eine Träne über Abellas Wange läuft. Bevor ich es überdenken kann, beuge ich mich vor und küsse sie von ihrer Haut, ehe sie von ihrem Kinn tropfen kann.

»Sei stark für dich, für mich, für uns. Lass uns noch besser werden«, hauche ich und lege meine Stirn an ihre.

»Deine Art von Romantik ist echt speziell, aber auf jeden Fall intensiv«, flüstert Abella und küsst mich.

»Anders ist gut, deshalb liebst du mich.« Fuck. Wieso sage ich das, wenn ich im selben Augenblick merke, dass ich es nicht erwidern kann? Aber Abella scheint es nicht zu stören, sondern sie lacht kurz auf. »Genau, deshalb liebe ich dich. Bereit?«

»Bereit, wenn du es bist.« Gemeinsam heben wir den Deckel an und ich erstarre bei dem Anblick, der sich mir bietet.

Unmengen an Briefen liegen teilweise geöffnet und ungeöffnet in der Truhe. Es sind deutlich mehr, als ich erwartet habe. What the fuck?

Noch ehe ich etwas sagen kann, scheint Abella zu wissen, was mir durch den Kopf geht.

»Es sind ein paar Jahre vergangen.« Mit ihren Worten nimmt sie einen der Briefe heraus, die geöffnet sind, und reicht sie mir.

Ungläubig starre ich auf den Umschlag mit dem verschnörkelten Anfangsbuchstaben von Abellas Vornamen. Jetzt, wo ich weiß, von wem die Briefe sind, wird mir übel und zum ersten Mal wünsche ich mir die durch meinen krankhaften Wahn ausgelöste innere Stimme herbei, die mich irgendwie auf andere Gedanken bringt. Jedoch scheint sie nach meinem Zusammenbruch in den Streik getreten zu sein. Denn immer noch ist alles in mir still.

Ich beobachte Abella nur dabei, wie sie die anderen Umschläge, besonders die ungeöffneten, vorsichtig in die

Plastikbeutel packt, die wir mitgebracht haben. So können eventuell noch Spuren gesichert werden. Denn nur deswegen sind wir hier, diese Schriftstücke, Abellas Angst vor ihm, die bis heute enorm ist, soll der Beweis sein, dass mein Vater keine Reue zeigt.

Auch wenn ich Abella blind vertraue, drehe ich den Brief um, erkennen ein Datum, das aus der Zeit stammt, wo wir uns kennengelernt haben. Ich ziehe den Inhalt heraus.

Bereits bei den ersten Worten wird die innere Leere mit einer schieren Verachtung geflutet, die meinen gesamten Organismus auf Hochtouren bringt.

HALLO, KLEINE, SÜSSE, MUSE,
VERMISST DU MICH? DENKST DU AN MEINE
WORTE: IRGENDWANN SEHEN WIR UNS WIEDER,
DENN DU GEHÖRST MIR!

Fucking Shit. Galle steigt meine Kehle empor, brennt wie Säure und erschwert mir das Atmen.

DU WARST BEREITS AB DEM ERSTEN MOMENT,
IN DEM ICH DICH GESEHEN HABE, BESONDERS. ICH
WUSSTE, DU WIRST MEIN SEIN. UND SO KAM ES
AUCH. ICH DENKE OFT DARAN ZURÜCK. UNSERE
EINE NACHT WAR BEMERKENSWERT UND VERÄN-
DERTE ALLES, FINDEST DU NICHT AUCH? DU BIST
MEINE VERHEISSUNGSVOLLE DROGE, SELBST
JETZT, WO ICH DICH UNTERSCHÄTZT HABE UND DU
MICH HINTER GITTER GEBRACHT HAST. ABER WIR
WISSEN BEIDE, DASS ES NOCH NICHT ZU ENDE IST.

NÄCHSTES MAL WILL ICH, DASS DEIN BLUT UNSERE KÖRPER ZEICHNET, WÄHREND ICH DICH SO HART FICKE, DASS DU FÜR IMMER FÜR ANDERE VERDORBEN BIST.

Wut, Ekel und Hass zerreißen mich in dieser Sekunde in Nanoteilchen. So merkwürdig vernichtend die Leere war, desto intensiver und schmerzvoller ist diese Gewalt an Gefühlen, die mich wie eine Flutwelle erfasst.

Ganz ruhig, Ziam. Wir rasten nicht aus. Entspannt ein- und ausatmen. Kämpfe dagegen an.

Ach, plötzlich ist meine innere Stimme zurück und das in einem solchen Moment.

Um im Wahn nicht durchzudrehen, balle ich die Hand mit dem Brief zur Faust und zerknülle das Papier.

»Dieser Wichser«, presse ich zwischen zusammengebissenen Zähnen hervor. Immer heftiger brodelt diese unkontrollierbare Masse an Vergeltung in mir, die ich nicht bändigen kann. Es ist an der Zeit, dass ich diesen elendigen Bastard umbringen oder töten lasse. Aber es muss ein Ende ...

Meine Gedanken verstummen abrupt, als Abella sich auf meinen Schoß setzt. Ihr Duft nach Beeren steigt mir in die Nase und ihre Wärme geht auf mich über. Ich werde ruhiger, während meine Freundin zarte Küsse auf meinem Hals verteilt.

»Jetzt gehöre ich dir. Nur dir«, wispert Abella und setzt mich mit dieser Aussage komplett schachmatt.

Fest kralle ich eine Hand in Abellas Hüfte und wickele mir ihren Zopf um die andere, damit ich ihren Kopf direkt vor mein Gesicht ziehen kann. Grob küsse ich sie, zwinge die Zunge in ihren Mund und stöhne kehlig auf, als ich sie schmecke. Gierig verlange ich mehr von ihr, presse ihren Körper auf meinen und beiße in ihre Unterlippe.

»Ziam.« Mein Name transportiert in dieser Sekunde Lust, Schmerz und Widerwille. Es ist unpassend und definitiv der falsche Zeitpunkt, aber ich brauche das. Ich brauche verdammt noch mal *sie*!

»Nein, nenn mich anders«, fordere ich, überstrecke ihren Hals weiter, lecke über ihre pochende Halsschlagader und versenke die Zähne in ihrem warmen Fleisch. »Komm schon, tu es.«

Knurrend reibe ich ihren Körper auf meinem stahlharten Schwanz, der bei dem Besitzanspruch auf Abella sofort hart wurde.

»Alles an mir gehört dir, Baby.« Abellas Stimme ist ein lusterfüllter Hauch an völliger Hingabe nur für mich. Es wirkt wie ein erlösendes Gegenmittel, gegen all die Angst, sie zu verlieren, all die Mordlust, dem ein Ende zu setzen und die Wut auf den Mann, der zu viel Platz in meinem Leben einnimmt.

»Fucking Goodness, kleine Eisblüte.« Mit einem zarten Kuss auf ihre Lippen löse ich meinen festen Griff und streiche ihren Zopf zurecht, während Abella schwer atmend sichtlich nach Fassung ringt.

»Ziam Moreno. Du bist ein verdammter Wahnsinniger, aber wenn ich ehrlich bin, war das heiß.« Ihre Wangen färben sich zartrosa, was mich grinsen lässt.

»Glaub mir, das geht noch viel heißer.« Sanft erhebe ich mich mit ihr auf den Armen und stelle sie auf die Füße. »Aber Kiyan bringt uns um, wenn ich dich jetzt ficke, während er auf uns warten muss. Wir müssen den Plan ausführen und zu dir ins Büro.«

Mit dieser Aussage zerstöre ich eindeutig die Stimmung, doch wir wissen beide, dass es nicht anders geht. Denn der letzte Brief, der vor einigen Tagen bei Abella angekommen ist, befindet sich nun einmal in ihrem Büro. Ihr Assistent weiß bereits Bescheid und wartet dort auf uns.

Schmunzelnd fixiere ich das Schild an Abellas Bürotür. ‚Executive Producer - Abella Bailey‘

Wir ficken eine verdammte Chefin. Das ist ein Kink, der mir irgendwie gefällt.

Ich verdrehe die Augen, da mein kleiner Dämon offensichtlich wieder bester Gesundheit ist, nachdem Abella und ich ein bisschen Druck beim Kuss abgebaut haben.

Langsam schlendere ich in ihr Büro, grinse nun wirklich, als ich mein Mädchen hinter dem Schreibtisch sitzend in einigen Akten blättern sehe.

Sobald ich in ihrer Nähe bin, greife ich nach der Stuhllehne und drehe sie zu mir.

»Ziam. Ich muss herausfinden -« Abella schnaubt empört.

Mit einem Griff in ihren Nacken ziehe ich sie vor, direkt vor meinen Bauch und grinse sie teuflisch von oben herab ab. »Müssen, tust du gar nichts. Außerdem wird die

Polizei ihren Job machen, sobald der Anwalt meiner Mum alle Unterlagen hat.«

Nervös schielt Abella zur Tür, während sie in dieser doch unvorteilhaften Pose direkt mit ihren Lippen an meinem Schritt ist.

Plötzlich springt sie auf, krallt ihre Finger in meinen Gürtel und zieht mich daran zu sich, sodass kein Blatt mehr zwischen uns passt. »Spar dir deine sexy Dominanz für zu Hause, Moreno. Ich kann sonst nicht klar denken und ich muss Ilas immerhin erklären, wieso die verdammte Polizei hier bald mehrmals ein und aus geht, weil ich irgendeinen Straftäter erneut ins Gefängnis stecken will.«

»Das hat aber nichts mit dem Verbrecher zu tun, der gerade in den Nachrichten ist?«

What the hell?

Erschrocken zuckt Abella vor mir zurück und dreht sich zu der Stimme, die aus Richtung der Tür erklingt. Sofort folge ich ihrem Blick und entdecke einen großen, eher schmalen Mann, Anfang 30, mit braunen Haaren und gepflegtem Äußerem. In einer Hand hält er eine Klarsicht-folie mit dem Brief, wegen dem wir überhaupt hier sind. Das ist dann wohl Abellas Assistent.

»Ilas«, stößt Abella aus und tritt sofort um den Schreibtisch herum. »Wie meinst du das?«

Der Kerl greift nach einer Fernbedienung, die auf dem Tisch liegt, und schaltet den Monitor ein, ehe er sein Handy rausholt. In der nächsten Sekunde erscheint ein Newsbeitrag auf dem großen Bildschirm.

Jeremy Hodges bald frei – frühzeitige Entlassung eine Option?

Der Serienvergewaltiger, der vor einigen Jahren sein Unwesen in Saltima getrieben hat, soll Bewährungsauflagen bekommen.

Weiter lese ich gar nicht, sondern eile zu Abella und lege einen Arm um sie. Sofort schmiegt sie sich an mich und lehnt ihren Kopf gegen meine Brust.

»Danke.« Bei Abellas Aussage entkommt mir ein Knurren.

»Bedank dich nicht, wenn es dir wegen meines ...« Gerade noch rechtzeitig unterbreche ich mich, bevor ich die Bombe vor einem Fremden platzen lasse.

»Du ... ihr ...« Ilas ist kreidebleich, und er sieht auf einmal um Jahre gealtert aus, außerdem sind seine Schultern steif nach vorn gezogen.

»Packen wir alles auf den Tisch, denn du wirst es eh mitbekommen. Ich bin eins seiner Opfer. Aber eins steht fest, dass er freikommt, werde ich nicht zulassen.« Abella befreit sich aus meinem Griff und tritt auf Ilas zu. »Bitte mach dir keine Sorgen, deiner Schwester oder anderen Frauen wird nichts passieren. Ich verhindere das und wenn ich dafür alles geben muss.«

Sanft legt sie ihm eine Hand auf die Schulter, was einen bitteren Geschmack hervorruft, der gefährlich nach Eifersucht schmeckt.

»Ist der Brief von ihm?«, fragt Ilas mitgenommen. Warum trifft ihn das? Er sieht aus, als wenn er einen Geist gesehen hätte. Ein ungutes Gefühl macht sich in meiner Magengegend breit, während ich die beiden beobachte und mir einrede, dass sie Freunde sind. Nicht nur reine Kollegen, wie man es sonst so aus dem Arbeitsleben kennt. Immerhin hat Abella mir erzählt, dass sie niemals mit Ilas so eng zusammenarbeiten könnte.

»Ja. Ich werde ihn benutzen, um ihn dort festzuhalten, wo er gerade ist. Danke, dass du ihn aufbewahrt hast.« Fest zieht sie Ilas in eine Umarmung, die er kaum erwidert und fragt: »Wieso?«

Das macht mich noch misstrauischer. Was stimmt mit ihm nicht?

Aber Abella scheint davon entweder nichts mitzubekommen, oder es ist ihr egal.

»Wieso ich ihn dort verrecken lassen will? Weil er ein Bastard ist, der keiner Frau jemals wieder zu nah kommen darf. Niemandem sollte es so ergehen wie mir. Und ich habe lange genug geschwiegen und die Opferrolle gelebt, ab jetzt werde ich kämpfen. Mit Ziam an meiner Seite und hoffentlich auch mit deiner Unterstützung.« Bei Abellas mitreißender Rede breitet sich Stolz in mir aus, was nur diese Frau in mir auslösen kann. Dafür, dass sie immer noch so wenig Selbstbewusstsein besitzt, wie eine kleine Maus, ist sie eine gewaltige Kämpferin. Wenn es so weitergeht, muss ich darauf achten, dass ich aus meiner kleinen Blüte, keine toughe Bad-Ass-Bitch mache, die mich durch meinen Wald jagt. Herrgott, das klingt nach Emilio und Malia, nicht wahr?

Ehe ich weiter darüber nachdenken kann, erklingt Ilas Stimme erneut. Dieses Mal deutlich gefestigter als noch vor einigen Sekunden. »Auf jeden Fall. Ich gehe davon aus, dass viele Polizisten Fragen haben, dass wir die Paparazzi abhalten müssen, wenn dein Gesicht irgendwo auftauchen sollte, oder können sie dich geheim halten?«

»Müssen sie«, knurre ich.

»Müssen sie nicht«, echauffiert sich Abella.

Nun dreht sich meine Schönheit zu mir um und verschränkt die Arme vor der Brust. »Vergiss es. Ich verstecke mich nicht wieder hinter dem Namen Jane Doe oder lasse die anderen Frauen, die ich hoffentlich erneut überzeugen kann, allein diesen Kampf führen.«

Eindeutig hat Abellas Durchsetzungsvermögen hier in ihrem Büro eine Quelle, die ihr Selbstwert stärkt. Dennoch bin ich kein Fan dieser Überlegung, das ist viel zu ... ja, was überhaupt? Ich verstecke mich doch selbst, niemand kennt meine Familiengeschichte, weil ich mein Leben nicht ruinieren wollte, und was hat es mir gebracht. Nichts.

»Unsere Beziehung ist eh nicht bekannt, es wird keine Rolle für dich oder deine Mutter spielen. Deshalb ist es auch nur meine Entscheidung und es ist die Richtige.« Der Anfang ihrer Worte schallt wie Echospitzen durch meinen Geist und ein Entschluss fasst sich, den ich nie für möglich gehalten hätte.

»Wenn du schon meinst, du musst einen kompletten Angriff, samt sozialen Medien starten, dann richtig oder gar nicht, Abella Bailey.« Mit festen Schritten trete ich auf sie zu. »In diesem Fall wirst du als Freundin eines gefeierten Popstars gegen die Hater und Widersacher antreten. Egal, was das für mich bedeutet.«

»Ehrlich?« Verblüfft sieht Abella mich an.

»Absolut. Gut, wir sollten erst mit Javier, meinen Bandkollegen, meiner Mutter und ihrem Anwalt reden.«

Gute Idee, Moreno. Ich dachte schon, dass ich kurzzeitig die Stimme der Vernunft sein muss. Bei der Vorstellung bekomme ich bereits Bauchschmerzen.

Meine Fresse, es passiert eindeutig zu viel und ich

weiß jetzt schon, dass ich heute Abend eine Runde durch den Wald laufen muss.

Doch eins nach dem anderen, denn ich habe das beschlossen, ohne mit Javier oder den Jungs gesprochen zu haben, das heißt, das muss ich als Erstes nachholen.

Wer hätte gedacht, dass irgendwelche Eigenarten von Cain mal auf mich überspringen. Allerdings kann ich auf Alleingänge oder Schlagzeilen verzichten, die nicht von uns gesteuert sind.

»Nicht, dass mich das etwas anginge, aber die Homestory«, wirft Ilas ein.

»Ach herrje, die habe ich total vergessen.« Abella wischt sich übers Gesicht, sieht zwischen uns hin und her. »Also erst einmal Ziam, das ist Ilas, Ilas, das ist Ziam, offensichtlich mein nun offizieller Freund.« Kurz kräuselt sie so unsicher die Nase, dass ich sie am liebsten schon wieder küssen würde. Zwanghaft halte ich mich zurück, weil das hier ihr Revier und nicht meins ist.

»Richtig, meine Freundin.« Dass ich dabei einen Blick auf diesen Assistenten werfe, kann ich dennoch nicht lassen. Und offensichtlich geht es ihm ähnlich, denn er starrt mich genauso an.

»Gut. Fakten: Wir ändern nichts an der Homestory, drehen sie ab, erhoffen uns, dass die schlechte Presse uns dafür gute Einschaltquoten verschafft. Ilas, könntest du mir einen Gefallen tun und Ruby die Zeiten für die Aufnahmen schicken? Das schaffe ich nicht, weil wir gleich ... na ja zum Anwalt gehen.«

Gott, diese Frau ist fucking heiß, wenn sie auf struktu-rierte Geschäftsfrau macht. Notiz an uns, wir sollten hier öfter abhängen und sie dabei beobachten.

Vielleicht hat meine innere Stimme recht, außerdem würde es erklären, wieso Emilio so gerne hier in der Firma bei Malia herumlungert.

»Natürlich. Der Kameramann ist auf jeden Fall morgen Mittag beim Tonstudio. Sonst noch etwas?«, wirft Ilas ein, während er bereits rückwärts aus dem Raum zu seinem Büro geht.

»Nein, danke.« In der nächsten Sekunde fällt die Tür ins Schloss. »Könntest du deinen Ich-jage-gerne-Menschen-Blick etwas zügeln?« Mit hochgezogener Augenbraue sieht Abella mich an und kommt auf mich zu.

Ein Lachen löst sich aus den Tiefen meiner Brust, als ich sie an der Hüfte packe und zu mir ziehe.

»Mi Belleza. Erst einmal jage ich keine Menschen, sondern Frauen, bis heute. Jetzt werde ich nur noch deinen Knackarsch sehen, wenn ich dich nackt durch meinen Wald treibe.« Zu den Worten vergrabe ich die Hände in ihrem runden Hintern und massiere ihn.

»Ziam«, nuschelt Abella empört und windet sich in meinem Griff.

»Nur die Wahrheit. Außerdem hat er das verdient, irgendetwas stimmt nicht mit deinem Assistenten.« Während ich auf die geschlossene Bürotür starre, lacht die Schönheit plötzlich und packt ebenfalls meinen Hintern.

»Abella«, knurre ich, während wir so dastehen.

»Dich stört nur, dass er einen Schwanz hat, weil du ein besitzergreifender Mann bist.« Elektrizität flimmert bei ihren Worten in meinem Blut.

Mit einer schnellen Bewegung habe ich ihre Beine an meine Hüften gehoben und presse sie mit dem Rücken gegen die nächste Wand. »Ich kann dir gleich mal zeigen, wie besitzergreifend ich sein kann, wenn ich meinen Schwanz in dir versenke und dich meinen Namen so laut schreien lasse, dass selbst der Postbeamte im Keller weiß, wem du gehörst.«

Eine Mischung aus Empörung, Lust und Entzücken huscht über Abellas Gesicht, bevor sie leise antwortet. »Vergiss es.«

»Ja, tue ich, aber nur, weil ich deine Schreie heute Abend für mich haben will.«

»Die Idee gefällt mir, doch erst einmal ...« Die Lockerheit, die wir kurz mit unserer Zerrissenheit erzeugen konnten, verschwindet wieder, denn wir beide wissen, dass wir erst etwas erledigen müssen. Aber sobald all die Gespräche, Anrufe und Entscheidungen getroffen wurden, werde ich meinem Mädchen beweisen, dass in meiner Welt nur noch sie eine Rolle spielt.

KAPITEL 10
Abella

ZWEI TAGE SPÄTER

E hrfürchtig stehe ich im Tonstudio, in dem die *BEATS* einen der Songs fürs neue Album aufnehmen. Während Cain im Raum mit dem Mikrofon ist, befinden wir uns in einer Art Vorraum. Hier steht das Mischpult, vor dem zwei Techniker sitzen, eine große Sofalandschaft und weitere Sitzmöglichkeiten, auf denen die anderen Bandmitglieder Platz genommen haben. Dass ich das miterleben darf, ist eine Ehre für mich und mir wird in der Sekunde, in der Cains Tonaufnahme abgespielt wird, bewusst, wie viel diese Bilder den Fans bedeuten werden.

Man sollte meinen, dass die Männer voll fokussiert sind, sich nur auf ihre Aufgabe konzentrieren, falsch gedacht. Ja, sie sind engagiert und aufmerksam, aber sobald sie nicht hinter dem Mikrofon stehen, albern sie miteinander herum. Die Stimmung ist entspannt, ausgelassen und schon fast heimisch. Es fühlt sich für mich nicht wie Arbeit an, obwohl ich aus keinem anderen Grund hier bin. Auch wenn ich jetzt Ziam Morenos Freundin bin, verhalten wir uns während der Dreharbeiten für die Homestory professionell. Erst einmal, weil Ziam und ich genau wissen, was daran hängt, außerdem sind wir sowieso nicht so ein Paar, das dauerhaft aufeinander hocken muss. Obwohl ich nicht leugnen kann, dass ich diesen Mann am liebsten die ganze Zeit berühren möchte. Es ist beängstigend, dass mein Blick jedes Mal zu ihm wandert, wenn er mich ebenfalls beobachtet. Mich stört das nicht, die meisten wissen, was das zwischen uns ist. Ausgenommen der Kameramann für die Homestory, aber den interessiert das mit seinem gestandenen Alter überhaupt nicht. Wie immer macht er seinen Job, filmt die Männer bei ihrer Arbeit, ohne dass ich irgendwie eingreifen muss. Er ist einer der Besten in der Firma, zumindest hat Malia das gesagt und ich vertraue ihr. Außerdem beweist er sich immer wieder in der Zusammenarbeit.

Wir alle genießen diese kleine Blase, in der wir uns befinden, seit wir das Tonstudio betreten haben. Auf Wunsch der BEATS haben wir auf eine Visagistin verzichtet und das war eine gute Entscheidung. Die gesamte Situation wirkt so absolut echt, null gekünstelt oder erzwungen.

Verdammt, die Fans werden ausrasten. Bei dem Gedanken stiehlt sich ein breites Grinsen auf mein Gesicht, das ich nicht verbergen kann, auch wenn ich schnell das Tablet vor den Mund halte. Sicherlich hatte ich nicht erwartet, dass ich nach diesen emotionalen Tagen heute diese Freude empfinden kann. Diese Stimmungsschwankungen, die mich plagen, seitdem wir wissen, dass Jeremy freikommen soll, sind kaum auszuhalten oder geschweige denn einzuschätzen. Je häufiger ich solche Etappen habe, desto tiefer treibt es mich in die Sorgen, dass diese schwache Seite in mir allen eine Last ist.

Plötzlich schiebt sich eine Hand unter meinen Zopf und krallt sich dort fest.

»Ich liebe dieses Lächeln. Es macht dich noch schöner.« Die geraunten Worte schießen wie ein Pfeil, geladen mit guter Energie und einer großen Portion neues Selbstbewusstsein durch mich hindurch.

Ohne es aufhalten zu können, wird mein Grinsen noch breiter und in der verglasten Fläche vor uns kann ich erkennen, wie Ziam direkt neben meinem Ohr ebenfalls grinst. Ehe er sich zurückzieht, drückt er einen Kuss auf die empfindliche Stelle darunter und greift noch einmal fest zu.

Vielleicht sollte es falsch sein, dass dieser Mann das einzige Seil ist, das mich vor dem Absturz in die Dunkelheit meiner Selbstgeißelung schützt, aber es ist so. Irgendetwas an ihm stellt meine dummen Gedanken ab. Dabei beschwert er sich nicht, sondern scheint auf eine gewisse Art Gefallen daran gefunden zu haben, mit meinen Selbstzweifeln zu ringen. Fast so, als wolle er sie gemeinsam mit mir bezwingen. Nur wissen wir beide, dass ich die Einzige bin, die das schaffen kann. Dafür brauche ich allerdings eine Stärke, die ich gerade nicht besitze.

Resultierend daraus, dass ich meine Vergangenheit erneut aufarbeiten muss, kommen all die verdrängten Emotionen wieder an die Oberfläche und mir wird erst dadurch bewusst, wie sehr ich mich verändert habe. Auch wenn die Vergewaltigung lange her ist, hat sie dafür gesorgt, dass ich mich selbst unterdrückt habe. Nur, weil ich auf irgendwelche Moralvorstellungen und gesellschaftlichen Vorgaben mehr Wert gelegt habe als auf meine eigenen Wünsche. Heute weiß ich, das war das Dümmste, was ich machen konnte. Doch am Ende ist man immer schlauer. Jetzt muss ich es nur schaffen, dass meine Stärke, mein Durchsetzungsvermögen und meine Selbstachtung, die ich früher hatte, wieder erwacht. Es ist endlich an der Zeit, gegen mich zu rebellieren und für mich einzutreten.

Passend zu dem inneren Schlachtruf, der die dumpfen Laute der Verachtung kurz verstummen lässt, erklingt in dieser Sekunde Ziams Stimme aus den Boxen.

So tief in den Gedanken versunken habe ich gar nicht gemerkt, dass er nun in der Gesangskabine steht. Blinzelnd starre ich den Mann an, der eben mit seinen Worten dafür gesorgt hat, dass ich nicht erneut in meinem persönlichen, höllischen Eismeer ertrinke.

Ziam trägt große, schwarze Kopfhörer, seine Haare stehen wirr vom Kopf ab und die Ärmel des Longsleeves hat er bis zu den Ellenbogen hochgeschoben. Die Ringe an seinen Fingern blitzen, wenn er seine Hände im Takt vor seinem Körper bewegt. Durch die Bewegung zeichnen sich die Sehnen und Muskeln an seinen Handgelenken und Unterarmen ab. *Ach, herrje, du ahnst es nicht. Wieso sieht das so gut aus? Mist.*

Absolut fasziniert beobachte ich ihn, wie er mit geschlossenen Augen vor dem Mikrofon steht, das in der Mitte des Raumes hängt und singt. Seine Stimme schallt aus den Boxen, vibriert in jeder Zelle meines Körpers und mir klappt der Mund auf, als er in der nächsten Sekunde einen Ton in die Galaxie schmettert. Verdammte Scheiße. Das ist ...

Heiß? Grandios? Berauschend? Der pure Wahnsinn? Zum Anbeißen?

Ja, ja, ja, das alles. Ich muss meiner inneren Stimme, die mir zur Hilfe kommt, mit allem zustimmen. Es ist das erste Mal, dass ich so etwas hautnah erlebe, und es ist spannend mitzubekommen, wie der fertige Track entsteht. Natürlich steht der Text, aber die BEATS arbeiten gemeinsam daran, die besten Töne und Gesang-Arrangements für die Stellen zu erzeugen.

Keiner ist angespannt oder angepisst, wenn er zum x-ten Mal in die Kabine muss. Sobald sie diesen Raum betreten, sind sie wie im Tunnel, nur noch fokussiert auf ihren Text Part.

Kurz werfe ich einen Blick auf den Kameramann, der genau wie ich beeindruckt zu sein scheint, aber dennoch fleißig alles mit der Kamera festhält. Gut, das werden grandiose Bilder. Ich liebe es!

Nach weiteren Stunden, in denen ich nebenbei auf meinem Tablet andere Aufgaben erledige, stellen die BEATS ihren Song fertig.

»Verdammt, das ist ein geiler Track.« Cain tritt mit einem breiten Grinsen aus der Kabine und setzt sich die Cap verkehrt herum auf den Kopf.

Ehe die Bandmitglieder etwas erwidern können, springt die Tür auf und die leisen Gespräche der beiden Tontechniker verklingen. Neugierig sehe ich zum Eingang und staune nicht schlecht, dort drei Frauen zu erkennen, die mit ihren weißen Klamotten, aber den neonfarbenen Ohrringen und Accessoires sofort auffallen. Jede von ihnen trägt eine andere Neonfarbe, was anders als erwartet nicht skurril, sondern stylish aussieht.

»Glitter«, stößt Cain überrascht aus und reißt die Augen auf.

»Ach, was, Mister Valez. Sieh mal an. Dachte, das wäre jetzt unser Arbeitsplatz.« Die Frau, die als Erstes in den Raum getreten ist und rosafarbene Elemente an ihren Klamotten hat, scheint asiatischer Abstammung zu sein und ist eindeutig eine wahrhafte Schönheit.

Verwundert beobachte ich die beiden, die nun aufeinander zu treten und bin mir selbst nicht sicher, was jetzt passiert. Die Stimmung ist plötzlich ... sagen wir mal angespannt oder energiegeladen. Kennt er die Frau besser? Wirkt zumindest so.

»Wir brauchten länger.« Cain zuckt mit den Schultern und bleibt direkt vor ihr stehen.

»Das kenne ich von dir nicht anders.« Die Asiatin zwinkert, während die anderen Mädels hinter ihr zu ihr aufschließen, genauso wie es die BEATS bei Cain tun.

Was wird das denn? Langsam richte ich mich auf der Couch auf, erhebe mich und sehe zum Kameramann, der neben Cain steht und weiterhin filmt.

Gerade als ich den Befehl geben will, dass wir die Aufnahme unterbrechen, schallt auf einmal ein lautes Lachen durch den Raum, in dem auch die anderen Sänger und Sängerinnen einstimmen.

Überrascht sehe ich dabei zu, wie Cain die Asiatin in

eine Umarmung zieht und wieder Abstand nimmt. Ja gut, die kennen sich eindeutig und bei Cain Valez ausschweifender Vorgeschichte, will ich lieber gar nicht wissen, wie genau.

»Du und Hayden seid so süß, da kriege selbst ich manchmal das Würgen.« Lachend schüttelt sich die Frau mit den rosa Elementen, während ich mich fühle wie in einer Mischung eines Gesangs-Battles und einer Soap.

»Dabei versprüht ihr Glitzer und Zucker.« Cain schubst die Asiatin leicht an ihrer Schulter, ehe sie empört schnaubt.

»Du weißt doch. Das, was getan werden muss, wird getan.« Mit einem teuflischen Grinsen streicht sich Glitter über die Stelle, an der Cain sie berührt hat.

»Können wir singen?«, fragt die blonde Frau mit den blauen Ohrringen und sieht zwischen den *BEATS* hin und her.

»Du meinst in einem Battle gegen uns?« Rome verschränkt die Arme vor der Brust und begutachtet die Frau von oben bis unten.

Innerlich verdrehe ich die Augen, weil ich genau weiß, was er da macht. Und ich hasse es. *Arschloch.*

»Nein. In diesem Raum«, antwortet sie nüchtern, ohne auf die Blicke von Rome zu achten.

Ziams Lachen fordert meine Aufmerksamkeit. Er lehnt an der Glasscheibe zur Kabine direkt neben Cain und beobachtet seine Bandkollegen und die Girlband.

»Was gibts da zu lachen, Schönling?«, fragt die dritte Frau mit den kurzen schwarzen Haaren, die bisher noch nichts gesagt hat. Ihr Blick ist eindeutig, wahrscheinlich denkt sie, dass Ziam sie auslacht, aber das ist es nicht.

Eher lacht er seinen Kumpel aus, der das offensichtlich wieder ignoriert, nur um flirten zu können.

»Oh, viel, kleine Lolita.« Ziam zwinkert ihr zu und stößt sich von der Wand ab, um neben seinen Bandkollegen stehenzubleiben. »Vergiss es gleich. Wir machen kein Gesangs-Battle, Valez.«

Cain lacht, reibt sich übers Gesicht und grinst Glitter an, die nun ebenfalls einstimmt. »Schade aber auch. Ich hätte gerne gegen euch gewonnen, Jungs.«

»Ihr hättet verloren, aber wir haben noch etwas vor.« Emilio legt Cain eine Hand auf die Schulter und zieht die Augenbraue hoch. Es ist förmlich zu spüren, dass dem Witzbold der BEATS schon wieder der Schalk antreibt und er mächtig Lust auf dieses Battle hätte.

»Oder habt ihr Angst?« Die Dunkelhaarige sieht zu Ziam, der nur breit grinst. »Keine Sorge. Ehe ich mich fürchte, läufst du schon.«

Schockiert reiße ich die Augen auf, kralle die Finger um das Tablet und starre auf die Szenerie vor mir, während in mir ein Chaos ausbricht, das ich nicht kontrollieren kann. Die Klauen der verdammten Selbstzweifel, die sich nur zu gern wie Krakenarme um meinen Körper schließen, sind schneller als mein Verstand.

Mit stockendem Atem beobachte ich meinen Freund, der seine Hände in den Taschen seiner Jeans vergraben hat und mit dem hautengen Oberteil höllisch heiß aussieht. Was mir vor Augen führt, wie unterschiedlich wir sind. Er ist atemberaubend, während ich ein kleines bedeutungsloses Mäuschen bin.

Als würde die Erkenntnis nicht reichen, beugt sich die Frau auch noch vor und schnalzt mit der Zunge. »Abwarten. Irgendwann sehen wir es.« O Gott. Diese säuselnde Stimme treibt meine Magensäure nach oben. Der Druck auf meiner Brust wird größer und jeder Funke Vertrauen in mich, meine Stärken und alles Gute in mir wird zerquetscht.

Das ist Flirten? Ja, oder?

Tut er das, weil ich ihm nicht geben kann, was er braucht?

Bin ich doch defekte Ware und nicht so perfekt wie andere?

Sollte ich jetzt etwas sagen, weil ich seine Freundin bin?

All diese Gedanken rasen durch meinen Kopf, aber anders als früher, wo ich für mich einstehen konnte, zerfressen sie mich von innen heraus.

Meine Hände zittern, während mir immer mehr schlechte Dinge, Entscheidungen und Eigenschaften einfallen, die mich tiefer in die Arme der Zweifel treiben. Und in solchen Momenten kann mich selbst Ziam nicht retten. Als hätte er gemerkt, dass ich gerade an einen anderen Ort getragen werde, an dem ich niemals sein will, starrt er mich mit seinem unnachgiebigen Blick nieder.

Es ist meine persönliche Bestrafung, die ich über mich ergehen lasse, weil ich glaube, dass ich es verdient habe. Auch wenn ich weiß, dass es ein Fehler ist, verfalle ich der Stimme, die mich zu diesem Platz bringt, immer wieder. Sobald das geschieht, ist der erste Schritt in die dunkle Spirale beschritten. Der Gedanke, wie schwach und erbärmlich ich bin, weil ich ihr nicht widerstehen kann, ist die Eintrittskarte in eine Fahrt aus Schmerz und Qualen, der ich nicht mehr entkommen kann, bis sie endet.

Solange bin ich gefangen in dieser Achterbahnfahrt, die ich nicht verlassen kann. Das Einzige, was mir bleibt, ist, es über mich ergehen zu lassen und im Nachhinein daraus zu lernen. Auch wenn ich jetzt an meinem Selbstbewusstsein arbeite, habe ich einen weiten Weg vor mir und werde diese höllische Reise noch ein ums andere Mal überstehen. Bis zu dem Tag, an dem es mich stärker macht als die Qualen meiner Seele.

KAPITEL 11

In den Jahren, seit ich Frauen für den Druckabbau nutze, habe ich gelernt, sie zu lesen. Aus diesem Grund und weil Abella sich nicht vor mir verstellen kann, erkenne ich, dass mit ihr etwas nicht stimmt. Meine kleine Eisblüte ist eifersüchtig. Noch dazu scheint sie komplett in ihren Gedanken versunken zu sein. Seit dem Aufeinandertreffen mit der Mädelsgruppe vorhin rümpft sie immer wieder die Nase, krallt ihre Finger in den Stoff ihrer Jacke oder beißt sich auf die Unterlippe, während sie kein Wort sagt. Dabei sind wir schon lange auf dem Heimweg.

Die Sache im Tonstudio ist wahrscheinlich nur der Auslöser für das große Problem, das ich bereits habe kommen sehen. Abella hat Angst vor sich selbst, den Zweifeln und den dunklen Gedanken, die sie oft heimsuchen.

Dabei ist die Wahrheit in Bezug auf mich so leicht. Ich gehöre nur ihr. Ihr allein. Aber nein, diese wunderschöne Frau versinkt mit jeder weiteren Sekunde in einem

Abgrund, vor dem ich sie nicht retten kann, wenn sie nicht mithilft. Und da sind wir bei dem nächsten Problem, der gesamten Situation. Angefangen bei den Mädels, die wir getroffen haben, bis hin zu dem vernichtenden, nicht vorhandenen Selbstvertrauen meiner Freundin. Niemals habe ich erlebt, dass jemand sich selbst so zerfleischen kann wie Abella. Es ist schockierend und zerstörend, diesen Prozess mit ansehen zu müssen. Es ist, als würde ich den Schmerz am eigenen Leib spüren.

Weil du sowas von verloren bist. Du liebst sie, akzeptiere es endlich und im besten Fall holst du sie aus diesem scheußlichen Loch oder alles, was ihr euch erarbeitet habt, zersplittert genau jetzt.

Ich brauche gar nicht in mich zu gehen, um zu erkennen, dass das, was meine innere Stimme sagt, stimmt. Abella befindet sich in einer Spirale selbstzerstörerischem Ausmaß, die ich bisher bei niemandem gesehen habe. Die Gedanken stehen ihr förmlich auf die Stirn geschrieben. Selbst jetzt, wo wir allein den kleinen Hügel des Berges zu meinem Haus hochlaufen. Der laufende Motor des SUVs von SAVE höre ich hinter uns, da Monty erst fährt, wenn wir sicher drin sind.

Bei jedem Schritt starre ich auf ihren Rücken. Dabei ist ihre Körperhaltung so steif, dass ich immer angespannter die Kiefer aufeinanderbeiße, um mich zusammenzureißen. Meine Vermutung, dass etwas nicht stimmt, bestätigt sich spätestens in der Sekunde, in der ich die Tür aufschließe und wir das Haus betreten.

Unsicher streift Abella die Jacke von ihren Schultern, zupft verlegen an ihrem Rock herum, der ihre Kurven heiß in Szene setzt. Sobald sie meinen Blick bemerkt, sieht sie mit einem schmalen Lächeln weg, doch das ändert nichts an der Situation.

Keine Ahnung, was genau dazu geführt hat, dass meine Eisblüte erneut in ihren Palast aus Schmerz und Unsicherheit umhüllt von Eis zurückgekehrt ist, aber ich werde sie daraus befreien. Es ist keine Option, dass ich sie dort zurücklasse. Egal, was ich dafür machen muss, dass sie wieder herauskommt, ich werde es tun.

Wäre da nur nicht das Problem, dass ich ein Bastard bin, der gerade auf eine kranke Art Gefallen daran findet, dass Abella Angst hat. Wovor auch immer. Denn tief in meinem Innersten weiß ich, dass wir beide es zusammen schaffen werden, diesen Moment zu bewältigen. Allerdings scheine ich dies unterbewusst mit meinem Kink umsetzen zu wollen. In mir kämpfen die gute und schlechte Seite um die Oberhand. Wahrscheinlich wäre es am angebrachtesten, dass wir darüber reden, was in ihr vorgeht. Aber ich habe das ungute Gefühl, dass das rein gar nichts ändern würde.

Denn die Frau, die mir im See und am Morgen danach ihr Herz geöffnet hat, scheint sich in ihren Kokon zurückgezogen zu haben, um nicht verletzt zu werden. Was wiederum bedeutet, dass ich nicht an sie herankomme. Ich habe erkannt, dass Abella ein grundlegendes Problem hat.

Sie denkt, dass sie es nicht wert ist, geliebt zu werden, und das aus so vielen Gründen, die sie sich seit Jahren einredet. Dagegen kann ich rein gar nichts tun, außer es ihr immer weiter auszutreiben. Denn eins steht fest: Diese Frau ist es wert. Sie ist besonders, nicht wie jede Dahergelaufene. Sie ist einzigartig, so faszinierend wie keine Andere und damit perfekt für mich.

Es ist an der Zeit, dass sie erkennt, dass ich ihr mehr geben kann, als nur ihre verruchte Seite hervorzulocken. Ich werde ihr verdammt noch mal beweisen, dass jede Frau es verdient, wie eine Prinzessin behandelt zu werden. Egal, ob sie irgendwelchen gesellschaftlichen Normen entspringt, Modellmaße hat oder für perfekt gehalten wird. Jede sollte geehrt und begehrt werden, weil sie es wert ist. Und ich vergöttere diese blonde Schönheit vor mir und genau das wird sie jetzt merken.

Doch, die mögliche Lösung ist ein gefährlicher Versuch, der gehörig schiefgehen kann. Nur ist das etwas, das ich mir nicht leisten kann. Mit jeder weiteren Minute, in der ich Abella zusammengesunken auf der Couch beobachte, weiß ich, dass sie tiefer in ihr dunkles Loch fällt.

Eine letzte Absicherung brauche ich allerdings, bevor ich alles auf eine Karte setze.

»Mi Belleza, sprich mit mir.« So ruhig ich meine Stimme auch halte, ist eindeutig, dass es eine Aufforderung ist. Und das weiß Abella. Dennoch hebt sie nur leicht den Kopf von ihrem Handy und sieht zu mir auf.

»Worüber?« Dass sie sofort wieder den Blick abwendet und an ihren Klamotten zupft, um dafür zu sorgen, dass keine Kurve von ihr betont wird, lässt die letzten Synapsen in mir durchbrennen.

Tue es. Verdammt noch mal. Was auch immer die Kleine da tut, es verletzt uns. Lass es nicht zu. Tue es, lass mich raus. Lass es uns auf unsere Weise lösen. Wir dürfen nicht zulassen, dass sie sich selbst verstümmelt.

Rasch schließe ich die Augen, versuche, meine Dunkelheit zu verdrängen und wie ein normaler Freund zu reagieren. Mit ihr zu reden, sie in den Arm zu nehmen und ihr klarzumachen, dass das, was auch immer sie belastet, keine Rolle spielt. Nur leider bin ich nicht so. Dazu kommt, dass sie ihre Ängste nicht mit mir teilt, obwohl ich ihr beweisen könnte, dass sie so Unrecht hat. Die Wut auf die Situation, meine Unschlüssigkeit und die Sorge um Abella brodeln in mir.

Ich hasse es, wenn ich zusehen muss, wie Menschen, die ich liebe, leiden.

Fuck. Nein, niemals. Sie darf nicht leiden. Nicht Abella, das ist keine Option.

Angespannt balle ich die Hände zu Fäusten und atme ein letztes Mal tief ein. Sobald die Luft aus den Lungen entweicht, lasse ich alle Gedanken verstummen und handle.

»Geh in den Keller, Mi Belleza.« Zu meinen Worten öffne ich die Augen und signalisiere mit einem Blick klar, dass das keine *Bitte* ist. Es ist eine verdammte Anweisung!

Dennoch hebt Abella nur zaghaft den Kopf und sieht mich mit einem traurigen Ausdruck in den Augen an.

»Wieso?« Nervös beißt sie sich auf ihre Lippe, rutscht unruhig auf dem Polster umher und schiebt ihre Hände zwischen die Oberschenkel.

»Darauf gibt es viele Antworten, die du alle nicht hören willst. Aber fangen wir damit an, dass ich nicht zusehen werde, wie du dieses Trauerspiel in meiner Gegenwart abziehst.« Selbst wenn ich mich unter Kontrolle hätte, könnte ich das Knurren nicht zurückhalten. Soll sie ruhig hören, was diese Scheiße hier mit mir macht. Dann versteht sie vielleicht, dass sie einen Arschtritt nötig hat.

Ich hasse meinen verdammten Erzeuger dafür, dass er

an dieser verlorenen Version von ihr, die sich selbst nicht wertschätzt, eine Menge Mitschuld hat. Seit seiner kranken Aktion glaubt Abella, sie ist unter dem Niveau der anderen Frauen. Dieser Wichser trägt Schuld an diesem Zustand und dafür wird er büßen.

»Ich bin nur müde.« Es ist eine verschissene Lüge und das wissen wir beide. Das wiederum macht mich noch wütender. Wieso verletzt sie sich so? Wofür? Warum?

»Abella«, knurre ich ungehalten, was sie nun ruckartig zu mir blicken lässt. Als würde meine Stimme wie ein Elektroschock in ihr nachhallen und ihre Aufmerksamkeit fordern. »GEH. IN. DEN. VERFICKTEN. KELLER.«

Mit einer Hand zeige ich auf die Wendeltreppe, fixiere ihre hellblauen Iriden, die so getrübt aussehen, dass ich die Fäuste balle. Ich will den Glanz zurück, der mich jedes Mal wieder hypnotisiert, und das werde ich schaffen.

»Jetzt.« Das Wort rast wie eine Patronenkugel durch meinen eigenen Geist. Doch bis auf, dass Abella zittert, geschieht nichts. Zwar kann ich nicht wissen, ob sie Angst vor mir hat, aber ich scheiße auch durchaus darauf. Ihren Anblick halte ich nicht eine weitere Sekunde aus. Noch kurz warte und hoffe ich, dass sie mich mit diesem kleinen Trotz ansieht, den sie gegen mich entwickelt hat. Allerdings passiert nichts der Gleichen. *Fuck off.*

Als sie sich immer noch nicht bewegt, bin ich mit einem Schritt bei ihr und packe sie. Augenblicklich zuckt sie in meinem Griff zusammen.

Wütend ziehe ich die Luft in die Lungen, weil diese Reaktion mehrere Gefühle wie Giftspritzen durch meinen Körper treibt. Wut. Sorge. Lust. Hass.

Ja, verdammte, unbändige Begierde nach dieser Frau.

Sie hat Angst davor, was als Nächstes passiert, weil sie spürt, dass meine Geduld am Ende ist. Das Problem ist, dass ich eben darauf stehe und mich ihre Reaktion nur noch weiter anspornt.

Alle rationalen Teile meines Gehirns schalten sich ab. Mein einziges Ziel ist es, dafür zu sorgen, dass Abella versteht, was sie sich antut. Deswegen halte ich den Drang nicht zurück, mich der Dunkelheit hinzugeben. Ganz im Gegenteil, ich lasse sie komplett an die Oberfläche kommen. Spüre, wie das Adrenalin, der Kick und der Machthunger, durch meine Venen schießen.

Es ist an der Zeit, dass du erkennst, wer du bist, Mi Belleza. Schluss mit Lektionen und Spielchen. Nun wirst du ins kalte Wasser geschmissen und musst überleben. Atme tief ein, kleine Eisblüte und sei bereit, für alle Ewigkeit für mich zu schreien.

Mit einem Knurren packe ich Abella und schmeiße sie mir über die Schulter.

»Ziam!« Ihren überraschten Laut überhöre ich, laufe mit schnellen Schritten nach unten in mein Fitnessstudio und setze sie direkt vor dem Boxring ab. »Was soll das?« Ihre Frage ist verschüchtert, was mich nur weiter antreibt. *Komm schon, Abella. Wehr dich, zeig mir dein wahres Ich. Steh verdammt noch mal auf!*

Absichtlich antworte ich nicht, gehe zur Tür und schließe sie ab. Das Geräusch des Schlüssels hallt durch die Stille. Ich lege ihn oberhalb des Türrahmens ab, damit Abella nicht herankommt. Der Raum ist in spärliches Licht getaucht, das von einer Glühbirne kommt, die direkt über dem Boxring angebracht ist.

Während ich zu Abella zurücklaufe, fixiere ich sie, wie

die Beute, die sie gerade für mich ist. Lange genug habe ich mich zurückgehalten, wollte sie schonen, aber egal, wie sanft ich war, es hat nichts gebracht. Es ist an der Zeit, andere Wege zu gehen und wenn sie sich wehrt, werde ich sie aufhalten. Denn sie gehört mir und ich sorge dafür, dass das, was mein ist, glänzt und strahlt.

Mit geöffnetem Mund stolpert Abella zurück, bis sie mit dem Rücken gegen den Ring stößt.

Überrascht zieht sie die Luft ein, als ich mich gegen sie und weiter in die Seile drücke.

»Das ist deine letzte Chance. Sag mir, was in deinem hübschen Kopf vorgeht.« Ich klopfe mit der Fingerspitze gegen ihre Stirn und lege den Kopf schräg. Nach wenigen Sekunden wird mir klar, dass sie es nicht kann, und gerade sind mir die Gründe egal. »Du hast es nicht anders gewollt.«

Rasch steige ich, ohne ihren fragenden Blick zu kommentieren, in den Ring.

Mit einem Handzeichen signalisiere ich ihr, unter den Seilen durchzukommen. Mit tiefen Atemzügen folgt sie mir, ohne eine Reaktion zu zeigen. Fast so, als wäre sie auf Autopilot. Obwohl das die Wut noch weiter antreibt, versuche ich, soweit es geht, ruhig zu bleiben. Was unmöglich ist, weil ich der Dunkelheit die Oberhand gelassen habe und kaum Kontrolle über meine Gefühle habe. Sobald ich in der Mitte des Boxrings bin, gibt es kein Zurück mehr. Ich habe keine Kraft mehr, mich zu wehren. Schlimmer als das, was ich gerade sehe, kann es sowieso nicht werden.

Wie kann sie sich so tief in diese schwarze Masse

stürzen lassen? Als wäre sie nichts wert, nur ein Insekt, das keiner beachtet oder wahrnimmt? WIESO?

Selbst jetzt, wo sie nicht weiß, was passiert, scheint sie völlig unbeteiligt zu sein, fast so, als würde sie in eine Schicht gehüllt sein, die sie von allen Gefühlen abschirmt. Nur ihre leicht gerümpfte Nase ist ein typisches Verhalten, das sie sonst in solchen Situationen zeigt.

»Wir werden boxen.« Meine Stimme ist geradlinig, neutral, wie ein Trainer, der ich jetzt auch sein werde. Ich trainiere ihre Stärke, bis mein Mädchen wieder da ist und wenn ich dafür jede verfickte Hemmung ablegen muss.

»Moment«, stottert Abella und sieht schockiert zu mir auf. Die erste Reaktion, die überhaupt mit einer Emotion versehen ist. Doch bereits in der nächsten Sekunde blickt sie an sich herab zu ihren nackten Beinen, die in diesem pastellfarbenen Rock stecken. »Nein. Also ... das geht n-nicht. Ich kann das nicht. Wir beide boxen?«

»Genau, du hast mich schon richtig verstanden. *Wir beide.*« Während ich rede, bandagiere ich ihre Handgelenke mit dem Tape, das ich mir beim Hereinkommen vom Schrank genommen habe.

Überrumpelt beobachtet sie mich, wehrt sich aber nicht gegen mich, als ich sie im Nacken packe und vor mein Gesicht ziehe. »Da du kein Wort sagst, läuft das ab jetzt nach meinen Regeln.«

Abellas Lider schließen sich flatternd und ihre Unterlippe zittert, doch erneut kann ich keine Gegenwehr spüren.

»Augen auf«, fordere ich und presse die Finger fester in ihre Nackenmuskulatur. Zischend folgt sie meiner Aufforderung. »Regeln: Für jedes Kompliment wird ein

Kleidungsstück ausgezogen. Mach ich dir eins, ziehst du etwas aus. Machst du dir eins, ziehe ich mich aus. Schaffst du es nicht, wirst du mich schlagen.«

Empört schnappt Abella nach Luft und versucht, sich aus dem festen Griff zu winden. »Nein, Ziam. Niemals, das i-ich ... d-du -«

»Sei still«, herrsche ich sie an und kann das Dunkle, Gefährliche aus meiner Stimme nicht mehr zurückhalten. »Hier unten gibt es nur uns. Nur meine Regeln. Du entkommst mir nicht und damit stellst du dich jetzt deiner Panik. Ich zähle bis drei. Dann fängst du an.«

Mit einem letzten Zug an ihren Haaren, um ihr klarzumachen, dass das hier keine leeren Worte sind, schiebe ich sie von mir. Mit verschränkten Armen positioniere ich mich vor ihr und starre sie an.

Nervös zuckt ihr Blick von mir zur Tür und wieder zurück. Ihr Brustkorb hebt und senkt sich hektisch, während sie mit der Situation sichtlich überfordert zu sein scheint. *Tja, Pech gehabt, du hast es so gewollt.*

»Drei.« Meine Stimme donnert wie ein Blitz während eines Unwetters durch den Raum und sorgt dafür, dass Abella zusammenzuckt. Allerdings lässt mich auch das kalt, denn mich leiten nur noch die Wut und die Dunkelheit, wodurch ich nur mein Ziel vor Augen habe: Sie an ihre Grenzen zu treiben, zu vernichten, und danach wieder zusammenzusetzen. Aus Abella wird eine glanzvolle Eisblüte werden, die durch ihre eigene Kraft strahlt.

»Ziam ...« Leise setzt sie zum Reden an und tritt auf mich zu, unterbricht sich aber selbst, als ich ihr mit einer Hand signalisiere, nicht näherzukommen.

»Zwei«, knurre ich.

Die zarte Gänsehaut, die sich auf Abellas Körper ausbreitet, treibt mich noch weiter an.

Ja, weil ich ein Wichser bin, der trotz der beschissenen Situation einen gewissen Reiz an dieser Misere erkennt. Wenn alles klappt, dann wird mein Mädchen nicht nur verstehen, was wahrhaft in ihr steckt, sondern auch mein Dämon wird gestillt. Die Aussichten stehen gut, falls ich alles richtig mache.

»Eins.« Ich löse die Hände vor der Brust und kann den dunklen Ausdruck auf meinem Gesicht nicht mehr verbergen. »Bereit, kleine Eisblüte? Null.«

»Aber Ziam, ich -«

»Kompliment.« Mit einem Tonfall, der eindeutig zeigt, dass ich nicht zu Späßen oder Gestammel aufgelegt bin, schleudere ich ihr das Wort entgegen.

»Ich kann nicht. I-ich ... was soll ich denn sagen?« Völlig aufgelöst steht sie vor mir. Ihre Stimme bricht, ihr Körper zittert und sie schluckt schwer. Kurz zieht es in meiner Brust, aber ich kämpfe dagegen ab.

Dein Herz meldet sich zu Wort, weil diese Frau eben dieses Organ in dir wiederbelebt hat. Jetzt sind wir wohl ein Wichser mit Herz, ist auch nett. Aber unser Ziel ist es, dass sie aus der Lethargie erwacht, also los, Moreno.

»Dann wirst du mich schlagen müssen.« Nüchtern bringe ich die Worte heraus und stelle mich breitbeinig vor sie.

Augenblicklich schreckt sie zurück, woraufhin ich mahnend mit der Zunge schnalze, was sie in der Bewegung aufhält. Mit Tränen gefluteten Augen sieht sie mich an. Erneut tritt dieses ungewohnte Gefühl in meiner Brust auf. *Herrgott, ich will nicht so sein, aber Abella scheint es nicht anders zu erkennen. Hoffen wir nur, dass sie am Ende versteht, wieso ich das getan habe.*

»Beine hüftbreit auseinander, die Hände heben und dann mit der rechten Faust, ohne den Daumen darin einzuschließen, auf meine Brust schlagen. Nimm die Hüfte in der Bewegung mit, dann kommt die Kraft von allein. *Jetzt.*« Ich zeige auf meinen Brustkorb und warte.

Fast muss ich grinsen, weil es klar war, dass sie nichts tut, außer mich mit geweiteten Pupillen anzustarren. So als wäre ich ein Alien, Bigfoot oder irgendein Fabelwesen, das es nur in irgendwelchen fiktiven Geschichten gibt. Aber Memo an alle, das hier ist keine Fiktion, das ist die verfickte Realität und wenn für das Glück Regeln gebrochen werden müssen, werde ich es tun.

»Tue es. Es ist okay, Abella. Es wird dir helfen.« Auch wenn es mir schwerfällt, weil ich meine eigenen Gefühle kaum im Zaum halten kann, rede ich so leise und ruhig, wie es mir möglich ist.

»W-wie soll mir das helfen, wenn ich den Mann schlage, den ich liebe?«, jammert sie und in der nächsten Sekunde laufen einzelne Tränen über ihre Wangen. Sowohl fasziniert als auch wütend starre ich die Tropfen an, die an Abellas Kinn herunterlaufen. Sie sind wie kleine Eiszapfen, die sich im Rausch der Gefühle in Wassertropfen verwandeln. »Wie? Erklär mir, WIE?« Schluchzend presst sie das letzte Wort hervor.

Verdammt, diese Frau gibt sich selbst auf, obwohl sie so viel stärker ist, als sie glaubt.

Erkenne es endlich, kleine Eisblüte. Du bist nicht zerbrochen, nein, du bist verletzt und verzweifelt, aber niemals verloren. Ich weiß das, deine Freunde wissen das und jetzt ist die Zeit, dass du es auch erfährst.

»Vertrau mir und mache es. Komm schon, Abella, verdammt. KÄMPF.« Das letzte Wort schmettere ich ihr brüllend ins Gesicht und in der nächsten Sekunde trifft ihre Faust meine Brust. Es ist kein Schlag, der mir auch nur irgendwelche Schmerzen oder Reaktionen entlockt, aber es war ein erstes Aufbäumen ihrerseits.

»O mein Gott«, stößt Abella entsetzt aus und stolpert zurück, jedoch bekomme ich sie am Arm zu packen und bringe mein Gesicht vor ihres.

»Du bist besonders, keine von vielen, sondern natürlich schön und eine liebenswerte Person, die niemandem zur Last fallen und nur das Beste für ihre Freunde will.« Sanft küsse ich ihre Wangen, streiche über ihre Oberarme, ehe ich teuflisch nachsetze. »Zieh das Oberteil aus.«

Abella schnappt nach Luft, blinzelt mich überrascht an und will etwas sagen, aber ich komme ihr zuvor. »Das hier ist todernst, Abella. Begreife es endlich.«

Mit schnellen Handbewegungen knöpfe ich ihre Bluse auf und schiebe sie ihr über die Schultern. Schwer schlucke ich, als darunter ein weißer BH zum Vorschein kommt, der Striemen hat, die über ihren Brüsten liegen und zwischen ihnen in einer Schleife enden.

Holy fucking Shit. Ein kleiner Engel, in dem eine unvollkommene Verruchtheit steckt, die ich hervorlocken und für mich beanspruchen will.

»Du bist dran.« Erneut positioniere ich mich vor ihr und lege den Kopf schräg, um auf ihre nächsten Worte zu warten.

»I-ch ...« Abella sieht an ihrem nur noch in Unterwäsche bekleideten Oberkörper herunter und schließt die Augen. Offensichtlich versucht sie, sich zu sammeln.

In der nächsten Sekunde schlägt sie die Lider auf. »Ich bin gut in meinem Job, zielstrebig, engagiert und gebe niemals auf.« *Ach, Abella.*

Es sollte mich nicht wundern, dass sie als Erstes in Bezug auf ihr »Job-ich« ein Kompliment zustande bekommt, aber gut. Notiz an mich: Nächstes Mal die Regeln klarer formulieren.

»Gut, lass ich gelten.« Kurz lecke ich mir über die Lippen, sehe eindeutig, wie es Abella fesselt und reiße mir förmlich das Oberteil vom Körper.

»Himmel«, stößt sie erstickt aus und lässt ihren Blick über jeden Muskel meines Oberkörpers gleiten. Ihre Augen blitzen und ihre Körperhaltung verändert sich merklich.

Ach, sieh mal einer an. Unsere Kleine scheint Gefallen an dem zu finden, was wir hier machen. Eigentlich etwas traurig für uns, dass wir sie nur mit unserem Körper retten können. Aber was solls, im Endeffekt ist das Ergebnis wichtig. Geben wir ihr, was sie will.

Meine innere Stimme hat eindeutig recht, deswegen denke ich auch nicht eine Sekunde darüber nach, sondern lasse eine Hand über meinen Hals zur Brust und hinunter zu meinem Sixpack gleiten. Zart streiche ich über die Muskeln und zeichne sie nach.

»Du willst, dass es deine Zunge wäre, nicht wahr?«, frage ich verheißungsvoll in einem Tonfall, den Abella bereits von unserem Sex kennt.

»J-ja.« Sie reißt sich vom Anblick meines Oberkörpers los und strafft die Schulter.

»Machen wir weiter, vielleicht darfst du dann vor mir auf die Knie sinken und meinen Körper mit deiner Zunge erkunden.«

In diesem Augenblick passiert etwas mit Abella. Es ist deutlich zu sehen, wie ihre Halsschlagader wild pocht und sie von einem Bein aufs andere tritt. Es wirkt so, als würde sich das, was sie eben noch im Griff hatte, langsam zurückziehen. Meine Aufmerksamkeit und das Triggern ihrer inneren Instinkte scheinen etwas in ihr zu erwecken. Jetzt steht eins fest: Entweder läuft es genau so, wie ich es erwartet habe, oder diese Frau wird mich noch überraschen.

KAPITEL 12
Abella

W as zum Teufel passiert hier?

Überfordert starre ich Ziam an, der mit den gestrafften Schultern und dem breiten Stand wirkt wie ein Personal-Coach. Doch sein entblößter Oberkörper beweist, dass es nicht um Sporteinheiten geht. Diese düstere Mimik und sein brennender Blick sprechen eine andere Sprache. Und nach unserer gemeinsamen Zeit verstehe ich ihn blind.

Es reicht. Alle Grenzen wurden gesprengt und die Rücksicht ist vergessen.

Den letzten Beweis dafür bekomme ich, als mir vereinzelt Tränen über die Wangen laufen, aber er von seinem Vorhaben nicht abweicht und das, obwohl diese Aktion mich eindeutig aus jeder Komfortzone treibt.

Blinzelnd und überfordert starre ich ihn an, atme zitternd aus, als er nicht auf meine offensichtliche Unsicherheit reagiert. Während mein Gesicht vom Weinen bereits unangenehm weh tut, überschlagen sich meine

Gedanken weiterhin. Zu der Traurigkeit darüber, dass ich erneut nicht für mich einstehen konnte, als ich eifersüchtig war, mischen sich wieder die Selbstzweifel. Sie fressen mich von innen heraus auf und ich kann die Selbstverstümmelung nicht aufhalten. Eigentlich dachte ich, ich hätte das hinter mir, aber das war eine fatale Fehleinschätzung. Jetzt ist es schlimmer als jemals zuvor.

Während die positive Seite in mir mit den dunklen Zweifeln ringt und meine innere Stimme versucht, den Tumult wie eine Schiedsrichterin im Zaum zu halten, stehe ich einfach nur da und beobachte Ziam. Seine Ausstrahlung ist noch einnehmender als sonst schon und seine Gesichtszüge markant und schön, alles an ihm zieht mich an wie ein Magnet. Als wären wir zwei Pole, die sich sowohl abstoßen als auch anziehen, wie in einer immer wieder veränderbaren Reaktion aufeinander. Mit einem Ergebnis: Ohneeinander geht es nicht, egal welchen Schmerz wir dabei ertragen müssen.

Nur ist mir nicht klar, wieso er das hier tut? Ich weiß genau, dass er erkannt hat, dass etwas mit mir nicht stimmt. Wieso macht er das? Was ist sein Ziel? Was erhofft er sich? Wieso hilft er mir nicht?

Verdammt, tut er, Mädchen. Mach die Augen auf. Du machst es dir nur wieder unheimlich schwer, versinkst in deinem eigenen Sumpf an dunklen Gedanken. Ach, ich bin so scheiße, nicht gut genug für ihn, bla bla. Also, jetzt hör verfickt noch mal damit auf. Denn wenn wir uns nicht selbst retten können, dann vielleicht er. Lass dich drauf ein, was er vor hat, egal, wie schwer es ist.

Als nun auch noch meine innere Stimme meint mich anzuschreien, beiße ich mir vor ungehaltener Wut auf wen auch immer, auf die Lippe. Das wiederum ist die nächste Lüge. Ich weiß genau, auf wen. Mich selbst. Wieso passiert mir das jedes Mal wieder? Statt zu kämpfen, versinke ich in den Zweifeln, nähre sie noch, anstatt dafür zu sorgen, dass ich sie bezwinge. Vielleicht hat meine innere Stimme recht und es ist an der Zeit, dass ich mir helfen lasse. Zumindest so weit, dass ich für mich selbst einstehen kann.

Tief durchatmend, straffe ich die Schultern und balle die Hände zu Fäusten.

Ein Schmunzeln schleicht sich auf Ziams Gesicht, das aber so schnell verschwindet, wie es gekommen ist. Ehe ich irgendwie etwas sagen oder tun kann, kommt er mir zuvor.

»Ich liebe es, wie du deine Nase kräuselst, wenn du unsicher bist. Aber noch mehr berührt mich das Strahlen deiner Augen, wenn du dich gegen mich wehrst.«

Ein überraschtes Keuchen entkommt mir, als er, ohne zu zögern, vor mir in die Knie geht und meinen Rock mit einem Ruck von den Hüften zieht.

Die kühle Luft streichelt meine Haut. Nur noch der dünne Stoff des Slips bedeckt einen Teil von mir. Jedoch ist es nicht nur mein Körper, der entblößt ist, sondern auch meine Gefühle. Dennoch kann ich nicht abstreiten, dass auch etwas anderes durch meine Vene prickelt. Es ist diese verheißungsvolle Wonne des Verbotenen, des Unanständigen und Belebendem, das ich nur fühle, wenn Ziam bei mir ist.

Immer noch vor mir kniend, schaut er zu mir auf und packt gleichzeitig mit beiden Händen zu. Seine Finger krallen sich in die empfindliche Haut meiner Oberschenkelinnenseiten und schicken einen Impuls direkt zwischen meine Beine.

Blinzelnd sehe ich nach unten, während mir immer noch Tränen über die Wangen laufen und von meinem Kinn tropfen.

»Ich kann dich riechen, deine Lust und deine Angst.« Ziams Stimme gleicht einem Knurren, dunkel, vibrierend und einnehmend. »Hier und jetzt gibt es keine Moral, keine Normen und keine Prinzipien. Hier gibt es nur uns, hörst du, und ich will alles von *uns*.«

Mit dem letzten Wort beugt er sich vor und leckt mit der Zungenspitze, angefangen von seiner Hand, über meine Beine bis zur Hüfte und stoppt erst direkt vor dem Rand des Höschens. Ein Schauder erfasst mich, wirbelt die Gedanken in meinem Kopf erneut durcheinander. Wie ein Blatt im Wind kreise ich umher, gefangen zwischen der Dunkelheit der Selbstzweifel und des Hasses und dem hellen Licht, der lodernden Flammen der Liebe und Lust, die Ziam erzeugt.

Plötzlich beißt er in meinem Oberschenkel, nicht zu fest, aber auch nicht sanft und presst mich seinem Gesicht entgegen. Gesteuert von dem Wirbel an Emotionen, die in mir wüten wie ein Schneesturm, weiche ich zurück, aber greife dennoch gegensätzlich dazu mit den bandagierten Händen in Ziams Haare und halte ihn an Ort und Stelle.

Mit zusammengepressten Lidern lege ich den Kopf in den Nacken und stoße das Keuchen aus, das ich nicht mehr zurückhalten kann. Damit entlasse ich alles Negative und in der nächsten Sekunde reißt eine Schockwelle der Intensität auch noch die restliche Gedanken-Grenze nieder. Ziams Zähne lösen sich aus meinem Fleisch und er offenbart mir sein verruchtes, ehrliches und unverschämt schönes Lächeln.

Die Anspannung entweicht sich aus meinen Muskeln und alle wilden Rufe, Schreie und Laute in meinem Gehirn verstummen. Als würde plötzlich Frieden herrschen, als hätte Ziam es geschafft, die Spirale der Zerstörung nur mit seinen Berührungen und Worten aufzulösen.

Ich fühle mich butterweich, losgelöst und wie in Watte gehüllt, nur die Finger kralle ich immer fester in Ziams weiche Haare. Auch wenn ich weiß, dass mein Griff ihn nie abhalten könnte aufzustehen, hat er es offensichtlich auch nicht vor. Er bleibt, wo er ist, sagt nichts, sondern hält mich und streichelt nur beruhigend über meine Haut.

Wie ein Ritter kniet er vor mir. Obwohl mir bewusst ist, dass dieser Vergleich hinkt. Ziam ist kein Märchenheld, kein Retter in der Not, kein Anker oder ein passendes Puzzlestück. Dieser Mann ist meine Zuversicht. Er ist das, was ich geglaubt habe, verloren zu haben. Er ist die Verkörperung der wunderschönen Gefühle, der Liebe, der Zuneigung und der Fröhlichkeit.

Langsam öffne ich die Augen, senke den Kopf und lasse den Tränen, die in diesem Moment vor Erleichterung ihren Weg suchen, freien Lauf. Blinzelnd starre ich zu ihm, bis er plötzlich gegen meinen Griff aufblickt. Mit einem Strahlen in den Augen sieht er zu mir und haucht: »Du bist dran.«

»Ich bin klug«, wispere ich leise, weil ich es nicht glauben kann, dass mir das über die Lippen kommt. Fast so, als wäre die Blockade über meine positiven Vorzüge und Stärken nachzudenken nie dagewesen.

»O ja, das bist du.« Zart küsst er meinen Bauch kurz

oberhalb des Höschens, ehe er wieder den Kopf hebt und mit seinen mehrfarbigen Iriden eine förmliche Hypnose auf mich ausübt, die es mir nicht erlaubt wegzusehen. »Weiter.«

»Ich bin schön.« Fester greife ich in Ziams Haare. Es scheint ihn allerdings nicht zu stören, denn er leckt sich dabei nur über die Lippen.

»Wunderschön. Natürlich bezaubernd. Richtig.« Seine Hände wandern meine Oberschenkel empor zu meinen Hüften, um sich nun dort festzukrallen. »Weiter.«

»Ich bin anders. Aber das ist gut, denn ich bin ich, keine andere ...« Unsicher beiße ich mir auf die Unterlippe, als ich spüre, dass sich ein förmlicher Schwall an Worten hervor kämpfen will.

Erstickt keuche ich auf, als Ziams Griff so fest wird, dass ich mich dagegen winde. Jetzt hat er kein Erbarmen mehr, sondern packt hart und energisch zu. Das gibt eindeutig blaue Flecken ... jedoch kann ich nicht darüber nachdenken, weil er es nicht zulässt.

»Lass es zu, Abella. Es ist okay. Du bist okay, wir sind okay. Flüstere es, schreie es, weine. Aber lass es zu. *JETZT*.« Wenn ich nicht in dieser Blase stecken würde, die gefühlt wie Millionen Meditationen und Entspannungsübungen wirkt, könnte ich von den unterschiedlichen Klangfarben und beschwörenden Worten von Ziam ein Schleudertrauma bekommen. Seine Bandkollegen nennen ihn gerne Mister-alles-im-Griff-haben, aber er ist auch Mister Zerrissenheit. Diese Seite präsentiert er einem allerdings erst, wenn man es geschafft hat, einen Platz in seinem Herzen zu erhalten. Diese Erkenntnis löst den allerletzten Rest der Sorge auf und vergräbt all meine

Zweifel unter einer Lawine an Zusammengehörigkeit. Er hat recht. Wir hier und jetzt ohne jegliche Richtlinien und Wegweiser. Nur zwei Individuen, die zusammen endlich frei und lebendig sein können. Als eine Einheit im Kampf gegen die unendlichen dunklen Tiefen der Gefühle.

»Ich bin anders, keine von vielen. Ich bin Abella Bailey und auf meine Art bin ich perfekt. Für meine Freunde würde ich alles geben, für jeden Menschen, der es verdient, würde ich sterben, denn ich bin gütig. Eine von den Guten, die einem ihr Herz schenkt, ungeachtet dessen, dass einige es nicht verdienen. Ich bin nicht schwach, nicht verloren oder gebrochen. Nein, verdammt. Ich bin stark, eben weil ich all die Scheiße, die ich erleben musste, bewältigt habe und trotzdem noch lachen kann. Obwohl ich weiß, was es heißt, allein zu sein, stehe ich immer wieder auf. Ich habe Freunde, die mich lieben, wie ich bin, und ich bin bereit, mich selbst zu akzeptieren. Denn ich bin es wert, begehrenswert und auf meine Art heiß. Egal, ob mit Zweifeln oder Fehlern, die machen mich doch erst besonders-s.« Kurz stocke ich, weil ich ohne Punkt und Komma die Worte aus meinem Mund purzeln lasse, während mein Sichtfeld immer weiter verschwimmt. Jetzt habe ich keine Kontrolle mehr über die Tränen, die mein Ventil sind. Auch wenn ich bisher allein geweint habe. Niemals bin ich vor jemandem komplett zusammengebrochen, bis jetzt. Aber es fühlt sich nicht falsch an, es ist befreiend. »Ich darf geliebt werden, weil ich es verdiene, so wie jeder.«

Nach meinem Monolog ist es ruhig. Eine angenehme Stille, die mich einlullt, als würde die Zeit stillstehen und nur meine Tränen sind das Einzige, was sich bewegt.

Überwältigt will ich mir die Spuren aus dem Gesicht wischen, aber so weit komme ich nicht. Erschrocken schnappe ich nach Luft, als Ziam sich plötzlich erhebt und meine Hände hinter den Rücken zerrt, um mich gegen seinen Oberkörper zu drücken. Zwischen uns passt nichts mehr, als wären wir eins. Unsere Nasenspitzen berühren sich, soweit beugt er sich zu mir.

»Du wirst geliebt, weil du es verdienst, Mi Belleza.« Seine Lippen streichen über meine, während er die Worte gegen meinen Mund haucht und mein Puls damit in andere Sphären schießt.

Moment, heißt das? Aber ehe ich weiter darüber nachdenken kann, sprengt Ziam wieder jegliche moralischen Grenzen.

»Du wirst die Spuren deiner Trauer nicht wegwischen, sondern alles herauslassen. Schrei, fluche oder weine für mich, kleine Eisblüte. Lass mich den Schmerz vertreiben.« Wie ein Donnerhall grollen seine Worte durch mein Bewusstsein und erst da wird mir bewusst, dass ich seinen harten Schwanz an meiner Hüfte spüren kann.

Ja, ich sollte nein sagen oder mich wehren, aber -. Weiter komme ich mit den Gedanken nicht, denn da küsst er mich auch schon. Obwohl das definitiv eine Untertreibung für die Gewalt und Rohheit ist, mit der er meinen Mund überfällt. Seine Hand wandert in meinen Nacken, hält mich an Ort und Stelle und ohne Scheu zwängt er die Zunge zwischen meine Lippen. Ziam führt mich nach seinem Willen so intensiv und gnadenlos, dass ich ihm nach wenigen Sekunden gehörig verfalle.

Seine Finger graben sich in meine Arschbacke, drücken mich fester an seinen warmen Körper, ehe sie an meiner Seite empor bis zur Brust wandern. Mit einem Ruck reißt er das Körbchen des BHs hinunter. Abwechselnd massiert er sie oder kneift in meinen Nippel, bis er seine Hand weiter hinauf gleiten lässt.

In meinem Kopf dreht sich alles, obwohl ich fast entblößt bin, ist mir unglaublich heiß. Was macht dieser Mann nur mit mir? Ziam Moreno vernichtet jede Vernunft und richtet alles nur noch auf sich aus.

Ein lustvolles Geräusch entkommt mir, das ich direkt in seinen Mund hauche. Seine großen Hände umschließen meinen Hals, sowohl von vorn als auch von hinten und schnüren mir die Luft ab, dabei küsst er mich buchstäblich um den Verstand. Immer wieder knabbert er an meiner Lippe, umspielt mit seiner Zungenspitze meine oder verführt mich, seinen Bewegungen zu folgen. Möge mich der Teufel heimsuchen, aber das ist das Beste, was mir je passiert ist. Mir ist vollkommen egal, was als Nächstes geschieht und wenn er mich hier und jetzt bewusstlos würgen würde, fühlt es sich für mich wie wahrhaft Leben an.

KAPITEL 13

E s ist dieses Geräusch, eine Mischung aus Stöhnen und Keuchen, das meine Beherrschung an die letzte Grenze treibt. Das ist schlecht, denn ich habe einen Plan und der beinhaltet nicht, sie hier im Boxring zu vögeln. Das wird meiner Vorstellung nicht gerecht. Heute Nacht will ich sie im Wald, aber ich muss vorsichtig sein. Abellas Gefühle sind mir nicht egal, das weiß ich nun.

Um nicht alles zu versauen, schließe ich die Hände um ihren zierlichen Hals und raube ihr damit die Luft, die sie stockend in meinen Mund stößt. Ihr warmer Atem trifft mein Gesicht. Gott, ich liebe die reizvollen Augenblicke mit dieser Frau und mein Schwanz scheint das genauso zu sehen. Das nur von diesem unanständigen Kuss, der so grob und harsch ist, dass ich alles um mich herum vergesse. Ich bin gefangen im Rausch aus ihrem Geruch nach Beeren, ihrer warmen, zarten Haut unter meinen Fingern und ihrer Nähe.

Wie ein Wildgewordener packe ich Abella fester an

der Kehle. Ihr Brustkorb hebt und senkt sich angestrengt, ihre Fingernägel graben sich in meine Oberarme und ihre Nippel recken sich mir verlockend entgegen. Ich kann der Aufforderung nicht widerstehen und beuge mich zu ihrer Brust. Genüsslich lecke ich mit der Zungenspitze über die Wölbung, knabbere und sauge abwechselnd an der Knospe. *Gott, diese Frau schmeckt wie die pure Versuchung.* In dem Spiel meiner Zunge und Zähne verliere ich mich, bis plötzlich Abellas Stimme erklingt und mich zurückholt.

»Ziam.« Mein Name kommt nur gepresst über ihre Lippen, weil ich ihr weiterhin mit einer Hand das Atmen erschwere und das keine Ahnung wie lange schon. Man sollte meinen, dass es töricht ist, nicht besser aufzupassen, jedoch weiß ich genau, was ich tue. Auch wenn ich mich von der Gier teilweise leiten lasse, verletzte ich Frauen nicht, außer sie wollen es. Bei Abella weiß ich, dass sie mehr aushält, als was wir bisher getan haben. Nur muss ich auf ihre Gefühle aufpassen, da sie selbst nicht weiß, was sie bedeuten. Mir die Kontrolle über ihren Sauerstoff zu nehmen, ist nur ein weiterer Schritt unseres Lektionsplans.

»Abella.« Die Amüsiertheit, die in meiner Stimme mitschwingt, kann ich nicht verbergen. Immerhin ist mir klar, was sie eigentlich damit sagen wollte. Sicherlich wollte sie diese Antwort nicht von mir hören.

Ein letztes Mal beiße ich in ihre aufgestellte Spitze, richte mich auf, trete einen Schritt vor, um sie immer noch gepackt rückwärts gegen den Eckpfeiler des Boxrings zu drücken.

»Bitte, ich-«, haucht Abella, aber weiter kommt sie

nicht, weil ich sie wieder küsse. Ihre weichen Lippen sorgen für den nächsten knisternden Moment, der mich weiter anheizt. Während ich erneut ihre Zunge zu einem lustvollen Tanz zwinge, gebe ich ihre Kehle frei und vergrabe die Finger in ihren Haaren.

Ihre Hände lösen sich von meinen Oberarmen, streicheln ungeniert über meinen Oberkörper, bis zum Tal der Bauchmuskeln und wieder hinauf zur Brust. Die Zeit scheint stillzustehen, während wir uns vollkommen in diesem Kuss verlieren.

Gerade als Abella sich zu meinem Gürtel tastet, greife ich mit einem gezielten Griff zwischen ihre Beine und übe mit dem Handballen Druck auf ihre Klit aus. Sofort stoppen ihre Bewegungen, ihr Kopf neigt sich in den Nacken, aber ich ziehe ihn wieder zurück.

»Öffne die Augen.« Ein Schmunzeln zupft an meinem Mundwinkel, weil die kleine Eisblüte direkt auf den Befehl reagiert. Neckend gleite ich mit einem Finger durch ihre Spalte, stoße leicht einige Male in ihren Eingang, aber gebe ihr nicht das, wonach sie verlangt. Ihre Iriden schimmern im spärlichen Licht.

Hart reibe ich mit dem Daumen über ihren Lustpunkt und reiße an Abellas Haaren, als sie wieder die Augen schließen will. »Na, na, kleine Eisblüte.«

»Ich-« Erneut unterbinde ich ihren Versuch, mir etwas zu sagen, indem ich sie fingere. Immer weiter, intensiver und genieße es, wie die schmatzenden Geräusche ihrer nassen Mitte im Raum erklingen.

»Fuck.« Abella stöhnt und schaut mir dabei tief in die Augen. Auch wenn ich klar sehe, wie schwer es ihr fällt, meinem Blick standzuhalten. Ihre Zähne graben sich in ihre Unterlippe und ihre geröteten Wangen geben mir den Rest. Sie sieht so unschuldig, rein und schön aus, dass ich eine wahre Freude daran habe, sie mit der ungenierten Leidenschaft zu besudeln. Denn genau das braucht und will sie, das weiß ich jetzt.

»Braves Mädchen.« Ein erstickter Laut entkommt Abella und ich spüre, wie ihre Mitte sich um meine Finger zusammenzieht. Knurrend erhöhe ich noch einmal das Tempo, als sie ihre Fingernägel ohne Rücksicht über meinen Bauch zieht. »Schrei für mich, Mi Belleza. Gib mir alles.«

Zu den Worten knabbere ich an ihrem Hals, reibe über ihre Klit und treffe genau den empfindlichen Punkt, der sie über ihre Grenzen hinaustreibt.

»Scheiße, Baby. Bitte ... O Gott.« *Fucking Shit. Wieso gefällt es mir, Baby genannt zu werden?*

Knurrend vergrabe ich die Zähne in Abellas Hals, um mich davon abzuhalten, den Plan doch noch über den Haufen zu schmeißen. Mein Schwanz ist so hart wie seit Langem nicht mehr und ich würde mir am liebsten holen, wonach ich mich verzehre. Doch jetzt geht es noch nicht um mich, sondern um sie. Eins nach dem anderen!

Sie stöhnt ihren Orgasmus hinaus, windet sich in meinem Griff und lässt sich in der nächsten Sekunde in meine Arme fallen. Schwer sinkt ihre Stirn gegen meine Brust, während ich noch immer mit dem Finger in ihr stecke. Unter ihrem Keuchen ziehe ich ihn langsam zurück, wobei sich ihr warmer Körper an meinen schmiegt.

»Du stehst auf den Kosenamen.« Irritiert sehe ich zu

ihr und begegne ihrem Schmunzeln, das mich fest ihre Hüfte packen lässt. Fokus, Ziam. Denk an den Plan!

»Weiß nicht, vielleicht.« Neckend lege ich den Kopf schräg und mustere sie. Ein wunderschönes Lächeln erscheint auf ihrem Gesicht. »Sags doch noch einmal und schau, was passiert.«

Etwas glitzert in ihren Augen und ich kann mir nur zu gut vorstellen, was sie von mir will, aber darum ging es nicht. Sie sollte abschalten und verstehen, was sie hoffentlich hat.

»Danke, Baby«, flüstert sie.

Schelmisch grinse ich: »Wofür?«

»Ich bin nicht doof, Ziam. Du hast mich zum Orgasmus gebracht, damit ich loslassen kann. Deswegen hast du mich nicht reden lassen und nichts zu meinem Monolog gesagt. Du wolltest, dass ich erkenne, welchen Wert ich für mich habe und vielleicht auch, um mir zu beweisen, wo mein Platz ist.« Schlaue Frau. Wenn sie nicht in ihrer Spirale versinkt, ist sie nämlich sehr selbstreflektiert.

Es klingt ehrenhaft, wie sie von mir denkt, jedoch stimmt es leider nur zum Teil. Ich wollte sie kommen sehen, weil es eins der heißesten Dinge ist, die ich jemals gesehen habe. Doch alles, was gerade passiert, zielt nur darauf ab, dass ich endlich bekomme, wonach ich mich sehne, aber das muss sie noch nicht wissen.

»Richtig, dein Platz ist an meiner Seite, als Einzige. Na gut, gegebenenfalls auch mal unter oder über mir, je nachdem worauf ich Lust habe. Nur weil ich dich habe kommen lassen, bin ich jetzt kein Held, kleine Eisblüte.« Langsam lasse ich meine Zungenspitze hervorschnellen und lecke mir über die Lippen. »Aber interessant, wie ich mich offensichtlich zum Prinzen hocharbeiten kann, so wie du mich ansiehst.«

»Du weißt genau, was ich meine.« Mit einer Hand schlägt sie gegen meine Brust, wenn man das überhaupt Schlagen nennen kann.

»Vorhin hast du aber härter zugeschlagen«, reize ich sie und hebe sie auf meine Hüften. Sofort schlingt sie ihre Beine um mich und klammert sich an mich. Schon interessant, wie es ihr plötzlich egal ist, dass sie nackt ist. Dem besitzergreifenden Teil von mir gefällt es, dass sie sich wieder so schnell bei mir wohlzufühlen scheint.

»Du hast mich gezwungen.« Sanft streichelt sie über meine Brust. Ich greife nach ihrer Bluse, die auf den Seilen hängt, und nehme sie mit, während ich mich auf den Weg in den Raum gegenüber dem Fitnessstudio mache.

Auch wenn es vielleicht ein bisschen mies ist, ihr jetzt Honig ums Maul zu schmieren, nur um dafür zu sorgen, dass der Fall der Angst nachher größer ist, muss ich es tun. Außerdem will sie doch, dass ich bin, wie ich bin und das ist es nun einmal, was ich tue.

Vorsichtig setze ich sie auf einen der Kinostühle ab, die in diesem Raum sind, und richte mich auf. Ich gebe ihr das Oberteil, genau in dem Moment greift sie an meinen Gürtel und zieht mich direkt vor ihr Gesicht. »Netter Ort zum ...«

Sie spricht nicht weiter, sondern öffnet die Schnalle, doch mit einem Zungenschnalzen halte ich sie auf, schlage schmunzelnd ihre Hand weg und trete zurück.

»O glaube mir, genau das will ich aber nicht nach

deiner Emotionalität. Deswegen bekommst du jetzt auch diesen Filmabend, den du dir von mir gewünscht hast, bei dem du mich mit einer komischen Liebesschnulze beeindrucken kannst.« Fast muss ich lachen, weil mein Versuch so kläglich ist, dass jeder es merken würde, aber gut, egal.

Abella rümpft die Nase kurz, mustert mich, ehe sie mit einem Grinsen aufsteht und sich die Bluse anzieht. »Na gut, aber wenn ich mir danach deinen Schwanz nehme, ist es auch okay.« Mit einem teuflischen Grinsen schlägt sie mir auf den Arsch und drückt mich Richtung Ausgang. »Gut. Dann hol Popcorn.«

Verblüfft blinzele ich sie an und kann nicht fassen, dass sie geradewegs den Laptop ansteuert, um dort einen Film auszusuchen.

»Geh, Baby. Kein Filmabend ohne das typische Naschen.« Abella lacht, tippt auf der Tastatur und achtet nicht auf mich.

Fuck. Mit ihrer Art treibt sie mich so aus der Komfortzone und mein Plan wankt gewaltig. Denn wenn ich es mir recht überlege, kann ich sie auch ...

»Wie wäre es mit Cinderella Story?« What the ... Ruckartig drehe ich mich um.

Ihre Worte triefen nur so vor Provokation und da verstehe ich, was sie vorhat.

Schon charmant, wenn jemand unbedingt meinen Schwanz will, aber das wäre mir zu einfach für unser nächstes Mal.

Wart nur ab.

»Oder-« Die nächste Aussage geht in einem Keuchen unter, weil ich plötzlich direkt hinter ihr stehe und sie gegen den kleinen Schrank drücke, sodass ich an ihr Ohrläppchen komme.

»Weißt du, ich wollte dir im Boxring deinen Verstand aus dem Leib vögeln. Ich habe es nur nicht getan, weil ich wohl bei dir mein Gewissen entdecke und dich nicht überrumpeln wollte.« Okay, das ist nicht komplett gelogen, teilweise stimmt das. »Aber ich gebe nicht gerne nach, provoziere mich ruhig und wir schauen, wer länger aushält.«

Fest beiße ich in die zarte Haut unter ihrem Ohr und presse mein Becken gegen ihren Arsch, um sie meinen Schwanz spüren zu lassen, was meine kleine Eisblüte schreien und nach mir schlagen lässt. Schade nur für sie, dass sie mich nicht trifft, weil ich schnell zurücktrete und rückwärts zur Tür gehe.

Mit einer Hand hält sie sich ihren Hals und dreht sich zu mir um. »Du hast mich gebissen.«

Richtig, kleine Eisblüte, aber nur so doll, dass es dir gefallen hat.

Nur kann ich das Lachen nicht zurückhalten, weil ihr verwirrter Gesichtsausdruck so verdammt süß aussieht. Tja, offensichtlich habe ich wieder einmal vor ihr erkannt, was sie mag, ehe sie sich dem überhaupt bewusst ist. *Du wirst noch eine Menge über dich und deine Lust lernen, Mi Belleza und ich bin nur zu gerne dein Maestro.*

Lachend drehe ich mich um und laufe die Treppe nach oben in die Küche.

Tja, Kumpel und jetzt? Wie viel unserer Energie konnten wir loswerden? 50 Prozent, wenn überhaupt, na ja, immer mehr als die letzten Male. Ich finde es schön, wie nett wir geworden sind, richtiges Boyfriend-Material.

Sei bloß froh, dass ihr der Plan, sie zu provozieren, um endlich unseren Wald mit ihr einzuweihen, gefällt. Glück für dich, sonst wäre ich eingeschritten.

Ja, ja, verstanden.

Kurzzeitig habe ich mich gefragt, ob die Stimme jetzt komplett verschwunden ist, da sie nur noch selten auftaucht. Früher hat sie mich gestört, jetzt merke ich, dass sie ein Teil von mir ist, der vielleicht für manche merkwürdig ist, aber für mich nicht. Doch durch Abella habe ich gelernt, dass es in Ordnung ist, mehrere Seiten zu haben, selbst wenn die Eine weniger moralische Charakterzüge in einem weckt. Das Wichtigste ist, dass man lernt, man selbst zu sein und das tue ich. Sagen wir so, nun leben wir in einem Einklang miteinander und kämpfen nicht mehr gegeneinander. Deswegen kann ich nicht anders, als es mit einem Schmunzeln hinzunehmen.

Denn ja, für Abella bin ich bereit, meine Vorlieben zu verändern, nur für sie.

KAPITEL 14

Abella

Mit offenem Mund, einer Hand an meinem Hals und halbgeschlossener Bluse stehe ich in einer Art privaten Kino und starre dem Mann hinterher, der mich gerade indirekt abgewiesen hat. Man sollte meinen, dass mich das wieder zu dieser dunklen Schlingpflanze an Selbstzweifeln getrieben hat, aber so ist es nicht. Ziams Verhalten ist für andere vielleicht verwirrend, für mich nicht mehr.

Er hat gemerkt, dass es mir schlecht ging, weil ich mich wegen der Eifersucht komplett in mir und meinen negativen Gedanken verloren habe. Woraufhin er versucht hat, mich auf seine Art, daraus zu befreien. Nicht, dass das bei jedem funktioniert hätte, ganz sicher nicht. Aber diese Möglichkeit der Therapie war etwas, das ich gebraucht habe. Während der Orgasmus, den Ziam mir geschenkt hat, mich überrollt hat, habe ich so viel in seinem Gesicht lesen können. Dieses zarte Lächeln, das an seinem Mundwinkel gezuckt hat, wirkte nicht belustigt, sondern voller

Anerkennung und Stolz. Ja, er war grob und hat mich teilweise in Positionen gezwungen, die ich von selbst nicht eingenommen hätte. Die Augen offen zulassen hat mich verletzbar gemacht, aber mit seinem Blick und seiner Nähe hat er diese offene Stelle in meiner Schutzmauer versiegelt.

Außerdem war es das Heißeste, was ich je gesehen habe. Denn zwischen uns knisterte eine Lust, die ich auf der Zunge schmecken konnte, neben seinem eigenen Geschmack, der mich immer willenloser gemacht hat. Deswegen weiß ich auch genau, dass das mit Sicherheit noch nicht alles war. Nur kann der Mann, wenn er es wirklich will und irgendetwas verfolgt, sehr lange seine Beherrschung behalten. Nicht umsonst, kann er sich immer hinter dieser Alles-Im-Gleichgewicht-halten Fassade verstecken. Er hat ein Pokerface, das ich zwar zerschlagen kann, aber auch nur bis zu einem gewissen Grad.

Es gefällt mir, wenn er etwas mit mir spielt und solange es mich von dem dunklen Abgrund fernhält, kann er mir gerne weiter zeigen, wo meine Grenzen liegen und wie ich darüber hinauswachsen kann.

Tief atme ich aus, lockere meine Muskeln und löse meinen Blick von der Tür. Ein leichter Luftzug streift meine Haut, wahrscheinlich weil hier eine Klimaanlage eingeschaltet ist. Außer es fröstelt mich wegen der ungestillten Lust, die ich schlecht unterdrücken kann. Im Nachhinein betrachtet weiß ich auch nicht, ob es so schlau war, Ziam zu provozieren, obwohl ich genau weiß, dass er irgendetwas im Schilde führt.

Rasch schließe ich die letzten Knöpfe des Oberteils,

drehe mich zurück zum Laptop und lasse dabei einen Blick durch das Heimkino schweifen. Vorn hängt eine große Leinwand, die komplett die Wand bedeckt, davor ist eine Freifläche, die den dunkelgrauen Teppichboden preisgibt, ehe am anderen Ende des Raumes drei Reihen schwarze, lederne Kinostühle, wie eine Tribüne aufgestellt sind. Die Wände sind mit etwas Dunklem, das wie Holz aussieht, verkleidet und an verschiedenen Stellen sind eingebaute Lautsprecher zu erkennen.

So ein eigenes Kino hat wahrlich seine Vorteile. Mit einem Grinsen wende ich mich dem Pult zu, auf dem der Laptop steht, von dem mehrere Kabel abgehen. Interessiert inspiziere und verfolge ich sie. Ja, da handelt irgendwie mein Arbeits-Ich, das sich gerne mit solchen technischen Dingen beschäftigt, auch wenn es nicht mein Job ist. Ich bin halt ein kleiner Kontrollfreak bei sowas, der gerne versteht, wie etwas funktioniert, damit er im Notfall schnell eine Lösung finden kann. Das fängt schon bei solch einer Kleinigkeit an.

Bei meiner Inspektion entdecke ich ein Kabel, das sich verheddert hat, wild zwischen den anderen hängt und in Richtung der Wand führt. Kurz wundere ich mich über das wirre Chaos, das irgendwie untypisch ist. Gerade wenn man dieses organisierte Pult sieht, bei dem alle Fernbedienungen und Adapter ordentlich in Boxen sortiert sind. Ich will dem auf den Grund gehen, aber halte mich auf, da ich nichts kaputt machen will und es nicht meine Sachen sind.

Deswegen widme ich mich wieder dem Laptop und dem geöffneten Streaming-Portal, auf dem ich vorher schon gestöbert habe. Ich scrolle durch die möglichen Filme, überlege mir wie ich Ziam noch etwas weiter provozieren kann, ohne mich selbst direkt ins Aus zu schießen. Immerhin will ich nur zu gerne dieses kleine Machtspiel mit ihm noch lange aufrecht halten.

Ein aufgeregtes Kribbeln erobert meinen Körper, weil es das erste Mal ist, dass ich mich diesen Gefühlen hingebe. Dieses Mal überwiegt nicht die Angst davor, dass etwas passieren könnte, dass ich nicht kenne oder womit ich nicht umgehen kann, sondern die Neugierde meiner verborgenen Sehnsüchte auf den Grund zu gehen. Egal, wie verwerflich sie vielleicht sein mögen. Denn bei Ziam muss ich mir keine Sorgen machen, dass er mich für abnormal hält. Das ist der einzige Vorteil davon, dass der Mann, der mein Herz erobert hat, sich selbst für zu schlecht für die Welt hält.

Zwar sollte man meinen, dass unsere dunklen Gedanken sich nähren würden, aber offensichtlich entwickeln sie eher gemeinsam eine enorme Stärke und Durst nach eben der verruchten Seite des Anderen.

Mehrere Filmvorschläge schiebe ich auf die Watchlisten unterschiedlicher Portale, während sich in meinem Kopf eine Idee erarbeitet, wie ich zwar den Film aussuche, aber Ziam etwas Mitspracherecht lasse, ohne dass er weiß, was am Ende das Ergebnis ist.

Mit einem teuflischen Lächeln will ich gerade die letzte Auswahl abspeichern, als der Laptop eine Meldung des Stromsparmodus anzeigt. Irritiert halte ich inne und starre auf die fast leere Akkuanzeige.

Hektisch sehe ich mich um, blicke wieder zu den Kabeln und entdecke bei dem Kabelwirrwarr, indem auch das Kabel so merkwürdig in der Wand verschwindet, die Steckdosenleiste. Direkt vor dieser liegt der Stecker des

Laptops. Fixiert auf diesen trete ich vor, beuge mich herunter, um danach zu greifen und gerate ins Stolpern, weil sich mein Blusenärmel an der Kante des Pults verhakt.

Während ich strauchele und mit dem Arm rudere, um den Ärmel zu lösen, kann ich mich gerade noch rechtzeitig mit der anderen Hand an der holzartigen Wandverkleidung vor mir abstützen.

Ein erleichterter Laut entkommt mir, bei dem ich fast das leise, zischende Geräusch, das in ein Knacken übergeht, überhört hätte. Verwirrt stocke ich in der Bewegung mich wieder aufzurichten und warte ab, aber ich kann nichts mehr hören. Merkwürdig.

Jetzt bekomme ich schon Halluzinationen, Hilfe.

Kopfschüttelnd stütze ich mich an der Wand ab, um nach dem Stecker zu greifen, und erschrecke mich erneut, als die Verkleidung vor mir plötzlich aufspringt und sich zur Seite schiebt. Überrascht schlage ich die Hände vor den Mund und starre geradeaus direkt in ein verstecktes Regal, das zum Vorschein kommt.

In einem Fach sind mehrere Fotos wild hineingestopft worden, darunter sehe ich auch einige von mir, die im Gegensatz zu den anderen nicht in verzierten Bilderrahmen gesteckt sind. Ich entdecke Bilder von Ella, Ziams Mama und Erica, aber auch von der Band. Das ist also das Versteck, an dem Ziam seine schönen Erinnerungen vor unserer Homestory versteckt hat.

Amüsiert schüttele ich den Kopf, weil ich das doch etwas übertrieben dafür finde, dass nur ein Fernsehteam ihn zwei Wochen begleiten sollte. Gerade als ich mich daran machen will, herauszufinden, wie man dieses spionageartige Versteck wieder verschließt, fällt mir die untere Reihe auf. Meine eben noch erfreuten Emotionen verblassen augenblicklich und ein merkwürdiges Bauchgefühl erfasst mich.

Dort sind mehrere schwarze Boxen aufgereiht, die an der Front mit weißen Labeln beklebt sind, auf denen Buchstaben stehen. Zu einer ebendieser führt auch das Kabel, das so abenteuerlich im Kabelsalat zu sehen ist. Externe Festplatten schießt es mir durch den Kopf.

Ohne wirklich darüber nachzudenken, greife ich nach der, deren Verbindung eh schon außerhalb der Wand liegt. Das ungute Bauchgefühl verstärkt sich nur, als ich meine Finger um das Gehäuse schließe, aber dennoch bin ich wie in einem Sog, dem ich nicht entkommen kann.

Wie ferngesteuert stecke ich den Laptop zum Laden ein und verbinde die Festplatte mit dem Laptop. Sofort öffnet sich das Fenster mit mehreren Ordnern, die mit Frauennamen versehen sind.

Aania, Alecra, Amira, Anastasia, Anna, und so weiter.

Besonders die ersten Namen springen mir ins Auge, weil ich sie bereits kenne, und zwar aus dem Notizbuch von Ziam. Sie sind außergewöhnlich und schön, weswegen sie mir im Gedächtnis geblieben sind.

Kein rationaler Gedanke will sich einstellen, wie fremdgesteuert öffne ich den ersten Ordner, sehe mehrere Videodateien und klicke die erste an. Da alle Geräte bereits eingeschaltet sind, erscheint augenblicklich das Bild auf der Leinwand und der Ton schallt aus den Boxen.

Erstarrt stehe ich neben dem Pult, starre auf die Aufnahme, die mir die Luft aus den Lungen schlägt und alles zu Eis gefrieren lässt. Nur meine Augen scheinen noch zu funktionieren, die wie gefesselt das Geschehen vor mir verfolgen. Während mein Herz mit aller Kraft gegen die Eisschicht anschlägt, die Zweifel aus der hinteren Ecke meines Geistes schreien, pulsiert in mir ein dunkles, raues Gefühl, das ich nicht greifen kann.

Das, was ich da sehe, beweist mir, dass Ziams verruchte Seite noch einen Zusatz liebt, dem ich mir noch nicht bewusst war. Die Frage ist nur, liebe ich es auch oder laufe ich nun doch noch freiwillig davon?

KAPITEL 15

Liam

Verfickte Scheiße.

Schon als ich die erste Stufe nach unten Richtung Keller betrete, weiß ich, dass ich ein anderes Problem habe, als welchen Film Abella ausgesucht hat. Sofort beschleunige ich meine Schritte, höre immer deutlicher die eindeutigen Geräusche, die mich animieren, noch schneller ins Heimkino zu kommen.

»O Ja, Kleines. Na los, ich will deine Tränen sehen.« Ein klatschender Laut erklingt, in dem Moment, in dem ich mit der Schüssel Popcorn und einer Flasche Eistee unter dem Arm um die Ecke biege. *Fuck. Fuck. Fuck. Fuck.* Wie in Dauerschleife hallt das Wort in meinem Kopf nach.

Mehrfach blinzle ich, fokussiere das Bild, das sich mir bietet: Auf der Leinwand ist ein dunkler Wald zu sehen, der in der Nachtsichtperspektive noch schauriger aussieht. Auf einer steinernen Treppe liegt eine halb entblößte Frau, während über ihr ein Mann thront, der ihre Kiefer packt und seinen Schwanz immer wieder in ihren Rachen schiebt.

Sie schlägt auf den Oberschenkel des Kerls ein, krallt ihre roten Nägel in seine Hand und zerkratzt ihm den Handrücken. Woher ich bei dieser Ansicht des Videos weiß, welche Farbe ihre Fingernägel haben. Ganz einfach: Ich bin dieser Mann und habe diese Szene genauso erlebt.

Gerade ziehe ich mich in dem Film aus dem Mund der Braunhaarigen zurück, wische mit einem Finger die Träne von ihrer Wange, die ich ihr endlich entlocken konnte.

»Ging doch.« Gänsehaut erfasst mich, als ich meine eigene Stimme höre. »Hast du jetzt Angst, was ich tun werde?«

»Fick dich«, presst die Frau in dem Video hervor und schlägt meine Hand weg, als sie sich aufrichtet. »Niemals.«

Meine Erinnerungen schweifen ab, zu dem Moment, wie kratzbürstig die Ausgewählte war, obwohl ich nur wollte, dass sie mir ihre wahre Angst zeigt, doch das hat sie nicht. Sie wollte kämpfen, aber ich wollte mehr und deswegen ist es fast eskaliert.

Knurrend stürze ich mich in dem Video vor, zerre sie herum und drücke sie bäuchlings auf die Steintreppe. Sofort wimmert die Frau unter den Schmerzen der Steinkante, die sich in ihrem Bauch drückt, schlägt um sich, aber sie kann mich nicht aufhalten.

»Halt die Fresse«, schnauze ich sie an und reiße ihre Leggings herunter.

»Aua. Spinnst du. Lass mich los. Ich spiele gerne dein unterwürfiges Mäuschen, ich dachte, du magst es lieber kämpferisch.«

Ich erinnere mich zu gut daran, wie sie mit dieser Aussage alles zum Platzen gebracht hat.

»Zu spät, Täubchen.« Mit einem Stoß versenke ich mich komplett in ihr, was ihr einen schmerzhaften Laut entlockt.

»Du tust mir weh, bitte, hör auf.« Die tränenerstickte Stimme der Frau kriecht mir unter die Haut.

Da ich genau weiß, was als Nächstes passiert, reagiert nun auch endlich mein Gehirn wieder und lässt mich eingreifen.

Hitze schießt durch meinen Körper, Wut, Entsetzen und Überforderungen lassen mich wie eine Atombombe hochgehen. Die Schüssel und die Flasche schmeiße ich auf den Sitz, ohne weiter darauf zu achten, und stürme auf Abella zu, die offensichtlich immer noch nicht bemerkt hat, dass ich im Raum bin.

»Abella«, brülle ich auf dem Weg zu ihr, aber sie reagiert überhaupt nicht. Irgendwie macht mich das noch aggressiver. Ob auf mich oder auf sie, weiß ich nicht, weil ich nicht weiß, was ich zuerst fühlen soll. Scham, weil sie nun auch mein letztes Geheimnis entdeckt hat, Angst, weil ich sie nun doch verlieren kann und Wut, weil ich nicht besser aufgepasst habe. Doch die Lust überwiegt, weil mich die Szene schockierender Weise anmacht, auch wenn es genau das Video ist, das alles verändert hat.

»Hör auf, nicht ...«, schallt das Wimmern der Frau aus den Boxen. Fuck.

Ehe ich wirklich weiß, was ich da mache, schiebe ich Abella vor dem Pult zur Seite und schlage auf die Enter-Taste, damit das Video stoppt, was es auch sofort tut.

»Wie kommst du-«, setze ich wütend an, aber sie unterbricht mich.

»Ich will sehen, was passiert.« What the hell?

»Vergiss es.« Knurrend reiße ich den Kopf zu ihr herum und fixiere sie. Obwohl sie eben noch nicht auf mich reagiert hat, starrt sie mich nun mit ihren hellen Iriden förmlich nieder, aber bewegt sich sonst keinen Zentimeter. »Wieso -«

»Ziam, spar es dir«, haucht sie und fixiert mich. Wenn sie mich nicht erneut unterbrechen und damit diesen gefährlichen Cocktail an unkontrollierbaren Emotionen in mir weiter vorantreiben würde, könnte ich vielleicht analysieren, was in ihr vorgeht. Aber so ... nein.

»Unterbrich mich nicht.« Das dunkle Timbre meiner Stimme wundert mich selbst, doch Abella scheint es nicht minder zu interessieren. Wie versteinert, steht sie kurz vor dem Sessel, zu dem ich sie geschubst habe.

»Sonst was, Ziam Moreno? Verlierst du dann die Kontrolle? Genau wie in dem Video?«, murmelt Abella, während eine Träne über ihre Wange kullert. Wie ein Eiskristall schimmert der einzelne Tropfen auf ihrer porzellanfarbenen Haut.

Fuck, genau das.

O ja, genau das. Jetzt ist meine Zeit.

Das Gemisch explodiert in mir und saugt jede Farbe aus der Wirklichkeit, bis nur noch die Schandflecken bleiben. Die Vererbten, Verätzten und Verschandelten, die keine Chance aufs Überleben haben. Ein roter Schleier legt sich vor meine Augen und ehe ich mich versehe, habe ich Abella, wie die Frau in dem Video, bäuchlings gegen die Rückenlehne des Sessels gedrückt. Forsch reiße ich ihr die Bluse halb von den Schultern, sodass ihre Arme an ihrem Körper fixiert sind. Packe ihren Kiefer von hinten, um sie mit einem schmerzhaften Griff zu fixieren.

»Tu es nicht.« Wild schüttele ich den Kopf, weil ich nicht weiß, wieso ich das sage. Vermutlich, weil ich gegen mich selbst kämpfe. Jedoch sehe ich nur diesen Nebel, spüre die Lust in meinen Adern und kann ihr nicht widerstehen.

»Was?«, flüstert Abella so leise, dass ich sie kaum verstehe. Ein Schauder erfasst sie, der ihre Arme mit Gänsehaut überzieht. Dabei höre ich ihrer Stimme an, wie sie gegen die Tränen kämpft.

»Sei still«, zische ich zu laut für die Ruhe, die um uns herrscht. »Du hast ...« Fester drücke ich mich gegen Abella, was ihr den Sauerstoff entzieht und ihr ein erneutes Wimmern entlockt, das meinen Schwanz noch härter werden lässt.

Geleitet von dem vergifteten Teil in mir, drücke ich ihre Beine mit dem Knie auseinander und lasse meine andere Hand zwischen uns gleiten, während ich sie mit dem Oberkörper bewegungsunfähig mache.

»Nicht so, Ziam«, wimmert Abella und schnappt erschrocken nach Luft, als ich durch ihre freie Mitte wandere, da ihre Bluse nicht mal mehr ihren Schritt bedeckt.

»Wieso bist du dann so feucht? Wieso reizt du mich?«, frage ich verzweifelt, tränke meinen Finger mit ihrer Nässe und greife von hinten nach ihrer Klit, um zart darüber zu reiben.

Erneut erfasst Abella einen Schauder, der -

»Ziam, ... du ...« Plötzlich schreit sie, worauf ich ihr

ruckartig den Mund zuhalte und die Hand fest um ihre Mitte schließe. Tränen benetzen meine Finger, mit denen ich ihren Kiefer packe, und mit jeder weiteren Sekunde treibt sich das Gift durch meine Adern. Hektisch blinzle ich, versuche irgendwie zu erkennen, was richtig oder falsch ist, aber ich kann nichts mehr realisieren.

Wie von Sinnen reiße ich am Knopf der Jeans, befreie meine Härte und bearbeite sie kurz, ehe ich mich mit einem Stoß in Abella vergrabe. Genauso wie in dem Video höre ich mich brüllen.

Mit einem erleichterten Stöhnen ziehe ich mich zurück, schiebe mich wieder in sie. Es schmatzt, sobald ich mich bewege, aber es ist nicht die einzige Feuchtigkeit, die ich spüren kann, denn eine Träne tropft von ihrem Kinn auf meinen Unterarm, den ich um sie geschlungen habe. Ich höre Abella weinen. Nur hat das keinen heilenden Reflex auf mich, sondern vergiften mich mehr. Knurrend kralle ich die freie Hand in ihre Hüfte und gleite erneut tief in sie.

Ich verliere den Fokus für die Zeit, für die Realität, für den Moment und das Schlimmste: Für alles, wofür ich die letzten Jahre gekämpft habe. Der krankhafte, besessene Teil in mir gewinnt über die Liebe für die Frau, der ich mein Herz geöffnet habe.

Erschrocken wegen des Gedankens erfasst mich ein Schmerz, der mich stoppen und die Augen zusammenkneifen lässt. Es fühlt sich an wie ein Eiszapfen, der sich direkt in meine Brust rammt. So hart trifft mich die Erkenntnis: Abella nicht lieben zu können, kann mich töten, ein kranker Bastard zu sein, hat das niemals geschafft.

Schwer atmend verharre ich, löse die Finger von ihrer Haut und kralle beide Hände neben sie in die Lehnen des Sessels. Mein Kopf sinkt nach vorn, gegen ihren Hinterkopf und unter meinen Lidern treten Tränen hervor, die mir über die Wange laufen und auf Abellas Rücken tropfen.

Ob ich jemals das fühlen kann, was ich will? Aber eins weiß ich. Ich liebe diese Frau, mehr als jemals einen anderen Menschen vor ihr. Und ja, ich bin ein besitzergreifender Arsch, was bei ihr ein Ausmaß annimmt, welches mich selbst ängstigt. Ich würde die verdammte Welt niederbrennen, um sie bei mir zu haben. Damit es ihr gut geht, würde ich alles tun und jetzt tue ich so etwas Unverzeihliches.

»Es tut mir leid«, wispere ich, ziehe mich aus ihr zurück und richte mich auf, ohne sie noch einmal anzusehen. Meine Brust schmerzt und alles in mir rebelliert, weil mein krankes Hirn immer noch Spaß an der Sache hat. Doch mein Herz ist plötzlich wie tot.

KAPITEL 16

Abella

E rneut lösen sich Tränen aus meinen Wimpern. Nur dieses Mal nicht, weil ich überfordert bin mit all den Emotionen, die mich in den letzten Minuten unter sich begraben haben.

Ja, genau wie Ziams Körper, nur dass du alles andere als Angst hattest. Und genau damit hat meine innere Stimme recht. Zwar war ich kurz schockiert, als Ziam so wütend ins Kino gestürmt ist, aber ich war viel zu gefesselt von dem Film, um zu verstehen, was passiert. Man sollte meinen, dass ich bei dem Anblick nur Ekel oder Angst empfunden habe. Schön wäre es. Natürlich bin ich nicht so normal, nein, ich finde es auf eine Art anziehend, berauschend und beflügelnd. Denn ich weiß, dass ich die Eine sein darf, mit der er *das* jetzt immer tun wird. Ziams Worte, dass er das nur noch mit mir machen will, habe ich nie vergessen.

Nur leider haben meine Gefühle und die Erkenntnis es

nicht geschafft, gegen die Flashbacks und Erinnerungen zu bestehen, die mich zurück in meinen schrecklichsten Albtraum geschickt haben. Alles an dieser Szenerie in dem Film hat mich an damals erinnert. Ich war in der Vergangenheit zu gefangen, um im Hier und Jetzt richtig zu reagieren. Irgendwie vermischte sich alles und als Ziam mich angesprochen hat, habe ich nicht nachgedacht, sondern gehandelt. Ich wollte einmal in meinem Leben stark sein, mit dem Spruch zeigen, dass ich eben keine Angst habe. Genau damit habe ich leider Ziams Monster gefüttert, bis ich bäuchlings vor ihm gelandet bin. Wobei ich mir erst einmal nichts gedacht habe, und durch meinen Zwiespalt ist mir nicht rechtzeitig aufgefallen, wie er sich komplett in sich verlor.

Erst war es wie unser Spiel, bis ich gemerkt habe, dass es die bittere Realität ist. Doch der Fehler war, das Wort *nicht* zu benutzen. Damit habe ich versucht, ihn aufzuhalten und mir aber so die letzte Macht genommen, etwas zu erreichen. Seitdem hält er mir den Mund zu und drückt mich weiter gegen die Rückenlehne des breiten Kinosessels.

Überfordert blinzle ich gegen die Tränen an, die gewebt sind aus Scham und Verwirrung. Denn ich habe das Gefühl, Ziam auszunutzen, weil ich tatsächlich Lust empfinde. Nur merke ich, dass er einen inneren Kampf mit sich ausfechtet.

Aus diesem Grund versuche ich mich noch ein letztes Mal gegen ihn zu wehren, als ich spüre, wie er sich hinter mir bewegt. Denn ich weiß, was er als Nächstes tun wird.

Fest presse ich die Augen zusammen, als es genau in

der Sekunde passiert und er mit seinem Schwanz in mich eindringt, und eine Welle an Lust durch meinen Körper schickt. Sofort stößt er aber wieder hart zu, was mich hektischer die Luft durch die Nase einziehen lässt.

Meine Gedanken überschlagen sich, weil er mich so grob und forsch rannimmt und keine zärtlichen Berührungen folgen. Allerdings kann er nicht wissen, dass ich es genieße. Wahrscheinlich denkt er, dass er sich an mir vergeht, aber das tut er nicht und ich habe keinerlei Möglichkeiten, ihm das mitzuteilen.

Stöhnend drücke ich mich ihm entgegen, um ihm zu zeigen, dass ich es auch will und stöhne seinen Namen gegen seine Hand. Verzweifelt wimmere ich, dass ich ihn liebe, aber er drückt meinen Mund nur immer fester zu. *Mist, Mist.*

Lust knistert in jeder Zelle meines Körpers, während sein Schwanz genau über die empfindliche Stelle in mir reibt und mich auf den Orgasmus zutreibt, den ich zum ersten Mal im Leben nicht will. Erneut beginne ich zu weinen, aus Hilflosigkeit und weil ich mich verloren fühle.

Überfordert wimmere ich die drei magischen Worte, so gut ich kann, drücke mich ihm entgangen und plötzlich erstarrt er komplett zu Eis und löst sofort seine Hände von mir.

Erschrocken versteife ich mich, als ich auf einmal etwas Feuchtes auf dem Rücken spüre. O mein Gott, weint er etwa?

Ich warte, dass er etwas tut, außer bis zum Anschlag in mir zu stecken, und dann erklingt zitternd seine Stimme. »Es tut mir leid.«

Im nächsten Augenblick verschwindet seine Wärme und ich reagiere, ohne darüber nachzudenken.

Er will sich gerade umdrehen, da bekomme ich seinen Arm zu fassen und drehe ihn so herum, dass er mit einem Stoß meinen Platz einnimmt und mit dem Hintern in dem breiten Sessel landet.

Mein Herz schmerzt, als ich seine Augen sehe, in denen Tränen schimmern. In seinem Gesicht spiegeln sich so viele negative Gefühle, dass ich ohne Bedenken auf Ziams Schoß klettere, der zum Glück für mich immer noch unbekleidet ist, weil seine Hose an seinen Knöcheln liegt. Stöhnend nehme ich seine Härte ein Stück in mich auf.

Sofort packt er mich an den Hüften und stoppt meine Bewegung. Unsere Blicke verfangen sich und ich lege die Hände an sein Gesicht, streiche zärtlich unter seinen Augen lang und spüre die Feuchtigkeit an den Fingern. Verwirrung und Sorge spiegeln sich in Ziams Mimik, deswegen handele ich, ohne auf eine weitere Reaktion von ihm zu warten.

»Ich habe dir versprochen, dass du mich beschmutzen darfst. Das *nicht* bedeutet nicht, dass du aufhören sollst. Du hast mich nicht gezwungen und für mich bist du auch kein Vergewaltiger. Lass mich raten, das Video endet so, dass sie plötzlich zu Wachs in deinen Händen wurde.« Seine Mimik wird weicher, sein Griff jedoch noch fester. »Ich liebe dich, Ziam. Benutz mich ruhig, sollte ich wirklich etwas nicht wollen, werde ich klar nein sagen.«

»Das ändert nichts. Ich habe dennoch die Kontrolle verloren. Ich bin nicht normal, Abella.« Nach seinen Worten will er mich von seinen Hüften schieben, aber ich drücke dagegen, sodass seine Schwanzspitze zart über meine Klit reibt und mir ein Stöhnen entlockt.

»Ich bin auch nicht normal. Lass uns beide anders sein. Mach mit mir, was du willst und wie du es willst, Baby.«

»Gerade ... ach, fuck ich ... Mi Belleza.« Ziam schließt die Augen, tut nichts weiter. Keine Ahnung, was durch seinen Kopf geht, aber ich will nicht, dass er in der Dunkelheit versinkt. Jetzt ist es an der Zeit, dass ich ihn aus seinen Schmerzen befreie.

Ich beuge mich vor, küsse seine Wange, auf der ich den salzigen Geschmack seiner Tränen schmecken kann.

»Ja?« Ich halte inne, sage nichts oder bewege mich weiter.

»Ich brauche dich, will dich gerade so sehr«, flüstert er und beugt sich vor, bis seine Lippen genau über meinen schweben.

»Dann nimm mich, so wie du es brauchst.« Mit diesem Satz ist es besiegelt, das weiß ich. Auch wenn Ziam sich eben aus welchen Gründen auch immer aus seiner Dunkelheit befreien konnte, wird er jetzt tun, was ich verlange. Denn ich habe mich entschieden, endlich wieder jemandem zu vertrauen. Und zwar Ziam Moreno.

Überfordert schaut er mich an. Sein Blick wechselt von meinen Lippen zu den Augen und sein Mund öffnet sich einen Spalt.

»Ist okay.« Ist es wirklich. Ich will nicht, dass Ziam ein Liebesgeständnis erzwingt und es dann nicht von Herzen kommt.

Mit einem Lächeln überbrücke ich den Abstand unserer Münder und hauche einen Kuss darauf.

»Weißt du, wieso ich aufhören konnte?« Die Worte

sind so leise wie ein Windhauch, der die zarte Melodie des Waldes widerspiegelt.

Gerade als ich ihm antworten will, kommt er mir zuvor.

»Weil ich dich liebe.« Mit diesen Worten dringt er in mich ein und drückt mich mit den Händen an den Hüften hinunter, damit ich mich gegen den Druck seiner Härte nicht wehren kann.

»O Gott«, stöhne ich und schmeiße den Kopf in den Nacken.

Was hat er gerade gesagt? Er liebt mich, Moment?

Aber ich komme nicht dazu, seine Worte zu verarbeiten, weil er sich knurrend aufrichtet, um an die Kante des Sessels zu rutschen. Forsch reißt er die Bluse auf und knabbert an meinem Hals. Willenlos winde ich mich in seinem Griff und zerfließe förmlich in der Hitze, die Ziam mit seinen leidenschaftlichen Berührungen auslöst.

Er lehnt sich ein Stück zurück, beginnt seine Hüfte nach oben zu schieben und so von unten immer wieder bis zum Anschlag in mich zu stoßen.

»Halt dagegen oder du bereust es.« Das rauchige Timbre seiner Stimme jagt wie ein Feuerball durch mich und lässt meine Mitte noch verlangender pochen.

Schweiß rinnt über meinen Körper, da ich alle Kraft aufwenden muss, um mich auf den Knien zu halten, während Ziam mit einer Intensität in mich eindringt, die jede Zelle in Brand setzt.

Halt suchend, greife ich zu den Seiten, bekomme aber nur eine Sessellehne zu fassen. Meine Beine zittern vor Anstrengung, mein Herz rast in der Brust und ich habe das Gefühl, ohnmächtig zu werden. Ziam überrollt mich mit solch einer Leidenschaft, die ich nie für möglich gehalten habe.

Unbedacht und auf seine Bauchmuskeln fixiert, die unter seinen Bewegungen arbeiten, verliere ich die Körperspannung und komme beim nächsten Stoß ins Straucheln. Erschrocken greife ich nach vorn, bekomme Ziams Arm zu fassen und rutsche trotzdem von seinem Schwanz.

Ein teuflisches Grinsen erscheint auf seinem Gesicht und ehe ich mich versehe, erhebt er sich und drückt mich auf die Knie, um mich auf dem Boden umzudrehen und bäuchlings auf den Teppich zu drücken.

Die Fasern reiben über die aufgestellten Knospen, als ich vor Ziam davonkrieche, weil er mich überrascht, indem er plötzlich meinen Po anhebt und ohne Vorwarnung zwischen meine Beine spuckt.

»Hiergeblieben«, raunt er und presst zusätzlich eine Hand auf meinen Rücken, ehe er mit der anderen zielgenau seinen Speichel in meiner Mitte verteilt.

Überrascht darüber, was er vorhat, will ich die Beine ein Stück schließen, aber er unterbindet es mit seinem Knie sofort.

»Angst vor dem Neuen.« Ich will gerade antworten, als er plötzlich wieder mit seinem Schwanz in mich eindringt und zusätzlich den Muskelring meines Hinterns massiert. Knisternde Energien schießen durch meinen Körper. Während er mich mit harten und kurzen Stößen nimmt, dringt er mit einem Finger in meinen Arsch ein und verstärkt die Lust nur noch mehr.

»Ziam.« Stöhnend presse ich die Augen zusammen, weil mir das Ungewohnte scheinbar gut gefällt.

Ziam antwortet nicht, sondern beschleunigt seine Bewegung nur, treibt mich immer weiter auf den Orgasmus zu. Er macht es mir nicht einfacher, indem er sich ebenfalls seiner Leidenschaft hingibt und laut stöhnt. *Herrje, dieser Mann bringt mich völlig um den Verstand.*

Wärme sammelt sich in meinem Unterleib, weiße Punkte tanzen vor meinen Augen, als mich der Höhepunkt mit sich reißt. Doch in diesem Moment zieht er sich aus mir zurück, tauscht seinen Finger durch seinen Schwanz aus und schiebt sich langsam mit einem dunklen Knurren in meinen Hintern.

Augenblicklich explodiere ich, schreie Ziams Namen und presse die Augen zusammen, während er sich vorsichtig bewegt und den Orgasmus damit nur verlängert.

Ein Wirrwarr an Stöhnen, Keuchen und Wimmern kommt mir über die Lippen. Überrascht und voller Lust schnappe ich nach Luft, als Ziam über meine Klit streicht und mich erneut kommen lässt.

»Ach ... O Gott ...« Erneut schickt mich der Mann in eine andere Sphäre, ehe ich erschöpft die Hüfte sinken lasse und auf den Teppich sacke. Mit einem lauten Knurren kommt er auf meinen Rücken.

Schwer atmend schließe ich die Augen, genieße die Ruhe, die nur von unserem Keuchen gestört wird. Auch wenn Ziam nichts sagt, höre ich, wie er sich hinter mir erhebt und den Raum verlässt, aber ich bin nicht in der Lage, mich umzudrehen oder irgendetwas zu tun.

Langsam öffne ich die Augen, lege den Kopf auf den Armen ab und erkenne erst da, dass auf der Leinwand noch immer das pausierte Bild von Ziams privaten Porno zu sehen ist. Kurz spüre ich die Zweifel in mir aufflammen, schaffe es aber, diese wieder zu verdrängen. Bis mir plötzlich etwas einfällt, dass ich im Rausch der Lust total verdrängt habe.

Hat er gesagt, dass er mich liebt?

Gerade als ich mich ruckartig aufsetzen will, kniet Ziam sich neben mich.

»Hey, warte«, flüstert er und streicht in der nächsten Sekunde bereits mit etwas Warmen über meinen Rücken. »Setz dich auf, Mi Belleza.«

Ich folge seiner Anweisung und staune nicht schlecht, als ich mich zu ihm drehe und wir direkt voreinander knien, nur mit dem Unterschied, dass er komplett angezogen ist und ich nackt bin.

Selbst das ist mir entgangen. Der Kerl hat mir ja förmlich die Gehirnzellen herausgevögelt.

»Einen Romantikpreis gewinne ich dieses Mal nicht und ehrlich gesagt, war das auch immer noch nicht das, was ich aus tiefster Seele wollte.« Während er spricht, wickelt er plötzlich eine flauschige Decke um mich und hält sie vor meiner Brust zusammen. »Denn das hat etwas damit zu tun, was du neben uns siehst.« Aus Reflex will ich hinsehen, doch Ziam greift an mein Kinn und hindert mich daran. »Aber ich bin mir bewusst, dass es eben schwer für dich gewesen sein muss, mir das Vertrauen zu schenken. Das, was ich gesagt habe, war nicht nur um dich ins Bett zu bekommen, sondern die Wahrheit.«

Rasch rutsche ich auf den Knien zu Ziam, ehe ich den Kopf hebe, um ihm direkt in die Augen zu sehen.

»Hast du gesagt, dass du mich liebst?«, frage ich aufgeregt.

Ziam lacht, lässt dabei die Decke los, die ich sofort greife und zusammenhalte.

Mit einem Finger fährt er über meine Nasenspitze, zu meinen Wangen und wieder zurück.

»Hilfe, was sind wir für ein Paar? Wenn die Freundin sowas fragen muss, macht man eindeutig etwas falsch.« Schmunzelnd greift er an meinen unteren Rücken und zieht mich an sich.

»Ja, kleine Eisblüte, du hast dich nicht verhört, genau das habe ich gesagt.« Seine Augen glänzen, und er sieht mich mit einem so wundervollen Lächeln an, dass mein Herz mir fast aus der Brust springt.

Hastig nicke ich, weil mir doch tatsächlich die Worte fehlen. Im Eifer des Gefechts – das ist eine wilde Gedankenformulierung, aber okay – habe ich meinen Ohren nicht getraut. Es nun bestätigt zu bekommen, überwältigt mich.

»Da du mich so ungläubig ansiehst, wiederhole ich es gerne.« Langsam beugt er sich vor, berührt mit seinen Lippen meine. »Ich liebe dich, Mi Belleza. Dem bin ich mir nun bewusst.«

Erneut kitzeln Tränen in meinen Augen, aber ich will dieses Mal keine vergießen, nicht in einem Moment, der mir so viel bedeutet. Gerade fühlt es sich an, als würde ich endlich etwas erhalten, das kostbarer ist als alles, was ich jemals besessen habe.

»Ich liebe dich auch, Ziam«, hauche ich und berühre mit den Lippen leicht seine.

Seine Hand wandert meinen Rücken empor, vergräbt sich in den Haaren und er küsst mich. Mit so viel Gefühl,

Zärtlichkeit aber einer Dringlichkeit, die mich von den Haarspitzen bis zu den Zehen elektrisiert.

Nun kullert doch eine Träne über meine Wange, während der Mann mich küsst, von dem ich niemals geglaubt habe, dass er mal Mein sein wird. Umso schöner ist es, dass es offensichtlich noch etwas Gutes in meinem Leben gibt. Dieser Augenblick, so stürmisch er anfing, fühlt sich nun nach Frieden an.

KAPITEL 17

»Ich bekomme langsam das Gefühl, das wird zur Gewohnheit oder ich habe Déjà-vus.« Bei dem Grummeln meines Kumpels vom Fahrersitz schleicht sich erneut ein Lächeln auf mein Gesicht. Nicht, dass es ungewöhnlich ist, seit gestern Abend geht es gar nicht mehr weg. Obwohl ich vorher sicherlich kein Griesgram war, bin ich auch nicht mit einem Dauerwatt-Lächeln durch die Gegend gelaufen. So wie Cain es andauernd tut. Tja, offensichtlich hat sich das zumindest für den heutigen Tag geändert. Woran das liegt, weiß ich genau – nämlich an meiner kleinen Eisblüte.

Es gibt keine Beschreibung dafür, was da gestern zwischen uns passiert ist. Ehrlich gesagt, war das eine meiner erbärmlichsten Stunden und das beziehe ich nicht auf die Tränen, die ich vergossen habe. Für die schäme ich mich nicht, wieso auch, denn auf eine gewisse Art haben sie mich gereinigt. Mir ist in diesem Moment vieles klar geworden und da hat mich die Last, die ich getragen habe, unter sich begraben. Das letzte Mal habe ich mich so verloren gefühlt, als meine Mutter weinend mit der kleinen Ella im Arm vor mir stand. An dem Tag hat sie mir erklärt, dass meine Halbschwester ab heute bei ihr lebt. So schnell geht das, wenn die eigene Mutter einen Helferkomplex hat, der seinesgleichen sucht. Und so wurde aus einer entfernten Blutsverwandten ein Teil meines Lebens.

Natürlich lässt sich das nicht mit Abella vergleichen, möge mir Gott beistehen, aber mit Sicherheit ist es nicht der klassische Liebesroman, sich in die Frau zu verlieben, für die der eigene Bastard-Vater eine Obsession hegt. Genau das und der Punkt, dass ich eben nun einmal sein Fleisch und Blut bin, hat mich zu lange davon abgehalten, mich mit meinen Gefühlen zu befassen.

Bis ich gestern die Kontrolle verloren und Abella gegen ihren Willen angefasst habe, zumindest dachte ich das. Zum Glück für mich war das nicht der Fall. Jedoch hat es mir vor Augen geführt, dass ich mich dringend mit dem Problem beschäftigen muss. Auch wenn Abella, wie immer, verständnisvoll reagiert hat und wir noch gesprochen haben, wollten wir den doch den schönen Abend nicht weiter mit diesem schmutzigen Scheiß besudeln.

Stattdessen durfte ich mir zwei Cinderella Story Verfilmungen hintereinander anschauen, während Abella jede kitschige Szene mit Geräuschen und Kommentaren übertönt hat. Bis sie eingekuschelt in die Decke in meinen Armen eingeschlafen ist.

Verstohlen grinse ich mein Handy an, als ich auf dem Bildschirm sehe. Tja, nur weil wir jetzt offiziell der Gesellschaftsform ein Paar sind, heißt es ja nicht, dass ich den kleinen Stalker-Wahn ablegen muss. Dazu zählen eben auch heimliche Bilder.

Plötzlich schießt ein Schmerz durch meinen Arm und Kiyans Stimme erklingt: »Hörst du mir mal zu, Wichser?«

Sofort reiße ich mich von Abellas Anblick los und drehe mich knurrend in seine Richtung. »Man schlägt seine Klienten nicht, Mister Rush.« Dass ich ihn mit dem Satz und dem Grinsen nur noch weiter provoziere, weiß ich genau, aber es macht eben Spaß. Nur habe ich nicht damit gerechnet, dass mein Kumpel offensichtlich teilweise seinen Humor wiedergefunden hat und nicht darauf anspringt.

»Richtig, Mister Moreno. Du bist aber auch keiner, sondern mein Freund.«

Obwohl seine Augen auf die Straße gerichtet sind, während er den Wagen über den Highway lenkt, holt er erneut mit der Faust aus und streift meinen Oberarm, weil ich mich nicht schnell genug bewegen kann.

»Arschloch«, feuere ich ihm amüsiert entgegen und reibe über die Stelle, die er getroffen hat. Reflexe hat der Typ, das muss ich ihm echt lassen.

»Wo wir aber gerade beim Thema sind. Ab jetzt mache ich das hier nicht mehr als Freundschaftsdienst, bei deinem Drama geht meine Freizeit drauf. Ich habe mit Jared gesprochen und -«

»Wie bitte?«, echauffiere ich mich und drehe mich ruckartig zu ihm.

Nun ist er es, der breit grinst und seinen Spaß zu haben scheint.

Hast du solche Freunde, brauchst du keine Feinde. Obwohl, warte mal, die habe ich, genau aus diesem

Grund sitze ich überhaupt in diesem Auto. Immerhin musste ich erneut zu meiner Mutter, damit wir alles Weitere mit dem Anwalt besprechen konnten, nachdem er und die Beamten sich die Briefe von Abella angesehen haben.

»Also noch einmal für die unter uns mit den schlechten Ohren. Ich habe mit Jared gesprochen.« Eindeutig hat der Typ seinen Humor gefunden, falls man das bei ihm überhaupt so nennen kann. Für mich ist es eher triefender Sarkasmus, aber gut. »Im Prinzip ist es so, dass du sowieso schon unser Klient bist. Natürlich als Auftrag eures Labels, in Bezug auf die Auftritte, deine komische Homestory-«

»Es ist nicht meine-«, knurre ich, aber er unterbricht mich.

»Immer wieder schön, wie leicht man dir dieses eklige Grinsen wieder aus dem Gesicht wischen kann.« Kiyan lacht und wechselt die Spur.

Er hat Unrecht. Die Homestory stresst mich nicht mehr, da es deutlich angenehmer ist, als ich dachte. Abella hat dafür gesorgt, dass ich größtenteils in Ruhe gelassen werde und sie mich einfach bei Gesprächen oder Arbeiten in meinem Tonstudio beobachten, ohne mich zu stören. Trotzdem bin ich froh, wenn es nächste Woche zu Ende ist.

»Ab jetzt bin ich dein persönlicher Bodyguard.« Moment, was? Aber ehe ich etwas sagen kann, redet Kiyan schon weiter. »Heißt eigentlich nur, dass wir alles so machen wie vorher, nur dass ich dafür bezahlt werde. Glück für mich. Außerdem darf ich SAVE-Equipment nutzen und meine Waffe tragen, falls mir wieder eklige It-

Girls auf dem Grundstück deiner Mutter in die Arme laufen.«

Kurz schüttelt er sich und verzieht das Gesicht, was mich nun lauthals lachen lässt.

»Ernsthaft?«, knurrt mein Kumpel, nachdem ich mich wieder eingekriegt habe.

»Die Kleine scheint dir ja wahrlich auf die Eier gegangen zu sein, wenn du sie mit einer Waffe bedrohen willst.« Amüsiert lehne ich mich tief in den Sitz.

Kiyan wirft mir einen Seitenblick zu, der eindeutig jemanden zu Stein erstarren lassen könnte.

»Man kann Frauen mit Waffen auch heiß machen, Moreno.« Jetzt lache ich noch mehr. »Arschloch.«

»Genau so eins, wie du. Richtig. Aber ehrlich, als wenn du so etwas nutzt, um das weibliche Geschlecht gefügig zu machen. Außerdem habe ich mir nach deiner Erzählung die Überwachungsbänder der Villa angeschaut. Eure Auseinandersetzung war besser als jeder Film.«

»Du hast was?« Kiyans Stimme ist so dunkel, grimmig und grollend, dass jeder andere wahrscheinlich Angst hätte. Ich jedoch nicht.

»Mir eure nette Diskussion angesehen.« Schmunzelnd beobachte ich Kiyan, wie sein Blick zwischen dem Seiten- und Rückspiegel und mir hin und her schweift.

»Bist du jetzt mürrisch?«, frage ich kalkulierend und grinse wieder. Irgendwie habe ich es fast vermisst, wenn ich nicht dauerhaft mit einer imaginären Stimme diskutieren muss und meine Energie lieber für die Realität aufsparen kann.

Als Kiyan allerdings nicht antwortet, sondern das Tempo beschleunigt, rutsche ich wieder ordentlich in den

Sitz und blicke selbst in den Außenspiegel. »Verfolgt uns jemand?«

»Das sehen wir gleich«, nuschelt mein Kumpel, während er einen Lkw überholt und kurz vor ihm wieder einschert, um die Ausfahrt zu nehmen.

Mit einem unguten Gefühl starre ich in den kleinen Spiegel, halte Ausschau nach einem Wagen, aber entdecke erst nichts, bis wir fast um die Abzweigung sind und ein grauer SUV ebenfalls die Ausfahrtspur nutzt.

Rasch werfe ich einen Blick zu Kiyan, der genau in der Sekunde auf das Touchpad in die Mittelkonsole des Autos tippt und einen Kontakt auswählt.

»Willkommen in Tecs Megaverse. Welche Dame darf ich heute für sie auskundschaften?« What the fuck?

»Notfall«, knurrt Kiyan, was das Lachen des Technik-Mitarbeiters von *SAVE* verstummen lässt.

»Höre.«

»Ich bin mit Ziam in meinem privaten Wagen auf dem Weg zurück zu seinem Haus. Jemand verfolgt uns bereits seit einigen Kilometern. Hiermit trete ich nun aktuell die Vereinbarung mit Jared ein und bin ab sofort im Dienst.« Es ist eindeutig, dass er nun in den Arbeitsmodus schaltet, das zeigt allein seine aufrechte Körperhaltung.

»Verstanden. Gib mir das Kennzeichen. Ich prüfe es. Brauchst du Unterstützung?« Bei Tecs Frage werfe ich erneut einen Blick in den Außenspiegel und erkenne, wie der Wagen immer schneller den Abstand verringert.

Gerade will ich etwas sagen, da reißt Kiyan das Lenkrad herum und biegt auf den nächsten Weg ab, der in einen breiten Feldweg führt, der kurz vor dem Waldgebiet liegt, in dem mein Haus steht. Noch rechtzeitig schaffe ich es, mich am Griff der Tür festzuhalten, um nicht in Kiyans Richtung zu fliegen, ehe ich bereits die Steine und Äste außerhalb des Autos umherfliegen hören kann.

Mein Herz schlägt wild in meiner Brust und ich fixiere ununterbrochen das Auto im Außenspiegel, das uns tatsächlich mit einer rasenden Geschwindigkeit folgt. Während ich gefesselt dem immer geringer werdenden Abstand zusehe, gibt Kiyan die Daten an Tec weiter und fordert Unterstützung an.

Fest kneife ich mir in die Nasenwurzel, schließe die Augen und atme tief ein.

Jetzt reiß dich mal zusammen, Moreno. Kiyan ist nicht umsonst der, den du immer mit zu deiner Mutter genommen hast.

Kurz darauf öffne ich die Lider wieder und erkenne, dass wir in dem Waldabschnitt sind, wo die Wege um einiges schmaler werden. Noch passen zwei Autos nebeneinander, aber das ändert sich bald.

»Dort hinten wird es enger«, presse ich angespannt hervor, was Kiyan nur mit einem Nicken quittiert. Sein Blick ist auf die Straße vor uns fixiert, die auf beiden Seiten mit hohen Sträuchern überwuchert ist. Da fehlt nur noch der Nebel und wir würden uns in einem astreinen Horrorfilm wiederfinden, bisher ist es nur eine Verfolgungsjagd.

Genau, nur, ist für einen Popstar sicherlich total alltäglich. Na ja gut, was ist in unserem Leben schon normal.

Sollte es mich wundern, dass mein Dämon dann wiederkommt, wenn ich in einer emotionalen Notlage bin und Abella nicht dafür sorgt, dass ich nicht völlig durchdrehe? Wohl nicht, deswegen achte ich auch nicht weiter darauf, sondern widme mich wieder der verfickten Gegenwart.

Denn in dieser Sekunde schert der graue Wagen aus, schiebt sich neben Kiyans Auto und stößt mit voller Wucht das Heck an. Es knallt ohrenbetäubend laut, was ein Rauschen in meinen Ohren zufolge hat.

Obwohl Kiyan gegen hält, gerät der Wagen ins Schlingern und mit welchen Fähigkeiten auch immer, schafft mein Kumpel es, dass wir nicht von der Straße abkommen, aber es gelingt ihm.

Gerade will ich aufatmen, als der Irre in dem anderen Fahrzeug uns erneut rammt. Es quietscht, scheppert und ein Ruck geht durch Kiyans Charger Daytona SRT. Der Aufprall ist stark genug, dass wir nun geradewegs in den Graben rutschen.

»Fuck«, knurrt Kiyan, versucht noch gegenzuhalten, aber schafft es nicht. »Arme vors Gesicht.«

Ohne zu zögern, folge ich seinem Befehl, denn auch mir ist klar, was gleich passieren wird.

Kurz bevor es passiert, landet plötzlich etwas auf meinem Brustkorb und drückt mich in den Sitz. *Kiyans Arm.*

Mit einem lauten Krachen geraten wir in den Graben. Es kracht, die Äste der Sträucher schrammen an dem Lack und verursachen ein unangenehmes Geräusch, das mir durch Mark und Bein geht. Mein Kopf macht einen Ruck nach vorn und ich versuche gegenzuhalten, was ein schmerzvolles Ziehen im Nacken einbringt.

Mit dem Arm krache ich gegen die Scheibe, aber bewege mich ansonsten kaum, weil Kiyan mich stützt.

Sobald wir zum Stehen kommen, verschwindet der Druck von meinem Oberkörper, zurückbleibt nur das Rasen meines Herzens, das mir droht, aus der Brust zu springen.

Rasch sehe ich zu Kiyan, der an der Schnalle des Gurtes nestelt, um sich loszumachen. Dabei rinnt Blut über seine Schläfe und tropft auf das hellbraune Leder des Sitzes.

»Du bleibst hier.« Knurrend zerrt Kiyan weiter, bis er erfolgreich ist und wirft mir nur kurz einen Blick zu, ehe er zum Handschuhfach greift und es öffnet. Während er sich über mich beugt, nehme ich eine Bewegung hinter ihm am Fenster wahr und reiße den Kopf zur Seite.

Erschrocken schnappe ich nach Luft und starre in ein vermummtes Gesicht, das durch eine Skimaske verdeckt ist. Sobald der Kerl mich entdeckt, wandert sein Blick auf Kiyans Rücken, der sich gerade wieder aufrichtet.

»Am Fenster, Kiyan. Pass auf«, stoße ich aus.

Überraschenderweise blickt der Unbekannte erneut ins Auto, auf die Rückbank und stockt, als er uns beide sieht. Versteinert schaut er noch kurz zwischen uns hin und her, ehe er sich plötzlich umdreht und wegrennt.

Irritiert starre ich weiter an die Stelle, an der er eben noch stand, während Kiyan die Tür aufreißt und ihm nacheilt. Wieso hat er so merkwürdig reagiert, als er meinen Bodyguard gesehen hat?

»Hey, Wichser. Bleib stehen.« Kiyans Brüllen hallt durch den Wald, Geräusche von Kies erklingen und im nächsten Moment rast der graue SUV die Straße weiter hinunter und biegt nach rechts ab. Verblüfft beobachte ich Kiyan durch die zersplitterte Frontscheibe, wie er ihm noch ein Stück hinterherläuft. Kurz darauf stoppt er und kommt zurück zum Auto.

»Komm hier herüber und steig aus.« Kiyan hält mir eine Hand entgegen, damit ich über die Mittelkonsole zu ihm klettern kann.

Etwas umständlich schnalle ich mich ab, krabbele halb über die Konsole und versuche mir dabei nicht den Kopf zu stoßen, weil das Auto dafür nicht gemacht ist. Ehrlich gesagt mildert das meine Wut nicht unbedingt. Jetzt, wo der Schock langsam nachlässt, bin ich nur verwirrt und wütend, dass uns das passiert ist.

Plötzlich klingelt Kiyans Handy im Inneren des Wagens.

Sanft drückt er mich gegen die hintere Wagentür und bedeckt mich mit einem eindeutigen Blick, dass ich dort stehen bleiben soll, ehe er sich ins Wageninnere beugt.

»Verstanden«, höre ich Kiyan sagen, als er wieder zum Vorschein kommt und exakt in der Sekunde erscheint ein schwarzer SUV am Ende der Straße, der mit schneller Geschwindigkeit auf uns zukommt. »Lass Cam erst schauen. Wir melden uns.«

Kiyan steckt sein Handy in die Hosentasche, als das Auto neben uns hält und Cam aussteigt.

Sofort tritt er zu uns und inspiziert mich von oben bis unten. »Bist du verletzt?«

»Denke nicht. Nur mein Schädel dröhnt«, erwidere ich und reibe mir über den Nacken.

»Sicherlich ein Schleudertrauma. Sicherheitshalber solltest du das im Krankenhaus untersuchen lassen.« Cam drückt kurz meinen Oberarm und wendet sich seinem

Kollegen zu. »Und du kennst das Prozedere. Dein Dickschädel muss auch untersucht werden.«

»Danke, für die Auffrischung, Dad«, knurrt Kiyan angepisst und steckt seine Waffe in seinen Hosenbund, ehe er sich zum SUV dreht und mir die hintere Wagentür aufhält.

»Soll ich dir helfen?«, fragt Cam, als ich mich vom Auto abstoße und losgehe.

»Übertreibt es nicht. Ich bin kein Schwerstfall, nur weil ich euch nicht voll heule oder anmeckere, wie Rome oder Cain.« Kiyan murmelt etwas, dass ich nicht hören kann, und Cam kneift die Augenbrauen zusammen.

»Ja, das klingt schon eher nach dir. Kein Wunder, dass du und Kiyan euch so gut versteht.« Mit einem leichten Kopfschütteln deutet er aufs Auto und bleibt an meiner Seite, bis ich eingestiegen bin.

Erleichtert atme ich aus, als ich tiefer in den Sitz rutsche. Cam und Kiyan steigen vorn ein und Ersterer startet den Wagen, während er unseren Kumpel darüber informiert, dass jemand kommt, der den Unfallort absichert und sein Auto für Spurensicherungszwecke beschlagnahmt ist. Unterdessen schließe ich die Augen, solange wir auf dem Weg ins Krankenhaus sind.

Zumindest bis Cam mich anspricht. »Ziam. Was hast du gesehen?«

»Einen grauen SUV. Einen Irren mit Skimaske, der auf jeden Fall nicht das vorgefunden hat, was erwartet hat.« Ich verschränke zu meiner Zusammenfassung die Arme vor der Brust.

»Wie meinst du das?«, fragt Kiyan und dreht sich auf

dem Beifahrersitz um, damit er mich sehen kann. Dabei hält er sich ein blutverschmiertes Taschentuch an die Stirn.

»Er hat ins Wageninnere geschaut und mich eindeutig erkannt. Doch er hat erschrocken reagiert, als er dich gesehen hat.«

»Mich?« Kiyan zieht mich fragend an und wendet sich daraufhin wieder nach vorn zu Cam. »Das ergibt doch keinen Sinn. Es war immerhin mein Wagen.«

»Dem stimme ich zu.« Kurz überlegt Cam, ehe er weiterredet. »Solange wir nicht wissen, wieso euch das passiert ist, sollte Ziam einen persönlichen Bodyguard bekommen und du im Hauptquartier bleiben.«

»Vergiss es. Ganz sicher lass ich mich nicht schon wieder in Jareds Rapunzelturm einsperren.« Wütend schlägt er auf das Armaturenbrett.

»Ich sag nur, was passieren sollte. Das ist nicht meine Entscheidung.« Cam zuckt nicht einmal mit einem Muskel, sondern fährt entspannt weiter durch die Straßen.

»Zum Glück. Denn das wird nicht geschehen. Nicht, solange ich nicht weiß, welcher Wichser uns angegriffen hat.«

Angepisst tippt Kiyan etwas auf dem Touchpad des Autos.

»Tec. Wo ist Jared?«, knurrt er daraufhin.

»Schön zu hören, dass es dir gut geht, Rambo. Neben mir.« Herrje, dieser Typ ist genauso ein Vogel wie Cain, das kann dem IT-Nerd wahrscheinlich noch irgendwann zum Verhängnis werden.

»Ich bin Ziams verdammter Bodyguard und das bleibt so.« Meine Augenbraue wandert bei Kiyans unangemessenen Tonfall in die Stirn.

»Erst einmal, schließe ich mich Tec an, dir scheint es gut zugehen. Das Weitere sehen wir, wenn du wieder hier bist. Keine Widerrede.« Bei Jareds autoritären Stimme bleibt es nach seiner Ansage kurzzeitig still. »Gut. Schön wie einig wir uns sind.«

Ein Schmunzeln zupft an meinem Mundwinkel, als ich vom Beifahrersitz ein leises Schnauben vernehme.

»Tec prüft deine Fälle, ob es jemand auf dich abgesehen haben kann-«, setzt Jared an.

»Ziam sagt, der Kerl hat irgendwie überrascht reagiert, als er Kiyan gesehen hat«, wirft Cam ein, was den Inhaber von *SAVE* verstummen lässt.

»Interessant.« Jareds grübelnde Stimmlage verpasst mir eine Gänsehaut. Er scheint genauso unschlüssig zu sein, wie wir es eben schon waren. Das passt alles vorn und hinten nicht zusammen. Doch je mehr ich darüber nachdenke, desto weniger ergibt es Sinn. Nur meine Kopfschmerzen werden mehr.

»Das klären wir am besten nachher, bringt Ziam nach der Kontrolle nach Hause und kommt danach ins Hauptquartier, verstanden?«

Cam und Kiyan bestätigen synchron, direkt danach wendet sich Jared an mich. »Ziam, ich schicke einen Bodyguard zu deinem Haus, der dich bewacht. Er wartet dort auf dich.«

Ich spare mir die Widerrede, die mir auf der Zunge liegt, denn auch wenn mir das nicht in den Kram passt, ist es logisch gesehen, das Richtige.

»Meinetwegen. Aber ich muss Abella erst schreiben, außer du möchtest, dass euer Kollege meiner Freundin einen Herzinfarkt verpasst, wenn er einfach ins Haus stürmt«, murre ich und ziehe mein Handy aus der Hosentasche.

»Ach, Freundin, deswegen deine nervige Laune von vorhin. Es wurde auch endlich Zeit, dass du es raffst.« Kiyan dreht sich erneut zu mir nach hinten und lächelt mich an.

Überrascht halte ich inne, weil dieses ehrliche Lächeln tatsächlich selten auf dem Gesicht meines Kumpels erscheint.

»Auch meinen Glückwunsch. Dann schreib ihr, dass einer meiner Mitarbeiter in der nächsten Stunde vorbeikommt. Und ihr passt auf. Bis später.« Mit diesen Worten legt Jared auf und Stille tritt im Auto ein.

Mit einem dröhnenden Schädel öffne ich Abellas Chat und tippe eine Nachricht.

> Ich erkläre dir alles nachher, aber es gab Komplikationen. SAVE schickt einen Bodyguard zu meinem Haus, der in der nächsten Stunde dort auftaucht. Keine Sorge, er ist keine Gefahr. Ich beeile mich, zurückzukommen. Nicht weglaufen.
> - Ziam

Schmunzelnd wegen meiner letzten beiden Worte und dem Smiley stecke ich das Handy wieder ein und schließe die Augen.

Und so wird aus einem positiven Tag, der damit begonnen hat, dass wir offensichtlich alles in der Hand haben, um meinen Dad zu vernichten, ein grausamer Nebenschauplatz eines Actionstreifens. Spitzenmäßig, dieses Auf und Ab meines Lebens.

KAPITEL 18

Abella

Schnaufend stapfe ich den kleinen Hügel hoch, auf dem Ziams Haus steht. Dabei schneidet der Träger der Handtasche in meine Schulter, was meine schlechte Stimmung nicht verbessert.

Nicht nur, dass mein Arbeitstag eine Katastrophe war, weil ich mich auf keine Sache konzentrieren konnte, stimmt auch eindeutig etwas nicht mit Ilas. Mein Assistent ist ansonsten total zuverlässig, arbeitet sogar Aufgaben vor, die ich ihm noch nicht einmal aufgetragen habe. So vorausschauend, wie ich es mir immer gewünscht habe und selbst arbeite. Nur hat er heute nicht mal die Dinge abgegeben, um die ich ihn gebeten habe. Auch unsere heutigen Gespräche waren total oberflächlich, weil er nicht richtig anwesend war. Dass er dann einfach verschwunden ist, macht die gesamte Situation noch merkwürdiger. Seither habe ich ihn telefonisch nicht erreicht, nur eine E-Mail bekommen, dass es einen familiären Notfall gibt und er sich abends noch mal meldet.

Ich kann es nicht lassen, mir Sorgen zu machen, auch wenn mich das nichts angeht. Ilas und ich sind so etwas wie Freunde, die zwar nicht privat aneinanderhängen, aber schon ein Vertrauensverhältnis haben, das über Arbeitskollegen hinausgeht. Deshalb konnte ich mich danach gar nicht mehr auf die Arbeit konzentrieren und habe mich auf den Weg zu Ziam gemacht.

Während ich die Tür öffne und ins Haus trete, denke ich darüber nach, wann sich Ilas heute verändert hat. Das alles hat angefangen, nachdem ich mit Ziam telefoniert habe und wir uns über das weitere Vorgehen bezüglich seines Dads ausgetauscht haben. Davon hat er einen Teil mitbekommen. Ich meine, klar, das Thema kann einen verstören, aber er hat auch nur das Ende gehört, bei dem Ziam gesagt hat, er will mir alles über die kleine Ella erklären.

Ziam hat sich dafür entschieden, alles auf eine Karte zu setzen. Das heißt, selbst seine Familienzusammenhänge sollen ans Licht kommen. Ich finde das nicht richtig, dass sich das komplette Leben dieser Familie wieder verändert, obwohl sie nichts dafür können. Außerdem haben ihre privaten Dinge nichts in der Öffentlichkeit verloren. Es kann nicht sein, dass nur weil man prominent ist, dass jeder meint, alles wissen zu müssen, oder? Doch leider sieht die Realität so aus.

Ziam und Ravina wollen die Aasgeier noch füttern. Offenbar scheinen sie die Möglichkeit zu nutzen, sich all dieser Last zu entledigen. Und wer bin ich, ihnen das auszureden, wenn es sich für die beiden richtig anfühlt. Aus diesem Grund will Ziam mir morgen früh alles über Ella verraten. Damit ich eingeweiht bin.

Schwer schlucke ich bei dem Gedanken daran, denn das wird sicherlich nicht einfach für ihn und ich habe Angst, was mich erwartet. Seitdem wir gestern dieses, sagen wir mal, intensives Aufeinandertreffen hatten, scheinen wir uns nur noch verbundener zu fühlen. Und das will ich nicht wieder verlieren.

Wir als Paar – Gott, fühlt sich das merkwürdig an, aber ja, das sind wir – haben beschlossen, das private Treffen der *BEATS*, das zum Teil auch gefilmt werden soll, nicht im Loft stattfinden zu lassen, sondern bei Ziam. Damit die Fans noch einen besseren Einblick in die Atmosphäre der Bandmitglieder bekommen, wenn sie privat sind. Deshalb kommen Malia und Hayden ebenfalls dazu.

Ein kleines Lächeln zupft an meinem Mundwinkel, als ich darüber nachdenke, wie schräg das wird. Zum einen, weil es irgendwie für einige Arbeit ist, aber dennoch danach in einen schönen Abend übergehen soll und zum anderen, weil es das erste Treffen ist, bei dem wir als wirkliches Pärchen auftreten.

Erleichtert atme ich aus, da ich endlich die hohen Stiefeletten los bin. Gerade als ich mich auf die Couch setze und mein Handy entsperre, sehe ich, dass die Akkuanzeige gefährlich niedrig ist.

Stöhnend will ich mich wieder aufrichten, um mein Ladekabel zu holen, als der Bildschirm schwarz wird.

»Na super«, murmle ich und lege den Kopf in den Nacken. »Hey, Daylight. Wie spät ist es?«

Kurz nachdem ich Ziams Smarthome-System – fragt mich nicht, wieso sie diesen Namen trägt – angesprochen habe, teilt sie mir die Uhrzeit mit, die mich reflexartig aufspringen lässt.

So spät schon. Fuck. Fluchend reiße ich am seitlichen Reißverschluss des Business-Kleides und eile ins Badezimmer. Noch im Laufen entledige ich mich der Klamotten, ehe ich den Badezimmerschrank öffne und ein Handtuch herausziehe.

Ich steige in die ebenerdige Dusche und schmunzle, als ich die Lautsprecher an der oberen Ecke erkenne. *Ach, was solls.*

»Daylight, spiele die Band *BEATS*.« Mit einem breiten Grinsen schalte ich das Wasser ein und der erste Song der Männer schallt aus den Boxen. »Lauter«, fordere ich das nette Smarthome-System auf, bis ich den Bass förmlich im Körper spüren kann.

Meine Laune wird immer besser, je länger das feuchte Nass und die schöne Melodie die negativen Gedanken davontragen. Kurz nehme ich Ziams Duschgel von der Ablage und rieche daran. Stelle mir seinen eigenen Geruch dazu vor und seufze laut.

Fokus, Abella, mahnt mich meine innere Stimme.

Obwohl ich weiß, dass ich Zeitdruck habe, lausche ich der Musik und singe dabei lautstark den Song mit. Ja, irgendwie habe ich Stimmungsschwankungen. Eventuell kommt das davon, dass sich mein Gefühlshaushalt noch nicht wieder reguliert hat, oder weil die monatlichen Frauenprobleme anstehen.

Singend verlasse ich die Dusche, reibe mich mit dem Handtuch trocken, in das ich mich danach einwickle und trete aus dem Badezimmer. Mit einem breiten Grinsen nehme ich zufrieden zur Kenntnis, dass die Musik im gesamten Haus aus allen Lautsprechern schallt. Dieser moderne Schnickschnack hat irgendwie seinen Charme.

Positiv gestimmt mache ich mich auf den Weg zur Wendeltreppe, will gerade die erste Stufe betreten, als ich aus dem Flur eine Bewegung wahrnehme. *Ziam.* Ein freudiges Kribbeln schießt durch meinen Körper und mit einem breiten Grinsen drehe ich mich in ebendiese Richtung.

Doch die Freude zerfällt augenblicklich zu eiskaltem Schnee und lässt mich erstarren.

Vor mir steht nicht Ziam, sondern irgendein fremder Mann in schwarzer Jeans, weißen Hoodie und haselnussbraunen Haaren, die wie vom Wind verweht zu allen Seiten abstehen.

Blinzelnd starre ich ihn an, versuche mein Hirn wieder in den Arbeitsmodus zu bringen. Dabei sehe ich, wie sich der Mund des Unbekannten bewegt und ein Lächeln darauf erscheint, das mich verwirrt. Ein Typ, der hier einbricht, lächelt doch nicht?

Ehe ich mir weiter Gedanken darüber machen kann, tritt er einen Schritt vor, was mich erschrocken zurücktaumeln lässt, aus Reflex greife ich nach dem Handlauf der Treppe, um nicht auf dem Hintern zu landen.

Sofort hebt der Mann vor mir beschwichtigend die Hände, scannt mein Gesicht und macht einen großen Schritt rückwärts. Das Piepen auf meinen Ohren legt sich langsam, das Rasen meines Blutes verlangsamt sich, je mehr sich die Angst wieder zurück in die hinterste Ecke zieht.

»Geht die Musik auch irgendwie aus? Sie müssen mir zuhören. Ich will Ihnen nichts tun, versprochen. Ich arbeite für *SAVE*.« Jetzt, wo ich nicht mehr in meiner Panik versinke, kann ich verstehen, wie der Typ gegen die Laut-stärke anbrüllt.

»Daylight«, rufe ich, so gut es mir möglich ist. »Musik aus.«

Sofort wird es still im Haus, was die Situation nicht angenehmer macht.

»Zum Glück.« Laut atmet der Typ aus, ehe er weiter-spricht. »Miss. Mein Name ist Levi Decker. Bitte haben Sie keine Angst. Jared schickt mich. Wurden Sie nicht informiert?«

Immer noch mit erhobenen Händen steht der Typ vor mir, der vom Aussehen her, wenn überhaupt, erst Anfang zwanzig ist, und starrt mir unerbittlich in die Augen. Fühlt sich an wie bei einer Kontrolle am Flughafen, bei der dein Körper durch eine Maschine gescannt wird. Nur das der Kerl mit dieser Sonnyboy Ausstrahlung und dem Marken-Hoodie wie vom Laufsteg aussieht und kein Bodyguard sein kann, oder?

Vielleicht hat er auch Anstand und sieht dich nicht an, weil du halb nackt bist. Außerdem solltest du dir Ober-flächlichkeiten schenken. Erstens: Weil deine Menschen-kenntnis meistens beim ersten Blick versagt. Zweitens: Weil du selbst nicht gerne beurteilt wirst, nicht wahr? Drittens: Erste Eindrücke, meisten täuschen. Das solltest du am besten wissen, oder nicht?

Die Schelle meiner inneren Stimme hat eindeutig gesessen und mir eine Sache klargemacht. Allem voran, dass ich verdammt noch mal bis auf ein Handtuch nackt bin.

Erschrocken greife ich mit den Händen nach dem

Knoten an meiner Brust, um dafür zu sorgen, dass diese ganze Situation nicht noch schlimmer wird.

Immerhin scheint nun mein Gehirn wieder zu funktionieren und sinnvolle Worte an meinen Mund zu senden. »Haben Sie einen Ausweis?«

Bei der Frage zuckt die Augenbraue von Levi, falls das sein echter Name ist. »Das habe ich geahnt. Also ... Ich bin neu bei SAVE. Gerade erst in der Stadt angekommen und wurde sofort zu Ihnen geschickt.« Ein Schmunzeln erscheint auf seinem Gesicht. »Das klingt wie die schlechteste Ausrede der Welt, oder?«

Ein Lachen entkommt mir, was absolut unpassend ist für den Moment, in dem ich nicht weiß, ob ich in Gefahr bin oder er die Wahrheit sagt. Doch mit gekräuselter Stirn und dem schiefen, unbeholfenen Grinsen wirkt er noch jünger und unschuldiger.

Eindrücke können täuschen, säuselt meine innere Stimme.

Meine Güte, kann sie sich mal einig sein, welchen Ratschlag sie mir nun gibt?

Nachdem mein Lachen verklungen ist, stehen wir weiterhin so da und starren uns an.

Meine Gedanken überschlagen sich. Wenn er bereits im Haus ist, muss er den Code fürs Tor kennen und einen Schlüssel haben? Oder ist er eingebrochen?

Als würde er wissen, woran ich denke, lässt er eine Hand sinken und deutet auf sein Bein. »Das soll keine sexuelle Anspielung sein, aber sehen Sie die Erhebung in meiner Hosentasche?«

Fest kneife ich die Augen zusammen, fixiere den

Punkt auf seinem Oberschenkel und erkenne wirklich etwas, das sich dort abhebt.

»Der Schlüssel, den mir Jared gegeben hat. Ziam ist ebenfalls auf dem Weg hierher, Kiyan und Cam bringen ihn. Es gab einen Unfall.« Wie bitte?

»Was ist passiert? Was ist mit Ziam?«, stoße ich entsetzt aus und trete sofort einen Schritt vor, den Levi zurückmacht. Erst da wird mir bewusst, dass ich aus Sorge um meinen Freund alle Angst abgelegt und mich unbewusst in mögliche Gefahr begeben habe.

»Sie müssten eine Nachricht von Ziam haben, in der er meine Angaben bestätigt.« Erneut hat der eventuelle Bodyguard oder ein schlauer Typ, der irgendwas in diesem Haus will, seine Hände gehoben und sieht mich abwartend an.

»Mein Handy ist aus.« Das sollte ich vielleicht nicht sagen, aber egal. Ansonsten komme ich hier nie weiter. Außerdem will ich verdammt noch mal wissen, was mit Ziam ist. Was für ein Unfall?

»Sie haben doch sicherlich selbst ein Smartphone mit der Nummer von *SAVE*. Wir rufen an.« Mit einem Finger deute ich auf ihn und bewege mich langsam zur Couch, um mir von dort eine Decke zu schnappen. Dabei behalte ich den Kerl vor mir im Auge, der sich nicht bewegt, außer mich ebenfalls zu beobachten.

»Dafür müsste ich in die Tasche greifen und ehrlich gesagt, bin ich mir bei Ihrer bleichen Gesichtsfarbe nicht so sicher, ob Sie nicht erneut Angst vor mir bekommen. Auch wenn mir gerade selbst keine klügere Lösung einfällt.« Langsam dreht er sich zu mir, während ich mich in die Decke wickele und mich nun wenigstens nicht mehr entblößt fühle.

Recht hat er mit seiner Aussage. Doch auch mir fällt nichts Besseres ein, außer ich hole mein Ladekabel, aber diese Option kommt mir noch dümmer vor.

»Gut. Ich fasse mir jetzt vorsichtig an die hintere Tasche der Hose, dort ist mein Handy.« Levi erklärt erst, was er vorhat, bevor er seinen Worten Taten folgen lässt.

Doch so weit kommt es nicht.

Ein Schrei löst sich aus meiner Kehle, als plötzlich die Haustür auffliegt und mein Name laut durchs Haus schallt.

»O mein Gott«, stoße ich erschrocken aus, als in der nächsten Sekunde drei weitere Männer im Wohnbereich stehen. Alle vier Kerle mustern sich intensiv, während mir mein Herz bis zum Hals schlägt. Gut, entweder ist der Typ ein Hochstapler und es passiert gleich etwas Schlechtes oder ich habe mir umsonst Sorgen gemacht.

Was mir im Endeffekt egal ist, denn ich kann nicht anders, als Ziam von oben bis unten zu begutachten, um nach Verletzungen zu suchen, aber ich erkenne keine.

Neben ihm stehen Cam und Kiyan, bei dem ich ein Pflaster an der Braue entdecke.

Mehr kann ich nicht erfassen, weil mein Freund schon mit schnellen Schritten auf mich zugeht.

»Wieso antwortest du nicht?«, fragt Ziam aufgebracht, lässt mich jedoch nicht zu Wort kommen.

Ehe ich mich erklären kann, drückt er mich schon fest an sich. Sofort geht seine Körperwärme auch auf mich über.

»Geht es dir gut? Wieso steht ihr hier rum? Und wieso trägst du die?« Sanft schiebt er mich ein Stück von sich, wirft einen Blick unter die Decke und dreht sich knurrend in die Richtung des Surferboys, als er erkennt, dass ich darunter nichts anhabe. Doch Levi ist nun sichtlich entspannt und unterhält sich mit den beiden Bodyguards.

»Mir geht´s gut«, werfe ich ein und ziehe Ziam zurück, ehe er wieder irgendetwas falsch deuten und auf unseren neuen Bewacher zu rennen kann. »Ich war duschen und -« Gut, offenbar hat meine Paranoia zugeschlagen und der junge Mann arbeitet wirklich für *SAVE*. Wie erkläre ich das jetzt?

Kiyan scheint mein Stottern zu bemerken und kommt mir zu Hilfe. »Ziams Nachricht hat wohl offensichtlich nichts gebracht, sodass unser Frischling in eine etwas unangenehme Situation geraten ist.« Er tätschelt die Schulter von Levi, der darüber alles andere als erfreut aussieht, aber nichts sagt. »Wie hat er sich denn geschlagen, Abella?«

Überrascht blicke ich zwischen den Männern hin und her.

»Erst einmal: ich bin Abella und es tut mir leid, dass ich dir nicht geglaubt habe. Du siehst halt so ... na ja und da ich sonst die anderen kenne.« Mit Absicht duze ich ihn, damit er mich bloß nicht wieder Miss nennt. Zwar übergehe ich Kiyans Frage und wende mich direkt an Levi, aber das ist mir egal. Mir ist nur wichtig, dass ich unser blödes Aufeinandertreffen höflich wiedergutmachen kann.

»Muss es nicht. Du hast dich genau richtig verhalten. Es hat eben auch seine Schattenseiten so jung auszusehen und lügen kann auch jeder.« Er zuckt mit den Schultern, was nebensächlich wirken soll, aber sein Gesicht verdunkelt sich und spiegelt was anderes wider.

Durch seine Bewegung macht er sich von Kiyan los, der unser Gespräch interessiert verfolgt.

»Du hast die Tür nicht geöffnet, da habe ich mir Sorgen gemacht und habe dich überrumpelt. Dafür muss ich mich entschuldigen.« Langsam kommt er auf Ziam und mich zu, der keinen Ton sagt, außer mich fester an sich zu drücken. Beim breiten Grinsen auf Levis Gesicht entstehen Grübchen in seinen Wangen. Herr je, der Kerl sieht echt aus wie die College Boys, die kein Wässerchen trüben können.

»Und dass ich deine Gesangseinlage gestört habe, sorry. Ich bin Levi.« Grinsend bleibt er direkt vor uns stehen, verbeugt sich kurz und hält mir die Hand mit einem Zwinkern hin, was mich nun wieder lachen lässt.

»Das tut mir zwar eher für dich leid, aber Entschuldigung angenommen.« Ich schäle mich aus Ziams Umarmung und ergreife seine Hand. »Abella.«

»Schön, wenn wir das ja geklärt haben. Kannst du deinen Posten einnehmen und ihr beide verschwindet. Ich habe meiner Freundin zu erzählen, was dieser ganze Aufmarsch hier soll.« Harsch schiebt Ziam mich Richtung Wendeltreppe und deutet mit einer Hand auf die Haustür.

»Dein Charme lässt mal wieder zu wünschen übrig, Moreno. Dabei hast du heute noch gestrahlt wie ein König. So dankst du es mir, dass ich deinen Arsch von einem Baum ferngehalten habe?« Kiyan verschränkt die Arme vor der Brust und tritt auf uns zu. Moment, Baum, Arsch, was?

»Wie sagtest du so schön: Ab jetzt wirst du ja dafür bezahlt, bedank dich bei Jared.« Schwer schlucke ich bei diesem Wortgefecht und bin mir zum ersten Mal bei den beiden nicht sicher, was das zu bedeuten hat. Levi scheint es ähnlich zu gehen, denn er tritt von einem Bein aufs andere und schaut zwischen ihnen hin und her.

»Welcher Baum? Was ist passiert?«, mische ich mich ein, weil mir die Sorge zu Kopf steigt.

Ich stoße die angehaltene Luft aus, als die beiden einschlagen und einander zunicken. Manchmal verstehe ich deren Kommunikation nicht, als würden sie andere Dinge meinen, als sie sagen. Kiyan und Cam machen sich auf den Weg zur Tür.

»Ach, Frischling. Lass dir nicht auf der Nase rumtanzen. Wir erfahren alles.« Levis Augenbraue zuckt wieder, wie vorhin schon, ehe er bestätigend nickt.

Sobald die beiden verschwunden sind, wird es still im Haus.

»Ich erkläre dir gleich alles, Mi Belleza.« Sanft streichelt er meine Wange und wendet sich dem zurückgebliebenen Bodyguard zu, der sich eine Waffe in seinen Holster an der Hose steckt. »Gut. Der Start war holprig«, setzt mein Freund an und sieht zwischen uns hin und her. »Abella vielleicht gehst du dir endlich etwas anziehen ...«

»Ich weiß, schon gut.« Schmunzelnd drücke ich Ziam einen Kuss auf die Wange und laufe zur Wendeltreppe. Solange ich so aussehe, wird er eh nicht mit mir reden.

Das Wichtigste: Ihm geht es gut und mir geht es gut. Obwohl ich nur zu gerne wissen will, was passiert ist, weiß ich, dass er erst einmal Levi einweisen muss. Außerdem ist der Zeitplan des Tages jetzt sowieso hinfällig. Mist, das wird ein chaotischer Abend. Ich sehe es kommen.

KAPITEL 19

Liam

Mit verschränkten Armen stehe ich vor diesem halbstarken Kerl und starre ihn an.

»Levi Decker. Bodyguard bei *SAVE* und keine Bedrohung für dich.« Er hält mir eine Hand entgegen und wartet auf meine Reaktion.

Bei seinen Worten wird mir bewusst, wie ich mich gerade aufführe. Nämlich wie so ein eifersüchtiger Freund, der seiner Freundin kein Vertrauen schenkt. Das tue ich, sehr sogar, aber ich habe Angst. Besonders nach dem, was eben passiert ist, und ich bin mir nicht zu schade, das einzugestehen. Mir gefällt nicht, welche Gedanken mir auf dem Rückweg gekommen sind. Der Zeitpunkt ist zu passend, als würde es nicht mit meinem Erzeuger zusammenhängen.

Falls er uns nun auch noch töten will, wäre das allerdings eine echte Steigerung seines Wahnsinns. Dann übertrifft er wenigstens endlich uns. Na ja, außer wir starren diesen armen Kerl vor uns weiter so an, als würde er im Wald vergraben werden.

Ja, Stresssituationen sind nicht hilfreich, um meine innere Stimme unter Kontrolle zu haben. Was mich nur daran erinnert, dass ich dringend zu Abella muss. Deswegen atme ich tief durch und nehme Levis Geste an.

»Ziam Moreno. Bitte entschuldige mein Auftreten, es ist etwas viel los in letzter Zeit.« Ehrliche Worte sollten hoffentlich den schlechten ersten Eindruck wieder gera-derücken.

»Kein Wunder. Und dann trifft man in seinem eigenen Haus auf einen Kerl, der aussieht wie der klischeehafte, falsche Yoga-Trainer, der eigentlich die Affäre ist. Verstehe ich, Mann.« Offensichtlich hat da einer mit genau dem gleichen Problem wie ich zu kämpfen. Denn erste Eindrücke sind meistens scheiße. Trotzdem entkommt mir ein Lachen, in das er zum Glück einsteigt.

»Eigentlich habe ich dich eher für einen Kerl gehalten, der meiner Freundin etwas antun will. Aber deine Option gefällt mir genauso wenig.«

»Mir auch nicht. Tja, erste Eindrücke täuschen eben.« Meine Worte.

»Was muss ich wissen?«, fragt er und bringt uns damit zum wichtigen Thema.

»Pass auf.« Mit dem Kopf deute ich zur Eingangstür.

Nachdem ich, so schnell es möglich war, Levi das Haus und das Sicherheitssystem gezeigt habe, eile ich nun nach oben ins Schlafzimmer.

»Na schade aber auch, dass du schon wieder angezogen bist.« Schmunzelnd schlinge ich die Arme von hinten um Abella und ziehe sie an meine Brust. Sofort will sie sich darin umdrehen, doch ich drücke nur fester zu und vergrabe die Nase in ihren Haaren. Ihr Geruch nach Beeren erdet mich augenblicklich und vertreibt das ungute Gefühl.

»Was ist passiert? Dir geht es gut, oder?«, flüstert Abella nach kurzer Zeit, als würde sie diesen kleinen Moment Ruhe nicht vernichten wollen.

»Wir hatten einen Autounfall.« Langsam streichle ich mit dem Finger über den Rand von Abellas Ausschnitt und schließe die Augen.

»WAS?« Ihre Stimme erhebt sich so laut und erschrocken, wie ich es noch nie gehört habe. Es lässt mich an ihrem Kopf grinsen, weil sie erneut versucht, sich aus der Umarmung zu lösen, um mich ansehen zu können. »Ziam«, meckert sie und beißt in meinen Arm, damit ich sie loslasse.

Will ich aber nicht, deshalb lache ich nur und atme tief ihren Duft ein. »So bissig heute, Mi Belleza. Hätte ich gewusst, dass du dich schon so behaupten kannst. Dann hätten wir heute Abend eine andere Beschäftigung, außer zu reden.«

»Das ist nicht witzig und darum geht es nicht.« Fest krallt sie ihre Finger in meinen Arm, mit dem ich sie vor mir fixiere.

Sanft wandere ich mit meinen Lippen über ihren Hals

und hinterlasse zarte Küsse. Abella erzittert und legt ihren Kopf in den Nacken, um mir Zugang zu ihrer Haut zu gewähren.

»Das ist unfair. Ich kann mich so nicht konzentrieren. Wie geht es dir, Baby?« Eine Gänsehaut schleicht sich auf jede Stelle meines Körpers. Ja verdammt, ich liebe diesen Spitznamen. Besonders weil sie ihn so betont, dass er lieblich und verrucht zugleich klingt.

»Mir geht es gut. Ein bisschen Kopfschmerzen, aber das war es dann schon. Und die Ärzte sagen, das ist normal. Kiyan hat mich beschützt.« Erneut platziere ich einen Kuss direkt unter Abellas Ohr.

»Wie geht es ihm?« Ach, meine freundliche, wundervolle, kleine Eisblüte. Nicht, dass es mich wundert, dass sie nach ihm fragt, aber es beweist mir, was für ein guter Mensch sie ist. Einer mit einer dunklen Seele, die nur mir gehört. Denn ihre weiße Seite und meine dunkle, vermischen sich zu einer hellgrauen, die, seit sie in meinem Leben ist, meine neue Lieblingsfarbe ist.

»Bis auf eine Platzwunde gut. Nur wissen wir nicht, was derjenige wollte. Im Prinzip hat der Unbekannte sich widersprüchlich verhalten.«

»Inwiefern?« Beruhigend streichelt Abella über meinen Handrücken und Arm, ehe sie gegensätzlich zu der Zärtlichkeit immer mal wieder ihre Fingernägel in meine Haut krallt.

»Er hat ins Auto geschaut und mich beobachtet. Doch als er außer Kiyan und mir niemanden erkannt hat, hat er merkwürdig reagiert und ist geflüchtet. Frag mich nicht, warum.« Schwer schlucke ich, weil ich mir nicht sicher bin, ob meine Vermutung nicht doch eine Möglichkeit ist und ich ihr davon erzählen sollte.

»Und was vermutest du?«, fragt Abella, nachdem ich den Gedanken beendet habe.

»Kannst du Gedanken lesen und ich weiß nichts davon? Dann muss ich meine unzüchtigen Gedanken ab heute wohl zurückhalten.« Meine Finger wandern über ihre Stirn, ehe ich sie freigebe.

Mit einem Grinsen, das ich bisher selten auf ihrem Gesicht gesehen habe, dreht sie sich zu mir um. Es wirkt für meine unschuldige Eisblüte schon fast teuflisch und ihre hellen Iriden funkeln einladend. »Du willst mich jagen, unter dir auf den Waldboden drücken, so grob und roh wie die Natur. Du willst meine Tränen, meine Angst und mich. Dafür brauche ich keine Gedanken lesen zu können, Ziam.«

Überrascht starre ich sie an, lecke mir über die Unterlippe, was sie aufmerksam verfolgt und langsam auf mich zukommt. Schmunzelnd mache ich einen Schritt zurück, spüre die Kante des Bettes an meinen Beinen und lande eine Sekunde später auf der Matratze. Inklusive Abella auf meinem Schoß.

»Und ich will das auch. Egal, wie viele eigene Pornos du da unten in deinem Keller hast. Ab heute können wir uns eine Sammlung zusammen anlegen.« What the hell?

»Was?«, stoße ich erschrocken aus und richte mich auf den Ellbogen auf. Grinsend beugt Abella sich zu meinem Gesicht.

»Richtig verstanden. Ich wusste nicht, wie ich das finde. Es ist nicht wirklich moralisch. Aber ich weiß eins, keine andere Frau soll mehr in deine Sammlung.«

»So weit kommt es auch noch«, knurre ich.

»Siehst du. Also erweitern wir sie halt gemeinsam, vielleicht gefällt es mir auch. Ob ich mir nun unbedingt ...« Abella unterbricht sich, rümpft die Nase, so typisch, wenn sie unsicher ist.

Rasch greife ich in ihren Nacken und lasse mich mit ihr zurück auf die Matratze fallen.

»Nicht aussprechen«, flüstere ich. »Dein Vorschlag klingt gut. Lass es uns versuchen.«

Abella nickt und mein Schwanz zuckt erfreut. Perfekte Situation.

Teuflisch grinsend nähere ich mich Abellas Lippen und reiße die Augen auf, als sie mir plötzlich den Mund zuhält.

»Vergiss es.« Mahnend hebt sie eine Augenbraue und lässt ihre Hand zu meiner Brust wandern, um dort ihren Finger hineinzupiksen. »Kein Sex und keine Küsse, ehe du mir erzählt hast, was du vermutest.« Gott, diese Frau macht mich fertig. Sie ist witzig, dann soll sie nicht in diesem Rock und der doch dezent durchsichtigen Bluse direkt auf meinem Schwanz sitzen. Wer soll sich so konzentrieren?

»Mein Dad.« Sofort verspannt Abella sich und will sich erheben.

»Na, hiergeblieben.« Grob packe ich ihren Arm, drehe uns um, sodass sie unter mir liegt und streiche ihr eine Strähne, die sich aus ihrem Zopf gelöst hat, aus der Stirn.

»Er kann uns nichts tun«, hauche ich gegen ihre Lippen.

»Sehe ich.« Zärtlich fährt sie mit dem Finger mein

Gesicht nach, als müsste sie sich versichern, dass es mir wirklich gut geht.

»Kein Zurück mehr.« Kurz lege ich meine Lippen auf ihre. Keine Küsse, als ob, wenn ich das will, bekomme ich das auch.

»Was ist, wenn er mich holen lässt?«, wispert sie und ich kann Tränen in ihren Augen glitzern sehen.

Beruhigend hauche ich einen weiteren Kuss auf ihren Mund und lege beide Hände an ihr Gesicht. »Nur über meine Leiche.«

»Wehe.« Abella schnauft und zieht mich zu sich, um aus meinen federleichten Berührungen einen stürmischen, echten Kuss zu machen.

»Ich dachte keine Küsse.« Meine Stimme ist rau, weil das nicht wirklich geholfen hat, um sie weniger zu wollen.

»Ach, sei still.« Belustigt wischt sie sich unter den Augen entlang und fährt durch meine Haare.

»Willst du das denn? Oder willst du lieber, dass ich dir unanständige Dinge ins Ohr flüstere?« Mit Absicht lasse ich meine Stimme so dunkel klingen. Ich weiß genau, wie sehr sie das liebt. Und ihre Gänsehaut beweist es mir.

»Vielleicht.« Unschuldig blinzelt sie mich an und legt den Kopf schräg, obwohl ich ihr genau ansehen kann, dass sie das nur spielt. Ich bin Profi darin.

»Ich brauche nur fünf Minuten, um dich kommen zu lassen.« Verheißungsvoll gleite ich mit der Hand über ihre Taille. Zufrieden damit, dass Abella sich nicht wehrt, nähere ich mich meinem Ziel: ihrer sicherlich feuchten Mitte.

Doch gerade, als ich ihre zarte Haut an ihrem Oberschenkel berühre, schallt Levis Stimme durch Haus zu uns nach oben. »Deine Bandkollegen sind am Tor und in wenigen Minuten hier.«

»Fuck. Das ist ein ungünstiger Moment. Ich hasse sie.« Schnaubend lege ich den Kopf in den Nacken.

»Nein, du liebst sie.« Lachend windet sich Abella unter mir hervor und streicht ihre Klamotten glatt. Sie zwinkert mir zu und zeigt mir mit ihren Händen ein Herz, ehe sie sich wieder dem Kleiderschrank zuwendet.

Ja, ich liebe meine Jungs, aber dich ebenso, kleine Eisblüte. Auch wenn du es vielleicht noch nicht spürst, aber du taust auf, alles an dir wird noch wunderschöner, je glücklicher du wirst. Und genau aus diesem Grund greife ich nach dem Handy und schreibe *SAVE* eine Nachricht. Denn mit einem hat sie recht, mein Bastard von Vater hat kein Interesse an *mir*, aber an ihr und meine Worte meinte ich so. Ich werde sie beschützen und wenn es das Letzte ist, was ich tue.

KAPITEL 20
Abella

Japs, dieser Abend ist eindeutig chaotisch. Erst dieses doch schöne, aber wirklich emotionale Gespräch mit Ziam und nun das. Es ist so typisch, wenn man einen Abend mit den *BEATS* und meinen Freundinnen verbringt. Was habe ich eigentlich erwartet? Das auf jeden Fall nicht.

Sprachlos blicke ich auf Cains Geschenk und finde keine Worte dafür.

»Weißt du nicht, was das ist?« Bei seiner Frage blicke ich von dem Plüschtier in meinen Händen, zu ihm auf. Sein Lächeln ist so breit, dass es mit seiner Stärke Polkappen schmelzen könnte.

»Natürlich weiß sie das, aber nicht jeder hat deinen Humor, Mister Meltedchoc.« Grinsend streichelt Hayden ihrem Freund über die Wange.

Mit einem Schnauben verschränkt er die Arme vor der Brust. »Ihr nun wieder. Seht es mal so: Das hier ...« Cain macht eine ausschweifende Geste, dreht sich dabei im Kreis und hat damit nun die Aufmerksamkeit all unserer

Freunde. »Ist Ziams kleiner Palast.« Seine Stimmfarbe nimmt eine Tonart an, als wäre er der Erzähler einer Geschichte.

»Herrje, bitte nicht.« Gefesselt starre ich den Sonnyboy der Gruppe an, während ich Malias widerstrebendes Schnauben hinter mir wahrnehme.

»Lass ihn, das kann nur durchaus witzig für uns werden«, wirft Emilio ein.

»In dem Märchen ist Abella seine Prinzessin.« Geschockt reiße ich die Augen auf, als er zu seinen Worten einen Knicks vollführt und vor mir auf die Knie geht. Um Himmels willen, zum Glück ist der Dreh für die Homestory bereits abgeschlossen und der private Teil des Abends eingeläutet. Denn wenn die Fans diesen Cain sehen, weiß ich nicht, ob die das überleben. Wahrscheinlich würden sie sich noch mehr in ihn verlieben. So verrückt er diese Geschichte nun auch noch mit Bewegungen darstellt.

»Das wird ja immer besser.« Rome lacht, ehe er weiterspricht. »Nur deutlich gefährlicher für ihn, wenn er es wieder übertreibt. Ich meine, Ziam sieht aus, als wäre unser Kumpel der Antagonist dieser Story.« Cain erwidert etwas auf Romes Worte, worauf ich nicht achte, weil ich mich zu meinem Freund drehe.

Auch wenn Ziam entspannt aussieht, spüre ich, wie seine Fingerknöchel in dem verräterischen Rhythmus gegen meinen Oberschenkel schlagen. Auch wenn ich nicht weiß, worüber er schon wieder nachdenkt. Zum Glück hat er mir noch, kurz bevor seine Bandkollegen angekommen sind, erklärt, was genau passiert ist und welche Vermutung er hat. Sonst wäre ich jetzt sicherlich nicht so entspannt. So gut man es sein kann, wenn der Freund einem Entführungs- oder Mordversuch oder was auch immer entgangen ist.

Kurz schaue ich zu Levi, der an der Glaswand des Tonstudios lehnt und versucht, so unscheinbar wie möglich zu wirken. Trotzdem kann ich das Lächeln an seinem Mundwinkel zupfen sehen. Kein Wunder, bei dem, was Cain hier wieder vom Besten gibt.

Das Klopfen an meinem Oberschenkel hört auf und Ziams Hand krallt sich nun hinein, was dazu führt, dass das Geschenkpapier darauf knistert. Er versucht, sich bei mir zu erden, das habe ich nun endlich verstanden.

»Wenn er mich gleich als Helden abstempelt«, grummelt er neben mir und zieht mich an seine Brust. Sofort spüre ich, wie sich seine Muskeln entspannen. Mein Herz klopft wie wild, weil mir diese kleinen Dinge nun immer präsenter sind. Wir beide tun einander gut. Außerdem weiß er genau, dass er für mich auf schräge Art ein Held ist. Auch wenn er uns gerne mit Märchen Assoziationen beschreibt, nur um sich die böse Rolle zu geben.

»Und was ist Ziam in deiner tollen Geschichte?« Romes Frage ist genau das, was mich schmunzeln und meinen Freund neben mir laut aufstöhnen lässt.

»Was für eine Frage ist das denn?« Cain setzt seine Cap ab, schüttelt den Kopf und zieht Hayden theatralisch in seine Richtung. »Na, der Prinz. So wie ich einer für meine Bebecita bin.«

Meine Freundin verdreht die Augen, lässt sich aber von ihrem Freund am Arm drehen, um an seiner Brust zu landen.

»Du bist höchstens ein W-Witz.« Emilio lacht laut über

Malias Worte.

»Autsch«, erwidert Cain und fasst sich theatralisch an die Brust. »Mein Herz ist gebrochen, Miss Perfect.«

O Gott. Ich würde ja behaupten, man hat dem Typen zu viel Zucker oder Kaffee gegeben, aber Cain Valez braucht das nicht, um so zu sein. Gefühlt fehlt nur noch, dass Malia und er sich die Zungen gegenseitig ausstrecken.

»Lass gut sein, Mi Perfecta.« Emilio hält Malia den Mund zu, was dazu führt, dass die beiden in einen Starrwettbewerb verfallen, bei dem ich den Blick lieber sofort abwende.

»Um zum Punkt zu kommen.« Theatralisch hustet Cain, um die Aufmerksamkeit zurückzuerlangen. Nicht, dass er die nicht sowieso hat, bei der Show, die er abzieht, aber gut. »Da Abella nun einmal aussieht wie die Prinzessin aus Frozen, habe ich ihr diesen Schneemann geschenkt. Für euch Ahnungslosen. Sein Name ist Olaf.« Grinsend deutet er auf das Plüschtier auf meinem Schoß.

Ehe irgendjemand anderes etwas sagen kann, bricht ein Lachen aus mir hervor. »Sei froh, dass du nichts Falsches gesagt hast. Sonst hätte ich dich mit meinen magischen Fähigkeiten einfach zu Eis erstarren lassen oder dir deinen Mund mit Panzertape zugeklebt. Läuft ja gewiss, aufs Gleiche hinaus.« Mit dem Plüschtier deute ich auf ihn und grinse.

Hayden und Malia steigen in mein Lachen ein, während Rome, Cain und Emilio aussehen, als hätte es hier wirklich gerade angefangen zu schneien.

»Faszinierend, wie forsch du sein kannst. Kommt das durch meine Nähe?«, flüstert Ziam in mein Ohr und gleitet langsam mit der Hand unter dem Geschenkpapier zu meiner Mitte.

Ruckartig reiße ich das Plüschtier wieder zurück auf meinen Schoß und drücke so auf Ziams Finger, die gefährlich nahe an meiner intimsten Stelle stoppen.

Ehe ich meinen Freund ermahnen kann, dass ich für so etwas definitiv nicht bereit bin, ist es Emilio, der wie immer die Situation rettet. »Lasst uns essen.«

Der perfekte Grund für mich, um auf der Stelle aufzuspringen und als Erste in Richtung Küche zu eilen. Dass ich hinter mir Ziam lachen hören kann, erleichtert mir das Herz. Ich weiß, wie angespannt er momentan ist und wie sehr er sich wünschen würde, dass seine ausgeglichene Seite irgendwann keine Maske mehr ist, sondern war.

»Du wirst dir auch etwas nehmen, Levi«, rufe ich dem Bodyguard zu, während ich an ihm vorbeigehe.

»Vielen Dank, Abella. Aber -«, setzt er an, doch ich unterbreche ihn.

»Keine Widerrede.«

»Hör auf unsere Freundin, mit ihrem neuen Selbstbewusstsein steckt sie dich locker in die Tasche.« Malia legt einen Arm um meine Schultern und betritt gemeinsam mit mir die Küche.

Hat sie mit ihren Worten recht? Gerade fühlt sich mein Selbstbewusstsein deutlich weniger zerfallen an als noch vor ein paar Tagen. Ziams Lektion hat mir eins gezeigt, nämlich dass ich zu ihm gehöre. Auch wenn ich mir noch nicht sicher bin, wie ich die Erkenntnis seines persönlichen Kinos finden soll. Nur habe ich mir geschworen, nicht darüber nachzudenken, bis wir uns sowieso nachher in Ruhe unterhalten.

KAPITEL 21
Abella

»O mein Gott, was ...« Schreiend schlage ich um mich, blinzle überfahren und versuche, auf die Lage klarzukommen. Mein Puls schnellt aus der beruhigenden Schlafphase in die Höhe und mein Herz droht mir aus der Brust zu springen.

Meine Haare fallen mir ins Gesicht, versperren mir die Sicht, die eh nicht viel preisgibt, außer einer tiefsitzenden Jeans und einem muskulösen Rücken.

»Keine Panik. Ich bin es nur.« Ziam gibt mir einen Klaps auf den Hintern und gleitet mit der Hand unter meine kurze Schlafhose.

»Ziam«, meckere ich und stütze mich an seinem Körper ab, um von seiner Schulter zu klettern, aber er verstärkt seinen Griff nur. »Lass mich runter, bitte. Ich bin noch nicht mal wirklich wach.«

»Richtig. Und das dauert mir zu lange. Der Kaffee ist fertig, deswegen kommst du jetzt mit. Keine Widerrede.« So fordernd seine Stimme klingt, spare ich mir irgendwelche Antworten.

Während er mich trägt, lasse ich den Kopf wieder hängen und ergebe mich meinem Schicksal.

Kurz darauf setzt er mich auf einem Hocker ab. Sobald sich mir nicht mehr alles dreht, ziehe ich ein Zopfgummi vom Handgelenk und binde mir die Haare zu einem Zopf.

»War das nötig?«

»Jap.« Oberkörperfrei steht er hinter der Kücheninsel und schiebt mir einen Kaffeebecher zu.

»Hauptsache, du hast Spaß.«

Ein genüssliches Seufzen verlässt meinen Mund, nachdem ich einen großen Schluck von dem Kaffee genommen habe.

»Mir würde etwas anderes einfallen, wobei ich noch viel mehr Spaß hätte.« Ziam leckt sich über die Lippen, hält mit dem Becher in seinen Händen inne und besieht mich mit einem eindeutigen Blick. Bei diesem sexy Grinsen und seinem trainierten Oberkörper, den er mir eindrucksvoll präsentiert, könnte ich schwach werden.

Besonders, da ich tatsächlich gestern Abend auf seiner Brust eingeschlafen bin. Es sei mir verziehen, immerhin war die Atmosphäre so charmant und malerisch, dass es mir eine Ruhe geschenkt hat, die mich endlich wieder in ruhige Träume geschickt hat.

Nachdem die Band sich verabschiedet hat war, haben Ziam und ich uns in seine Höhlenwohnung zurückgezogen. Zwar war Levi bis in die Nacht auch an der Höhle und patrouilliert nun alle halbe Stunde vor der Tür, aber wir wollten unbedingt hier sein.

Ich kann gut verstehen, dass das sein Rückzugsort ist. Das kleine Schlafzimmer hat nur ein Bett und ist in eine runde Einkerbung der Höhle eingelassen. Ansonsten besteht dieses Paradies nur aus einem riesigen Wohnbereich mit Küche, Kamin, einer Ecke mit Sitzmöglichkeiten und einem Badezimmer.

Die Terrasse liegt direkt vor der Höhle, ist überdacht und windgeschützt, mit einem Whirlpool, einem Sitzbereich und einer Feuerecke mit zwei gemütlichen Lounge-Sesseln ausgestattet.

Beim knisternden Feuer und eingekuschelt in eine Decke auf Ziams Schoß, haben wir den natürlichen Tönen des Waldes gelauscht. Ohne ihn wäre ich mit Sicherheit tausend Tode gestorben, da einige Geräusche im Dunkeln einen gefährlichen Effekt haben. Wenn dir dein Partner dann noch beruhigend über den Rücken streichelt und bei dir ist, kann es passieren, dass man zu sehr abschaltet. So wie ich.

Keine Ahnung, wie lange wir draußen zusammengesessen haben, aber irgendwann hat er mich geweckt und ich habe es mit letzter Mühe geschafft, mich fürs Bett fertig zu machen. Dort bin ich dann wieder eingeschlafen, bis mich der Störenfried vor mir wortwörtlich aus dem Schlaf gerissen hat.

»Das ist kein Nein.« Und schneller als ich überhaupt reagieren kann, ist er bei mir und stellt sich zwischen meine Beine. Gerade als er mir den Kaffeebecher abnehmen will, halte ich ihn am Handgelenk zurück.

»Nein.« Ziam pustet laut die Luft aus, was mich nicht abhält, hinterherzuschieben. »Erst die Arbeit, dann das Vergnügen.«

»Das war klar.« Kurz legt er den Kopf in den Nacken. »Ich dachte, du hast meine Ankündigung vergessen, dass ich dir nun auch die letzten Geheimnisse anvertrauen will.«

»Tut mir leid, Baby. Du hast schon eine große Wirkung auf mich, aber so auch wieder nicht. Nur weil ich erschöpft ins Bett falle, war ich nicht betäubt und habe mein Gedächtnis verloren.«

Grinsend lasse ich seine Hand los und bringe die Tasse erneut zu meinen Lippen, um einen Schluck zu nehmen, der mir in der nächsten Sekunde fast im Hals stecken bleibt.

»Vielleicht habe ich versucht, dich zu betäuben, um dich in meine Höhle zu zerren.« O Gott.

»Was?«, pruste ich und schaffe es, gerade noch rechtzeitig die Flüssigkeit herunterzuschlucken.

»Kleiner Scherz.« Ziam haucht mir einen Kuss auf die Stirn, streichelt über meinen Hals bis zum Schlüsselbein und tritt dann zurück. »Ich feuere den Kamin nach. Dann können wir reden.«

Überrumpelt sehe ich ihm hinterher, wie er Richtung Sitzecke geht, um dort Holz nachzulegen.

»Offenbar färbt Cains Humor ab«, stichele ich und beobachte, wie Ziam sich in der Hocke ruckartig zu mir umdreht.

»Hör mir auf. Der war gestern wieder absolut auf Höchstleistung. Da fehlte nur noch, dass er den Titelsong von Frozen singt.« Ziam schüttelt sich am ganzen Körper.

»Mir hätte es gefallen.« Ich stelle die Tasse auf dem Tresen ab und springe vom Hocker.

»Auch das war klar.« Er schmeißt ein Holzstück in den Kamin und schließt die Klappe wieder, ehe er sich zu mir umdreht. »Willst du noch ins Bad, ehe wir reden?«

Langsam kommt er auf mich zu, bleibt vor mir stehen und legt seine Hände an meine Wangen.

»Ja.«

»Gut. Sicherheitshalber für uns beide, ziehe ich mir was an.« Er zwinkert und geht an mir vorbei ins Schlafzimmer. Ja, besser ist das.

KAPITEL 22

Abella

Mit flauschigen Socken, einer dicken Decke über den Beinen, die auf Ziams Schoß liegen und einer Tasse Kaffee in der Hand, sitze ich einige Momente später auf dem Sofa vor dem Kamin.

Seine Finger streichen über meine Oberschenkel, wandern auf und ab, was eindeutig zeigt, wie angespannt er ist. Selbst nach einiger Zeit bringt er keinen Ton heraus, was mich dazu bringt, ihm den Start etwas zu vereinfachen.

»Nachdem ich damals bei der Polizei war, ging alles den Bach runter. Irgendwie war es die schlimmste Zeit meines Lebens und doch wusste ich, dass ich etwas erreichen kann, wenn ich dadurch gehe.« Tief atme ich den Geruch nach Kaffee ein und blicke in Ziams geweitete Pupillen.

»Du musst das nicht erzählen, Mi Belleza.«

»Nein, will ich aber. Damit du nicht das Gefühl hast, du bist der Einzige, der Päckchen mit sich herumträgt, die einen belasten. Wir haben sie alle, Ziam. Man muss in ihnen erkennen, dass sie ihre guten und schlechten Seiten haben. Alles, was wir erleben, macht uns stärker und formt uns zu dem Menschen, der wir am Ende sind. Nur dadurch ist jeder individuell.«

Ein überraschter Laut entkommt mir, als Ziam plötzlich an meiner Hüfte zieht und ich es nur mit großer Mühe schaffe, den Kaffee nicht zu verschütten. »Was ...«

Die nächsten Worte bleiben mir im Hals stecken, weil seine Lippen auf meinen landen. Weich und warm schmiegen sie sich an meine, ehe sie sich kurz darauf lösen. Flatternd öffne ich die Lider und blicke direkt in seine mehrfarbigen Iriden, die wieder einmal die perfekte Verbildlichung des Waldes sind.

»Ich liebe dich«, haucht er und zieht sich langsam zurück.

»Ich dich auch.« Verblüfft sehe ich ihn an. Nicht, dass ich es nicht mag, wenn er mir das sagt, aber niemals auf so eine freie und glückliche Art, wie es gerade klingt.

»Danke für deine Ehrlichkeit und du hast recht. Wie immer.« Ein Grinsen zupft an seinem Mundwinkel.

»Du weißt doch, ich bin eine kleine Rechthaberin. Manchmal zumindest.« Ich lächle ihn ebenfalls an und mit jeder weiteren Sekunde, die wir uns so ansehen, verfliegt die angespannte Stimmung.

»Ella ist meine Halbschwester, wie du ja schon weißt. Nur ist das nicht alles.« Ohne meine Beine von seinem Schoß zu nehmen, dreht er sich mir zu. »Meine Ex-Freundin und ich haben eigentlich eine gute Beziehung gehabt, aber sie war so extrovertiert, energiegeladen und einnehmend, dass wir oft aneinandergeraten sind. Unsere

Stimmungen haben nie zueinander gepasst. Statt mit mir daran zu arbeiten, eine gemeinsame Einheit für uns zu erschaffen, hat sie immer mehr versucht, mich zu provozieren. Auf eine Art hat es einen gewissen Kick gehabt, der im Bett genau nach meinem Geschmack gewesen ist, aber für den Rest habe ich mir Veränderungen gewünscht. Sie jedoch nicht.«

Gespannt höre ich ihm zu, wie er über andere Frauen redet, obwohl ich nicht behaupten kann, dass es sich toll anfühlt. Aber ich will es lieber so offen, ehrlich, damit es eben nicht so wird, wie Ziam es gerade schildert.

»Tut mir leid. Also, ich ...« Rasch lege ich eine Hand an seine Wange, gegen die er augenblicklich seinen Kopf sinken lässt.

»Muss es nicht. Es ist okay, Baby.« Sofort blitzen seine Augen und ein Lächeln erscheint auf meinem Gesicht. Wahrscheinlich sehe ich genau so aus, wenn er mich Mi Belleza nennt, und ich liebe es.

»Auf jeden Fall hat sie sich plötzlich geändert. Ich hatte das Gefühl, dass meine Worte Anklang gefunden haben und sie endlich etwas für unsere Beziehung tun wollte. Es ist besser gelaufen und ich war glücklich. Sie hat mich bei meinem Wunsch, Musik zu machen bestärkt und hat bei Familienfeiern mitgeholfen. Sie hat sogar meine Mutter bei Veranstaltungen unterstützt. Bis das Erwachen gekommen ist.« Ziam verkrampft sich kurz, beginnt diesen typischen Rhythmus gegen mein Bein zu klopfen, den er immer an den Tag legt, wenn er angespannt ist.

»Im Endeffekt hat sie allen die heile Welt nur vorgespielt, denn sie hatte schon lange etwas mit meinem *Dad*.«

Ich habe ihn das Wort noch nie sagen hören und genauso angeekelt klingt es auch. »Als sie schwanger geworden ist, dachte ich tatsächlich kurz, es wäre mein Kind. Zum Glück ist relativ schnell aufgeflogen, was beide hinter meinem Rücken getrieben haben.«

»Wie hast du es herausgefunden?«, frage ich und kralle die Finger um die Tasse in meiner Hand. Mich erfasst eine Kälte, weil ich mir gar nicht vorstellen mag, wie schlimm es für sie alle gewesen sein muss.

»Klischeehaft, aber ich habe sie erwischt, als ich meine Ex-Freundin überraschen wollte. Erst einmal bin ich geflüchtet, doch als ich abends wieder nach Hause gekommen bin, war sie tatsächlich immer noch da. Der Streit ist eskaliert und meine Mutter hat es mitbekommen. Tja, und du hast sie kennengelernt. Die gutherzigste Frau auf dem Planeten, zumindest was Privates angeht. Politisch würde ich meiner Mutter grundsätzlich aus dem Weg gehen.« Ziam schmunzelt und seine Mimik wechselt, sobald er über seine Mum redet. »Sie hat mir nicht geglaubt.«

»Was?« Entsetzt schrecke ich aus meiner entspannten Position und beuge mich näher zu ihm.

»Richtig gehört. Mal ehrlich, wir waren jung und du bist meinem Erzeuger begegnet.« *Ja, so kann man das auch ausdrücken.* Aber ich weiß, worauf Ziam hinaus will, Jeremy konnte gut etwas vorspielen, Fäden ziehen und Dinge beeinflussen.

»Er hat sich als der Gute ausgegeben.« Ein Schauder erfasst mich bei meinen Worten.

»Richtig. Aber nachdem meine Ex mir alles gebeichtet hat, sogar, dass das Kind eben nicht von mir ist, wusste

224

ich, dass ich etwas tun muss. Erika hat mir geholfen und so habe ich einen Privatdetektiv beauftragt. Und etwas losgetreten, womit ich nie gerechnet habe.« Ziam schluckt schwer und greift nach meiner Hand, um unsere Finger zu verschränken. »Dann sind unsere Leben aufeinander- geprallt.«

»So kann man es sagen, ja.« Sanft streiche ich mit dem Daumen über seinen Handrücken.

»Er hat nicht nur Beweise gefunden, dass er etwas mit meiner Freundin hatte, sondern auch mit anderen Frauen und je tiefer wir ihn haben graben lassen, desto mehr ist zum Vorschein gekommen. An dem Tag, als die Polizei bei uns aufgetaucht ist und meinen Erzeuger in Gewahrsam genommen wurde, wollte ich meiner Mutter alles zeigen.« Ein Grinsen erscheint auf meinem Gesicht. »Tja, kleine Eisblüte. Du bist schneller mit deiner Anzeige gewesen.« Er haucht einen Kuss auf meine Hand, ehe er weiterredet. »Im Endeffekt ist dann alles den Bach runtergegangen.«

»Das ist schrecklich, ich möchte mir gar nicht vorstel- len, wie es euch ergangen ist. Besonders deiner Mum, die ihm offenbar vertraut hat.«

»Ja, leider, doch dieser Moment hat ihr zum Glück die Augen geöffnet. Seine Scharade ist zusammengefallen.«

»Aber wie kommt Ella dann zu euch?«, frage ich vorsichtig.

»Mein Spermageber hat nicht nur dein Leben, das der vielen anderen Frauen oder das meiner Familie vernichtet, sondern auch einen Tod und ein zerstörtes weiteres Leben zu verschulden.« Schwer schlucke ich, weil mir so viel durch den Kopf geht. Alles keine Dinge, die irgendwie ein schönes Ende nehmen.

»Meine Ex-Freundin ist anfangs zu ihm gestanden. Bis zu dem Moment, in dem die Beweislast erdrückend geworden ist. Meistens habe ich sie nur gesehen, wenn wir durch die Polizei oder andere Situationen zum Fall Kontakt gehabt haben. Aber man hat gemerkt, dass sie psychisch immer weiter abgebaut hat.« Fest beißt Ziam die Zähne aufeinander. »Trotzdem hat sie ihn nie aufgegeben«, knurrt er.

Sein Blick schweift zur Terrassentür, raus in den Wald und kurze Zeit redet er nicht weiter.

»Wir können auch spazieren gehen?«

Ruckartig schaut er zu mir und schüttelt den Kopf.

»Ganz schlechte Idee, Mi Belleza.« Bei dem kratzigen Ton seiner Stimme jagt ein Schauer über meine Wirbelsäule. Wie gewohnt nicht nur einer, der mir missfallen sollte. »Bei meiner Gefühlswelt, endet das im Dreck.«

»Ich mag es dreckig«, flüstere ich und zwinkere ihm zu.

»Abella«, knurrt er wehleidig und das Geplänkel vertreibt das unschöne Gefühl von eben.

»Sorry. Magst du weitererzählen?« Sanft lege ich eine Hand auf seinen Brustkorb, stelle die Tasse auf den Tisch und rutsche so nahe an ihn heran, dass ich in seinen Armen liege.

Sofort greift er nach meinen Hüften und setzt mich auf seinen Schoß. Die Decke breitet er über mir aus und umhüllt uns damit fast komplett.

»Nachdem die Gefängnisstrafe verhängt wurd und der Wichser hinter Gitter gelandet ist, ist Ella zur Welt gekommen. Einige Zeit haben wir gar nichts von ihrer Mutter gehört, bis ich eines Tages einen Anruf bekommen habe, der alles verändert hat.« Ziam schließt seine Arme um mich und drückt mich fester gegen sich.

»Sie hat geweint, war aber ansonsten klar und fokussiert, hatte sich bei mir entschuldigt und gerade als ich auflegen wollte, sagte sie etwas, das mich aufgehalten hat.« O Gott, ich kann nur erahnen, was passiert war und es gefällt mir nicht. »Wir werden sterben. Es ist besser so. Leb wohl.« Genau daran habe ich gedacht. Der Gedanke, sich selbst das Leben zu nehmen, ist nichts, was ich nicht auch kenne. Der Moment, wenn die Last zu groß wird und man das Gefühl hat, keinen Ausweg mehr zu haben.

»Was hast du dann getan?«, frage ich leise.

»Gefragt, wo sie ist, aber sie hat nicht geantwortet, bis ich es knistern und knacken gehört habe, dann war ein Kinderschreien zu hören und ich war überfordert. Ich habe es geschafft, dass sie mir verraten hat, wo sie ist.«

Meine Muskeln sind angespannt, während ich seiner Geschichte lausche.

»Sie hat ein Feuer gelegt gehabt undversucht, sich und das kleine Mädchen zu töten. Indem sie die Hütte in Brand gesetzt hatte, in der die beiden waren. Die Feuerwehr konnte nur noch Ella retten. Nachdem sie lange im Krankenhaus versorgt wurde, hat sich herausgestellt, dass meine Ex keine Familie mehr gehabt hat. Zumindest keine, die im Entferntesten für die Kleine hätte Verantwortung übernehmen können. Deswegen hätte sie in eine Pflegefamilie kommen sollen, ohne die Möglichkeit, je adoptiert zu werden. Immerhin hat sie eine Menge Pflege und medizinische Versorgung benötigt.«

»Es sind Brandwunden«, stoße ich entsetzt aus.

»Genau. Es sind nicht die Einzigen, die Ella hat. Ihr

gesamter Körper weist sie auf.« Sanft streichelt Ziam mit den Händen über meinen Rücken, erdet damit uns beide.

»Warum auch immer habe ich das Bedürfnis gehabt, mich regelmäßig nach ihrem Gesundheitszustand zu erkundigen, was meine Mutter mitbekommen hat. Da es keine geeignete Pflegefamilie gegeben hat, kam der Tag, an dem sie Ella zu uns geholt hat. Sie hat sie sogar adoptiert, damit die Kleine niemals wieder ins System fallen und dort vielleicht untergehen kann. Dieser Zug hat meiner Mum nur leider auch sehr viel abverlangt. Ich glaube, oft geht es ihr wie mir. Wir lieben sie, aber wir können nicht vergessen, was alles passiert ist. Nur kann das kleine Mädchen nichts dafür.« Mein Herz erwärmt sich und ich sehe ihn mit einem weichen Blick an.

»Wieso schaust du so?«, fragt er verwirrt.

»Weil du ein gutes Herz hast, Ziam. Schon mal darüber nachgedacht? Du bist eben nicht nur der Sohn deines Vaters-« Ziam knurrt, aber ich ignoriere ihn, »sondern auch deiner Mutter. Das hast du dann wohl von ihr. Ihr habt beide eine Menge aufgegeben, euch viel abverlangt und aufgeladen, nur um etwas Gutes zu tun. Und ihr habt es geschafft: Ella ist wundervoll und glücklich.«

»Ja, ist das so?« Ziam wirkt total überrascht von meinen Worten, was dafür sorgt, dass ich mich noch mehr in den Mann vor mir verliebe.

»Ja, Baby, so ist es.« Sanft lege ich die Lippen auf seine, gebe ihm Zeit und grinse, als er sofort den Kuss intensiviert.

Ziam Moreno hat ein gebrochenes Seelenleben, das niemals geheilt ist, denn er hat es sich nicht erlaubt. In diesem Punkt ähneln wir uns. Ich habe das Gleiche getan, bis jetzt. Die zerbrochenen Teile unserer Seele passen nicht mehr zusammen, weil wir uns mit der Zeit verändert haben. Doch was ist, wenn seine und meine Fragmente zusammengefügt Heilung bedeuten?

Nervös spiele ich an meinem Armband und lehne mich dabei an die Wand im Backstagebereich. Keine Ahnung, was mich geritten hat, Ziam auf dieses Musikfestival zu begleiten. Vielleicht die Aussicht darauf, dass ich ohne ihn allein in seinem Haus gesessen hätte. Dadurch, dass man immer noch nicht genau weiß, wieso Ziam und Kiyan verfolgt wurden, ermittelt SAVE weiterhin, was bedeutet, dass Levi oder Kiyan nicht von unserer oder eher gesagt meiner Seite weichen. Ich verstehe diese Vorsichtsmaßnahme, die mir zwar Sicherheit bringt, aber in der aktuellen Situation meiner neu aufgetauten Leidenschaft nicht förderlich ist.

Ich kenne es gar nicht von mir, dass ich so ausgehungert nach Berührungen lechze, aber so ist es. Nicht nur die Heißen und Verführerischen, sondern auch die Liebevollen und Zärtlichen tauen den Rest des Eises in meinem erkalteten Herz ab. Und noch weiß ich nicht, wie ich mit der gefühlt neuen Freiheit umgehen soll. Ich traue mich einfach nicht, aktiv nach Ziams Nähe zu suchen oder so locker mit ihm umzugehen, wie ich es mir wünschen würde. Ausgenommen er schläft mit mir, oder eher bemächtigt sich meiner, dann gebe ich ihm alles von mir, da ich ihm vertraue. Besonders wenn ich weiß, dass ich ihm bald seinen Wunsch erfüllen möchte. Erstens: weil er es verdient hat, zweitens: weil ich es will, drittens: weil ich nicht noch einmal darüber nachdenken will, dass einer der Bodyguards mich eventuell beim Sex hören kann. Das ist mir zuwider.

Kurz schüttele ich mich und lasse, um von dem Gedanken wegzukommen, meinen Blick durch den Raum gleiten.

Neben mir räumen Techniker Kabel weg, andere laufen durch die Gegend oder gehen ihren Aufgaben nach. Ein wehmütiges Gefühl überkommt mich und ich wünsche mir mein Tablet herbei. Wenn ich jetzt arbeiten würde, dann würde ich mich nicht fehl am Platz fühlen. Am Bühneneingang stehen die BEATS und lassen sich gerade verkabeln.

Just blickt Ziam über seine Schulter zu mir. Doch als ich sein Lächeln erwidern will, vibriert mein Handy in der Tasche.

Sofort ziehe ich es hervor und nehme hektisch ab. »Ilas. O mein Gott, endlich. Geht es dir gut?«

Mir purzeln die Worte so schnell aus dem Mund, dass ich mich fast verschlucke. Seitdem er aus dem Büro verschwunden ist, habe ich nur eine Nachricht von ihm erhalten, dass es einen familiären Notfall gibt und seitdem hat er sich nicht wieder gemeldet. Er hat so viele Überstunden, dass es mir egal war und so habe ich von Ziams Couch aus am Abend die letzten organisatorischen Dinge für die Homestory erledigt. Immerhin hat er mir sonst meine Arbeiten abgenommen, dann kann ich das auch mal tun und Familie geht sowieso immer vor. Auch wenn ich keine mehr habe, sind meine Freunde gleichzusetzen und ich würde für sie sofort alles stehen und liegen lassen. Dass er sich jedoch seit diesem Gespräch nicht mehr gemeldet hat, war ungewöhnlich.

»Abella. Es tut mir leid, aber ...« Seine Stimme bricht, was mich in Alarmbereitschaft versetzt. Angespannt straffe ich die Schultern und drehe mich zur Seite, sodass ich nicht mehr das Gefühl habe, an einem öffentlichen Ort zu stehen.

»Was tut dir leid? Ich verstehe nicht.«

»Ich kann noch nicht wiederkommen, aber ...« Ein Schniefen erklingt, dann atmet er deutlich hörbar aus.

»Ilas, bitte sag mir, was ich tun kann.« Fest kralle ich meine Finger in meinen Arm und umarme mich selbst, um die Kälte von mir fernzuhalten. Ich mag es nicht, wenn ich nicht helfen kann. Doch solange ich nicht weiß, was das Problem ist, sind mir die Hände gebunden.

»Du musst ...« Auch wenn es laut um mich herum ist, kann ich das bis ins Mark erschütternde Schluchzen von ihm hören, was mich entsetzt nach Luft schnappen lässt.

»Ilas«, fordere ich nun lauter, drücke den Rücken durch und kämpfe darum, mich in den Arbeitsmodus zu versetzen. »Jetzt pass mal auf. Ich bin deine Freundin, aber auch deine Chefin. Du kennst mich. Ich bin da, doch ich brauche klare Ansagen. WAS. IST. LOS?« Ich betone die letzte Frage deutlich, um ihm klarzumachen, dass ich endlich wissen will, was los ist.

»Meine Schwester i-ist gestorben.« O mein Gott. Entsetzt reiße ich die Augen auf und beiße mir auf die Lippe.

Gerade als ich etwas sagen will, spüre ich jemanden

hinter mir, der mich an sich zieht und sofort steigt mir Ziams Geruch nach Minze in die Nase.

Meine Muskeln entspannen sich, eine Ruhe breitet sich in mir aus und ich lasse mich in seinen Griff fallen. Ich bin ihm dankbar, dass er nichts fragt, sondern einfach nur meine Stütze ist. Wie so oft.

»Das tut mir so leid, Ilas. Mein Beileid. Kann ich etwas für dich tun?«, frage ich so ruhig wie möglich.

»Ich würde g-gerne freinehmen.« Sein Weinen schneidet wie Scherben in mein Herz. Denn auch wenn ich eine Stütze sein will, kann ich ihm über den Schmerz nicht hinweghelfen. Nur er selbst kann lernen damit umzugehen.

»Natürlich. Solange es nötig ist und wenn du noch etwas anderes brauchst, dann sag es bitte.« Ziam streichelt über meinen Arm, drückt sich fester an mich und haucht einen Kuss gegen meine Wange.

»D-danke. Aber wir müssen uns morgen noch mal treffen, ich habe noch etwas für die Homestory, was du benötigst.« Fast wäre mir ein Lachen rausgerutscht, weil es so typisch er ist, dass er in seiner Trauer nun auch noch daran denkt.

»Ilas, du bist echt unverwechselbar. Bitte mach dir darum -« Ehe ich ausreden kann, unterbricht er mich.

»Doch, ich muss das tun, damit ich mich nicht dir gegenüber als Versager fühle.« Deswegen ist dieser Mann mir so sympathisch, denn mir würde das genauso gehen.

»Natürlich. Wir treffen uns morgen. Okay? Jetzt kümmerst du dich bitte darum, dass es dir gut geht. Ist das klar?« Ich komme mir ein bisschen dämlich vor meine Chefin-Stimme auszupacken, aber ich kenne Ilas. Er ist ein

Workaholic, wenn man ihn nicht aufhält, dann lenkt er sich nachher noch mit Arbeit ab.

Kennen wir irgendwo her, nicht wahr?

Ja, meine innere Stimme hat recht. Ich bin genauso. Deswegen sind Ilas und ich auch so ein gutes Team.

»Danke. Mein bester Freund ist da«, wispert Ilas. Was so leise ist, dass ich ihn bei der Lautstärke, die um uns herum zunimmt, kaum verstehen kann.

»Ich muss jetzt auflegen. Ich bin auf einem Konzert. Bitte entschuldige. Aber pass auf dich auf. Bis morgen, Ilas.«

Tief atme ich aus, als ich auflege und noch ehe ich mein Handy weggesteckt habe, werde ich schon herumgerissen.

»Was ist los?« Ziams Blick bohrt sich in meinen und sofort erfasst mich eine Gänsehaut.

»Mir geht es gut. Ilas Schwester ist gestorben, deswegen war er weg und er braucht eine Auszeit. Mich nimmt so etwas nur immer mit. Ich habe immerhin auch meine Familie verloren.«

»Ich weiß, dennoch. Deine Anspannung war so enorm.« Ziam streicht mir eine Haarsträhne hinters Ohr.

»Bis du kamst. Ich sage ja, du hast eine magische Wirkung auf mich.« Ich stelle mich auf die Zehenspitzen, aber halte doch inne, als mir bewusst wird, wo wir uns befinden.

»Ach, kleine Eisblüte. Immer noch Angst?« Ziams Stimme wird rauer und damit verführerischer für mich. Obwohl sein ganzes Äußeres gerade sowieso zum Anbeißen ist. Seine Haare sind leicht gegelt, das Kopfmikro macht sein Gesicht noch markanter und über sein

Outfit wollen wir gar nicht reden. Ich habe eine Schwäche für enge Jeans mit Rissen, besonders bei seinen muskulösen Beinen.

»Manchmal.« Schwer schlucke ich.

»Ich auch, besonders bei deinem Assistenten.«

»Wie bitte?« Kurz vor seinen Lippen stoppe ich und ziehe mich ruckartig zurück.

»Mit ihm stimmt etwas nicht. Ich lasse ihn von Kiyan nachher prüfen.« Was?

Entsetzt sehe ich ihn an und reiße mich von seinem Griff an meinem Oberarm los. Das schmerzt zwar, weil er mich versucht festzuhalten, aber es ist mir egal.

»Gar nichts tust du.« Die schönen Gefühle von eben verwandeln sich schlagartig in ein merkwürdiges Gemisch aus Wut und Unsicherheit. »Wieso? Er trauert. Ist das wieder deine Eifersucht?«

Ziam schnalzt ungehalten mit der Zunge. »Ich bin nicht eifersüchtig. Du bist das, Mi Belleza.«

»Darum geht es doch jetzt nicht.«

»Vertrau mir, ich kenne mich mit Dunkelheit aus. Bei ihm stimmt etwas nicht. Mehr gibt es dazu nicht zu sagen.« Moment. Ich glaube, mir entgeht gerade etwas. Sein Ernst?

»Erinnerst du dich an das Gespräch über Besitz und Liebe?« Sein Blick verdunkelt sich.

»Wie könnte ich nicht«, knurrt er.

»Ziam. Kommst du«, ertönt Emilios Stimme hinter uns, aber keiner von uns reagiert.

»Das ist mein Kumpel, mein Assistent. Du hast da nichts zu entscheiden. Ilas tut keinem etwas. Also suchen wir nicht ohne Grund oder deiner negativen Erfahrungen in seiner Vergangenheit. DU hast deine doch auch lange genug geheim gehalten, obwohl du nichts getan hast. Wie hättest du das bitte gefunden, wenn einer deine Geschichte ausgegraben hätte?« Ich habe mich in Rage geredet, was ich mich früher niemals getraut hätte, aber bei Ziam ist das anders.

»Das ist eine andere Sache, Abella. Verdammt. SAVE wird sich das ansehen.« Auch wenn er seine Stimme leise hält, kann ich das angepisste Knurren deutlich hören.

Wütend balle ich die Hände zu Fäusten.

»Ziam.« Ich überbrücke den letzten Abstand zwischen uns. »Nein.«

»Ziam Moreno. Du bist unser Vernünftiger, wir halten uns an die Regeln. Wie soll ich Javier erklären, dass du hier wegen einer offensichtlichen Anstarr-Knister-Debatte unseren Auftritt verpasst? Ich kann auch einfach sagen, es war so spannend, dass wir alle nicht auftreten konnten.« Cains Stimme schallt durch den gesamten Raum, so laut brüllt er in unsere Richtung.

Grob packt Ziam mich am Arm, zieht mich zu sich hoch und fixiert mich mit einem Blick, bei dem andere sicherlich einbrechen würden. Ich nicht. Nicht mehr. Das weiß er.

»Meine Entscheidung steht. Finde dich damit ab, Abella.« Wütend presst er seine Lippen auf meine, schließt dabei nicht die Augen, genauso wenig wie ich. Es knistert zwischen uns und das Prickeln seiner Lippen, verwandelt diesen ersten Streit in etwas, das ich nicht beschreiben kann.

Wut und Lust pulsieren in mir. Überfordert beiße ich

mir auf die Unterlippe, als er mich wieder auf die Füße stellt und zu seinen Bandkollegen geht.

Während ich seine Rückseite anstarre, kann ich nicht fassen, was hier gerade passiert ist.

Das war nicht wirklich sein Ernst, oder? Aber so wie ich Ziam kennengelernt habe, sagt er nichts, was er nicht so meint.

KAPITEL 23

»Spar es dir«, presse ich wütend hervor, als ich zu meinen Bandkollegen trete, um damit gleich vorneweg jeden Kommentar von Cain abzuwürgen. Vergeblich.

»Kleine Eiszeit?«, fragt er verschmitzt.

»Valez«, knurre ich.

»Sorry.« Beschwichtigend hebt er die Hände, aber hält mich danach mit einem Griff an der Schulter davon ab, Emilio und Rome auf die Bühne zu folgen.

»Reiß dich zusammen, Mann. Ich weiß, Frauen können einen locker über die eigenen Grenzen schubsen, besonders wenn sie plötzlich ihr wahres Ich entdecken. Aber unsere Fans verdienen es, dass wir uns auf sie konzentrieren.« Wir starren uns an, während seine Worte in mein Unterbewusstsein sickern.

Fuck. Ich verdammter Idiot. Ja, er ist unser Sonnyboy, aber ihm liegen die Fans am Herzen, für sie würde er fast alles tun. Deswegen bin ich froh, dass er mir den Kopf wäscht, denn er hat recht.

»Danke.« Sofort breitet sich ein breites Grinsen auf Cains Gesicht aus und er schubst mich zu unseren anderen Kumpels auf die Bühne.

»Gut. Dann Charme an, Moreno. Die Frauen lieben deine unnahbare Seite. Shine on.«

Lachend läuft er an mir vorbei und brüllt in der nächsten Sekunde ins Mikrofon. »Hallo zusammen. Are you ready?«

Unter dem Kreischen der Fans folge ich ihm und stelle mich neben Rome, Cain und Emilio in die Reihe vor die Zuschauer. Dabei entdecke ich an der Seite Abella stehen, die von Hayden und Malia umringt wird.

Tja, Überraschung, Mi Belleza. Du kannst mich gerne für einen Arsch halten. Das bin ich auch, aber alles, was ich mache, tue ich, um dich zu retten. Ob du das verstehen willst, oder nicht.

»Wir wollen euch hören. Schreit. BEATS«, fordert Rome und in der nächsten Sekunde folgen die Fans seiner Aufforderung. Augenblicklich erfasst mich eine Gänsehaut und ein Cocktail an Glücksgefühlen schießt durch meinen Körper. Neben unserem Bandnamen werden auch die Namen gerufen und eine Euphorie packt mich, die mir jedes Mal wieder zeigt, wieso ich das hier tue. Ich liebe es, die Fans glücklich zu machen und ich liebe meine Jungs und unsere Band.

»Lets Go.« Nun animiere ich die Zuschauer, was ein gehöriges Schreikonzert bedeutet und mir endlich wieder ein Lächeln auf die Lippen zaubert. Für kurze Zeit sind meine Probleme wie weggeblasen, denn nicht nur wir geben den Fans etwas, sondern sie auch uns.

Unser Song schallt aus den Boxen und ich beginne sofort zu singen, während ich die Choreo tanze und mich von dem Rausch mitreißen lasse. Cain ist nach mir dran und mit den melodischen Tönen, die er perfektioniert hat, rasten die Fans komplett aus.

Ich gehe in die Hocke, zwinkere einer Frau zu, die mich wie ein Reh im Scheinwerferlicht anstarrt. Daraufhin lächele ich nur noch breiter und erhebe mich wieder. Genau in dem Moment taucht Rome neben mir auf und legt mir einen Arm über die Schultern, um gemeinsam mit mir zu springen und die Zuschauer zum Mitmachen anzuregen. Was auch sofort geschieht.

Gott verdammt, ja ich liebe meinen Job.

Schweiß läuft mir übers Gesicht, mein Atem geht noch schwer, als wir gemeinsam von der Bühne steigen. Nach drei energiegeladenen Songs fehlt selbst uns die Puste, um direkt danach noch irgendwelche Marathons zu laufen.

»Scheiße, ich liebe es«, stößt Rome aus und ext fast die komplette Flasche, die uns eine der Mitarbeiterin eben in die Hand gedrückt hat.

»Wir auch. Nicht wahr.« Cain schlägt mir auf den Rücken, wodurch ich mich fast verschlucke.

Ehe ich etwas sagen kann, entdecke ich die Frauen. Sie

kommen gerade in den Backstagebereich und direkt auf uns zu.

»Mensch, Delacord. Selbst nach unserer letzten Session hast du nicht so geschwitzt. Wirst du alt?«

Alle ziehen entsetzt die Luft ein, aber Hayden ist die Erste, die ihre Stimme wiederfindet.

»Mali, Filter«, stößt sie aus und verdreht die Augen.

»Wofür? Sicherlich sind wir wohl alle keine Heiligen, Fräulein Moore?«

»Hattet ihr schon Sekt?«, fragt Emilio und legt den Kopf schräg, um seine Freundin zu fixieren.

»Wirst du frech?« Malia zieht ihren Freund trotz seiner verschwitzten Kleidung zu sich und küsst ihn.

Fasziniert beobachte ich die beiden, bis Romes Stimme neben mir erklingt.

»Ich werde krank von euren Liebeswellen.« Rome schüttelt den Kopf und wendet sich zu den Garderoben. »Wir sehen uns gleich.«

Er geht an Abella vorbei, die mich ansieht, aber keine Anstalten macht, auf mich zuzukommen.

»Komm her«, forme ich mit den Lippen, doch sie folgt Rome.

Entsetzt starre ich den beiden nach. Ihr Ernst?

Die euphorische Blase, die mich bis eben umhüllt hat, zerplatzt mit einem lauten Knall.

»Selbst Schuld. Sei froh, dass man mir verboten hat, mich einzumischen.« Bei Malias Stimme drehe ich mich wieder um. Malias und Haydens Gesichtsausdrücke spiegeln eindeutig eine gewisse Abneigung wider.

»Könntet ihr Ziam nicht angucken, als würdet ihr ihn fressen wollen? Wir sind eine glückliche Familie. Also kühlt ihr ab, das geht uns erst etwas an, wenn man uns um Hilfe fragt.« Cain zieht Hayden an sich, drückt ihr einen Kuss auf die Schläfe und schiebt sie nun ebenfalls in dieselbe Richtung, in die Rome verschwunden ist.

»Mach das wieder gut, Ziam«, flüstert Hayden noch, ehe sie außer Reichweite ist.

»Ich würde dir für die Aktion gerne eine runterhauen.« Malia tritt direkt vor mich, während Emilio an einem der Technikpulte lehnt und uns beobachtet.

Wütend balle ich die Hand zur Faust, in der ich die Wasserflasche halte, die nun gefährlich knackt. Etwas in Malias Mimik und ihre Art, wie sie mich herausfordert, lässt meine Wut noch weiter steigen.

Na los, wir müssen uns nicht mehr zurückhalten. Sprich die Dunkelheit aus, Ziam.

»Versuch es, Kleines.« Knurrend trete ich vor, bis Malia und ich uns gefühlt den gleichen Atem teilen.

»Da ist sie ja endlich, Ziam. Das wolltest du mir damals noch nicht zeigen, nicht wahr?« Malia leckt sich über die Lippen und beobachtet mich aufmerksam.

»Richtig. Und ich zeige es dir auch jetzt nicht. Es gehört Abella. Alles.« Teuflisch grinsend wickele ich mir eine ihrer Haarsträhnen um den Finger, was nun sie schnauben lässt. *Erwischt, kleine Fiocco.*

»Dünnes Eis, Ziam. Wieso übergehst du sie dann bei so einer Entscheidung?«

»Das geht uns nichts an, Malia«, kommt es von Emilio, der uns immer noch im Blick behält. Ich kann es förmlich auf meiner Haut brennen spüren. Das ist wieder irgendeine Intervention der beiden, nur verstehe ich gerade noch nicht, was das soll.

»Es geht um ihre Sicherheit«, spucke ich ihr entgegen.

»Richtig. Ihre. Nicht fordern, sondern reden.« Ein Lachen entkommt mir.

»Stimmt, ist ja auch so eure Strategie gewesen.« Nun höre ich Emilio ebenfalls lachen.

»Touche. Der Punkt geht an Ziam.« Emilio kommt auf uns zu und zieht Malia ein Stück von mir zurück.

»Es ist ehrenwert, dass du Abella beschützen willst. Aber nicht vor mir. Ich passe auf sie auf. Das ist jetzt mein verflixter Lebenswille.«

»Ich weiß, warum du das sagst und was du meinst. Aber du darfst sie nicht verlieren. Durch dich ist sie endlich wieder die Alte.« Malia schluckt schwer und lehnt sich an Emilio, während sie mich nicht aus den Augen lässt.

Verlieren. Das Wort hallt immer wieder in mir nach. Kann ich sie verlieren, weil ich mir Sorgen mache?

»Na los. Schluss mit irgendwelchen Therapie-Spielchen.« Emilio legt mir eine Hand auf die Schulter und gemeinsam verlassen wir den Backstagebereich, um uns umzuziehen und von hier zu verschwinden.

Tief durchatmend schließe ich die Haustür hinter mir, während Abella bereits den Wohnbereich ansteuert und Kiyan neben mir an der Wand lehnt.

»Ich sichere das Haus. Wohin soll ich gehen, damit du

Druck ablassen kannst?« Die Nüchternheit seiner Worte macht mich nur noch rasender.

»Nicht alle regeln alles mit Sex, Rush.« Angespannt schließe ich die Tür ab, wobei ich das Sicherheitssystem höre, das Kiyan gerade einschaltet.

»Selbst wenn. Mit Reden kommt ihr beide gerade nicht weit. Ihr habt nur aneinander vorbeigeredet im Auto. Na ja, oder eher geschrien.« Ein Lächeln zupft an seinem Mundwinkel.

»Unprofessionell«, motze ich ihm entgegen und schmeiße meine Tasche auf den Boden.

»Lass es ruhig an mir aus, Moreno. Oder regle es, egal auf welchem Weg und wenn es nun einmal körperlich ist. Hauptsache ihr hört euch zu.«

»Seit wann bist du ein Beziehungsexperte?« Ich verschränke die Arme vor der Brust.

»Ich weiß nur, wie du tickst. Mehr nicht.« Er schlägt mir kurz auf die Schulter und will gerade die Wendeltreppe nach unten gehen, als Abella zum Touchpad tritt und auf die Terrasse nach draußen geht.

Überrascht blinzle ich. Ist sie verrückt? Es regnet in Strömen.

»Abella«, rufe ich, aber sie ignoriert mich.

»Viel Spaß.« Kiyan lacht und geht nach unten in den Keller.

Erneut entfacht eine Mischung aus Wut, Überforderung und Unverständnis in mir. Mit festen Schritten trete ich durch den Wohnbereich hinaus auf die Terrasse.

»Was zum verfickten Mist soll das Abella? Wieso benimmst du dich so? Können wir bitte in Ruhe darüber reden?« Beschwichtigend hebe ich die Hände, während

Abella an der Glasscheibe lehnt und sich wenigstens vom meisten Regen fernhält. Trotzdem sind ihre Haare bereits nass, die sie heute offen trägt.

»Würdest du von deiner Meinung abweichen?«, fragt sie nach kurzer Zeit Stille, ohne auf meine Worte einzugehen.

»Nein.« Und das ist die Wahrheit. Ich bin mir tausend prozentig sicher, dass mit diesem Ilas irgendetwas nicht stimmt. Ich spüre es einfach.

Wusste gar nicht, dass wir neuerdings auch ein Detektor für Lügen sind. Dann hätten wir ja jahrelang auf uns selbst reagieren müssen.

Wütend knurre ich, bei dem Einwurf meiner inneren Stimme.

»Dann will ich gerade nicht weiterreden. Geh bitte.« Abella sieht zum Himmel, wodurch nun kleine Wassertropfen auf ihrem Gesicht landen.

»Nein. Du wirst krank.« Langsam trete ich vor, stoppe aber abrupt, als Abella plötzlich auf mich zustürmt und mich nach hinten in den Regen schubst. Die Tropfen prasseln auf uns nieder und eine Kälte erfasst mich.

»Ich bin doch kein verdammtes Kind, Ziam.« Tränen glitzern in ihren Augen, was mich noch mehr überfordert. Was passiert denn hier?

»Das habe ich doch gar nicht gesagt.«

»Nicht? Warum entscheidest du dann für mich? Warum darf ich nicht hier draußen sein?« Ihre Stimme wird immer lauter. »Ich kann selbst entscheiden. Wenn ich Fehler mache, muss ich da auch selbst durch. Du kannst mich nicht schützen, indem du mich hinter irgendwelche Schutzmauern packst. Daraus habe ich mich doch gerade erst befreit.« Es sollte mich nicht wundern, dass sie durchschaut hat, wieso ich das tue. Außerdem flutet mich zu den negativen Gefühlen, die dieser Streit mit sich bringt, nun auch Stolz. Sie steht für sich ein und es ist der beste Weg, wenn sie es erst einmal bei mir tut.

»Ich will dich nicht einsperren, sondern auf dich aufpassen. Vertrau doch einfach meinem Gefühl.«

»Warum vertraust du mir denn nicht?«, brüllt sie und ballt aufgebracht die Hände. Von ihr geht eine enorme Wut aus, die ich bisher so nicht erlebt habe. Ich habe gar keinen Schimmer, was ich hier überhaupt mache. Verfickte Scheiße, ich hatte so lange keine Partnerin. Noch dazu ist sie die Erste, der ich mich wirklich geöffnet habe.

»Ich vertraue dir doch«, schreie ich nun zurück, was Abella zusammenzucken lässt. Sofort erfasst mich ein weiteres Gefühl und ich raufe mir überfordert die Haare.

Nein. Nein. Nein. Nicht jetzt. Ich hasse diese Sehnsucht nach der Angst, die mich dann in eine emotionale Welt abdriften lässt, die hier absolut nichts zu suchen hat.

»Können wir uns bitte beruhigen, Mi Belleza. Das hier ... du weißt ... ich ... Es ist nicht gut für meine Trigger.« Abella reißt die Hände in die Luft und schnieft.

»Deine Trigger?« Ihre Augen funkeln wie kleine Diamanten, die im Schnee liegen und von der Sonne beschienen werden. »Die sind mir doch gerade total egal, Ziam. Ich komme damit nicht klar. Niemals hat sich sonst jemand so um mich gesorgt, aber du kannst nicht über mich bestimmen. Versteh das.«

»Aber ich kann dich verdammt noch mal beschützen«, grolle ich und packe sie an den Armen.

»Ich will aber nicht beschützt werden.« Abellas

Stimme wird noch lauter, während der Donner hinter uns grollt und ihre Worte verschluckt.

»Lass uns reingehen. Es ist gefährlich -«

»Nicht das schon wieder. Es ist mir verdammt egal. Gerade ist mir alles egal. Ich bin überfordert mit allem. Ich verstehe mich nicht, dich nicht und ich weiß nicht, wie das funktionieren soll.«

Ehe ich reagieren kann, reißt sie sich aus meinem Griff los und stürmt die kleine Treppe von der Terrasse in den Wald.

Wie es funktionieren soll. Hast du das gehört? Fang sie. Sie will uns verlassen. Mach schon.

Verlassen, was? Nein, niemals, oder?

Dieses Mal weiß ich genau, was mich packt, die Angst, mit einer puren Gewalt, die mich unter sich begräbt. Sie darf mich nicht verlassen, niemals.

»Abella«, grolle ich entsetzt und sprinte ihr sofort hinterher. »Bleib stehen.«

»Lass mich, bitte. Ich muss nachdenken.« Ihre Stimme ist leise, wird durch den Regen gedämpft, der um uns herum auf die Blätter plätschert.

Ihr verfickter Ernst?

Die Angst treibt mich weiter voran. Ich schiebe Äste beiseite, ignoriere, dass der Schlamm mir auf die Jeans spritzt und einige Dornen sich in meinen Arm bohren.

»Du wirst dir wehtun. Hast du nichts vom ersten Mal gelernt? Verfickt noch mal, Abella.« Wütend schlage ich gegen einen der Baumstämme, während die Dämmerung langsam einsetzt.

Schwer atmend bleibe ich stehen und kann nicht glauben, was sie hier gerade macht.

»Fuck«, brüllend schmettere ich meine Faust erneut gegen einen Stamm. Der Schmerz breitet sich aus und löscht alle wirren Gedanken für eine Sekunde aus.

Das ist es. Rasch ziehe ich das Handy aus der Hosentasche und aktiviere die Sicherheitsapp. Sofort öffnen sich vier Fenster, auf dem Letzten erkenne ich Abella. Die zusammengesunken an einem Baum hockt und ihren Kopf auf die Knie gelegt hat.

»Abella«, rufe ich, so laut ich kann und sehe, wie sie auf dem Bild zusammenzuckt, aber keine Anstalten macht aufzustehen.

Jetzt reicht es. Angepisst schalte ich die Taschenlampe meines Handys an und mache mich auf den Weg zu ihr. Ich verstehe, dass sie überfordert ist und ich mit meiner Art sicherlich nicht unbedingt richtig agiere. Aber sie kann nicht einfach in einen Wald laufen, in dem sie sich schon mal verletzt hat und schon gar nicht, kann sie mich mit diesen Worten stehen lassen. Denn damit hat sie das Monster in mir geweckt.

Während der logische Teil in mir versucht, den besudelten Teil davon zu überzeugen, dass nicht der richtige Zeitpunkt ist, um meiner Gelüste nachzugehen, stapfe ich durch den Wald direkt auf meine Freundin zu. Ihre blonden Haare sind nass und verdecken ihr Gesicht. Ihr Anblick lässt mich meine Schritte noch beschleunigen.

Heute Abend war ein Fehler, Mi Belleza. Ich kann doch nicht ohne dich sein. Verstehst du das? Schmilz mit mir gemeinsam oder niemals wieder, kleine Eisblüte.

KAPITEL 24
Abella

Weinend drücke ich mich an den Baumstamm in meinem Rücken und versuche, die Gedanken zu sortieren. Allerdings wirbeln sie wie Schneeflocken in einem Blizzard durch meinen Kopf und ich kann keinen klaren Entschluss fassen.

Dieser Streit mit Ziam ist sowas von unnötig. Besonders von mir selbst, denn ich weiß, dass er recht hat. Allerdings sind logisches Denken und Gefühle nicht immer im Reinen miteinander. Aber er hat mich mit seiner Art in ein Chaos gestürzt, das ich bisher niemals empfunden habe. Dass es auf einmal einen Menschen gibt, der mich so sehr beschützen will, ist das genaue Gegenteil von dem, was ich bisher erlebt habe. Allerdings ist es kontraproduktiv, dass er ein Sturkopf ist, wenn ich versuche, für mich selbst einzustehen und ihm klarzumachen, dass ich auch allein Entscheidungen treffen muss. Wenn er mir etwas Zeit geben würde, dann könnte ich allein entscheiden, ob ich Ilas reden oder ihn prüfen lassen will.

Aber so ... ich bin nun mal keine schöne Vase, die man einfach besitzt.

Ich wusste, dass es schwierig für uns wird, wenn solche Momente aufkommen. Und niemals habe ich damit gerechnet, dass ich wie ein Teenie davonlaufe. Aber alles an Ziam hat mich so verwirrt. Obwohl ich wütend war, ihm am liebsten für seine Sturheit eine gescheuert hätte, bin ich erleichtert, weil er so energisch für mich sorgt. Dazu kam dann noch die Sehnsucht nach seinen Berührungen, die dafür sorgen, dass es ruhig in mir wird.

Ich wollte mich wortwörtlich abkühlen, als ich in den Regen gerannt bin. Früher als Kind war es mein Weg, um meine Gedanken abzustellen. Nur habe ich da den Plan ohne Ziam gemacht, der mir hinterhergerannt ist. Ich hatte die Hoffnung, dass er erst einmal duschen geht, so wie er es immer nach Shows oder Auftritten macht, aber nein, er ist mir gefolgt.

Wieder so eine Sache, die einen Zwiespalt in mir erzeugt hat. Ich habe mich gefreut und war zugleich wütend. Laut atme ich aus und wische mir mit dem Handrücken, die Tränen von der Wange. Was total irrelevant ist, weil es weiterhin wie aus Eimern regnet. Mein T-Shirt und der Rock haben sich bereits vollgesaugt und selbst die Stiefeletten wärmen nicht mehr.

»Abella.« Ziams Stimme schallt durch den Wald und lässt mich zusammenzucken. Denn sie ist rau und so vibrierend, wie das letzte Mal, als er im Kino die Kontrolle verloren hat.

Kein Wunder, Fräulein. Renn nächstes Mal vielleicht rein und nicht an den Ort, wo er so gerne seine Dunkelheit auslebt.

Bei meiner inneren Stimme halte ich die Luft an.

Darüber habe ich gar nicht nachgedacht.

O Scheiße. Erneut wirbeln alle Gedanken durcheinander, weil ich nun gar keine Ahnung mehr habe, wie wir beide gleich aufeinandertreffen.

Der Impuls, wegzulaufen, packt mich wieder, aber ich verdränge ihn, schließe die Augen und fokussiere mich auf meine Atmung. Die ruhige Atmung ermöglicht es mir, meine Gedanken zu sortieren und ich entspanne mich. Bis der Druck auf der Brust langsam nachlässt.

So, jetzt reiß dich zusammen, Abella. Du bist kein kleines Kind, das hast du gefordert, dann benimm dich auch nicht so.

Nachdem ich mir selbst Mut zugesprochen habe, öffne ich die Augen wieder und erhebe mich vorsichtig. Genau in der Sekunde tritt Ziam hinter einem der Bäume hervor und kommt mit schnellen Schritten auf mich zu.

»Ziam, ich -«, setze ich an, aber komme nicht weiter, weil er mich mit einem Stoß gegen den Baumstamm in meinem Rücken schubst und seinen Körper gegen meinen drückt.

»Sag kein Wort.« In der nächsten Sekunde liegen seine Lippen auf meinen und seine Hand zwingt mich mit einem groben Griff dazu, den Mund zu öffnen. Seine Zunge schlüpft hinein, umspielt meine forsch und gierig, bis mir schwindelig von dem Kuss wird.

Gedankenverloren reiße ich die Arme nach oben und vergrabe sie in Ziams Haaren, was er mit einem Knurren sofort unterbindet und sie über mir an den Baumstamm pinnt.

»Deine Konsequenz, leb damit«, knurrend tritt er

gegen meinen Fuß und zwingt mich damit, meine Beine zu spreizen. Angst erfasst mich und ich schnappe überfordert nach Luft. Was hat er vor?

Verunsichert suche ich seinen Blick, schlucke schwer und beiße mir unsicher auf die Lippe, weil ich anders als sonst nichts darin lesen kann.

»Du wolltest auf meine Trigger scheißen. Dann trag meine Male mit Stolz, Abella.« Zu seinen Worten grollt der Donner über uns und sie versetzen mir einen elektrischen Schlag. Wimmernd kämpfe ich in seinem Griff, aber gewinne keinerlei Spielraum. Er hat doch nicht verloren, gegen seine Dunkelheit? Das hatten wir doch schon.

Ernsthaft? Jetzt hast du Angst? Wo ist die starke Frau, die sich ihm stellen wollte?

Gute Frage.

»Bitte«, wispere ich und winde mich. Aber Ziam packt mit der freien Hand nur meinen Hals und drückt zu. »Nein. Nein. Nein. Ich ... Nein.« Ich schreie, zapple und versinke im Blizzard meiner Gedanken.

Lass mich los, tue mir nicht weh. Ich tue alles, was du willst. Aber zwing mich nicht, lass es mich selbst tun. Aber tue mir nicht weh. Wirre Worte verlassen meinen Mund, mein Brustkorb fühlt sich an, als würde er unter der Last gleich zerbersten.

Mein Sichtfeld verschwimmt, bis mich plötzlich ein Klaps an der Wange trifft.

»Öffne verdammt noch mal die Augen, Mi Belleza.« Der Befehl schlägt wie ein Peitschenhieb durch meinen Geist und ich reiße die Lider auf. »Hey, sieh mich an.« Schwer atmend starre ich in Ziams Iriden. »So ists gut. Atme tief ein und aus.« Als wäre er die Flöte einer Schlangenbeschwörung und ich das Tier, folge ich seiner Aufforderung. Einige Male tun wir es gemeinsam, bis sich mein Puls beruhigt.

»Tut mir leid«, flüstert er und beugt sich so weit vor, dass seine Lippen meine streifen. Sofort schießt eine Hitze durch meinen Körper und scheint mich zurückzuholen. Nach und nach werde ich mir wieder den Geräuschen, um uns herum bewusst, spüre den Regen auf meiner Haut und Ziams Hände, die mich halten. Nur liegen sie nicht mehr an meinen Armen und Hals, sondern streichen sanft über meine Wangen.

»Wieso entschuldigst du dich?«, frage ich unsicher.

»Ich habe dich getriggert, bis du nur noch um dich geschrien hast. Das war meine Schuld. Ich wusste, das würde irgendwann passieren.« Seine Worte kommen nur langsam bei mir an, da ist er schon von mir zurückgetreten. »Komm. Ich bringe dich zurück. Wir können morgen in Ruhe reden. Es war falsch, dass ich nicht in Ruhe auf dich eingegangen bin.«

Ein Schatten liegt auf seinem Gesicht, aber ich kann die Abneigung, die er gegen sich empfindet, spüren. Deswegen überlege ich auch nicht lange, sondern packe ihn am nassen T-Shirt und ziehe ihn ruckartig zu mir.

Er stolpert, fällt gegen mich und drückt uns gemeinsam gegen den Baumstamm.

»Was soll das, Abella?«, fragt er leise.

»Hattest du die Kontrolle, Baby?« Er erschaudert bei dem Kosenamen.

»Ja, weil du die Frau bist, die ich für immer lieben will. Ich will dich nicht zerbrechen, sondern mich formen, um dein Gegenstück zu sein. Aber ich kann die Sehnsucht nach dieser Dunkelheit nicht ignorieren.« Sanft lasse ich meine Hände in seine Haare gleiten, vergrabe die Nase an seinem Hals und kann trotz des Regens seinen Geruch wahrnehmen.

Sofort erdet es mich und lässt alle Gedanken verstummen.

»Lass uns morgen reden.« Sofort nickt Ziam, was ich an seinem Hals spüren kann. »Aber jetzt lass uns mit deiner Dunkelheit spielen.«

»Was?«, entsetzt lässt Ziam von mir ab und stützt sich mit beiden Händen am Baumstamm ab. »Du hattest einen Flashback.« Da hat er wohl recht, das kann ich nicht verneinen und ich würde gerne behaupten, dass es nicht seine Schuld war. Doch war es und daran müssen wir arbeiten. Aber jetzt brauchen wir beide einen freien Kopf und den bekommen wir, wenn wir auf unsere Art dafür sorgen. Das hat Ziam mir beigebracht und auch wenn es nicht so wirkt, habe ich eine gute Lernkurve.

»Ja, aber es muss ruhig werden hier drin.« Sanft stupse ich mir gegen die Schläfe, was ihn schmunzeln lässt. »Bei dir auch, oder?«

Ziam nickt, was mir als Zustimmung reicht.

Grob packe ich seine Hand und lege sie um meinen Hals. »Zeig mir, was du mit mir tun wolltest.«

Knurrend festigt er seinen Griff, presst sich fester gegen mich und küsst mich. Seine Lippen zwingen mir einen Rhythmus auf, der nach wenigen Sekunden in einer leidenschaftlichen Knutscherei endet. Dabei löst er seine Hand, die daraufhin über meinen Körper auf Wanderschaft geht. Er knetet meine Brüste durch den Stoff, packt meinen Arsch und gleitet unter mein T-Shirt, das an meiner Haut klebt. Nur kurz unterbricht er den Kuss, damit er es mir ausziehen kann.

Über uns grollt der Donner und Ziams Handy neben uns taucht den Wald durch die Taschenlampe in ein schauriges Licht.

»Ziam.« Schwer ringe ich nach Atem, als er von mir ablässt, um kurz darauf zwischen meine Beine zu greifen und die Strumpfhose zu zerreißen und meinen Slip zur Seite zu schieben. Ich stöhne, als die kühle Luft meine Mitte streift und sein Finger über meine Klit reibt.

»Du bist so warm und feucht.« Ungeduldig fasse ich an Ziams Hose, öffne den Knopf und hole seinen Schwanz hervor. »Ich liebe es, dass du so verdorben wie ich bist.«

Schmunzelnd lecke ich mir über die Lippen und bewege meine Finger sanft, um ihn zu provozieren, was einwandfrei funktioniert.

Er packt meinen Arsch, hebt mich hoch und dringt in mich ein. Kurz und unnachgiebig versenkt er sich in mir. Sofort steigt die Leidenschaft zwischen uns noch weiter.

Mit einem tiefen Stoß dringt er erneut in mich ein. Die Rinde des Baumes in meinen Rücken kratzt über meine Haut, aber der Schmerz steigert die Lust nur noch mehr. Ich hebe den Kopf, sehe durch die Baumkrone und wieder zum Lichtkegel der Taschenlampe, die uns mit einem schwachen Schein umhüllt. Ansonsten herrscht um uns Dunkelheit.

Keuchend lasse ich mich von der Intensität überrollen, mit der Ziam sich meiner bemächtigt und schließe die Augen. Die Meinungsverschiedenheit, die vorhin noch bestand, wird mit jeder weiteren Sekunde aus meinem

Organismus gefegt. Eher gefickt, und zwar grob, mit einer Ekstase, die ich nie für möglich gehalten habe.

Die Regentropfen prasseln auf mein Gesicht, vorsichtig lege ich den Kopf in den Nacken und öffne die Lider, um in den Himmel zu sehen, der in diesem Moment durch einen hellen gleißenden Blitz durchzogen wird.

Ein Stöhnen entkommt mir, als Ziam fester meinen Hintern packt.

»Willst du mehr?«, knurrt er und beißt in meinen Hals.

Keuchend kralle ich die Finger, die ich eben unter sein T-Shirt geschoben habe, in seine Haut und zerkratze sie. Hoffentlich ist das Antwort genug, denn ich bin gerade nicht in der Verfassung, noch Worte zu formulieren. Sein Schwanz trifft immer wieder die empfindliche Stelle in mir und treibt mich dem Orgasmus rasend entgegen. Immer tiefer zieht er mich in seinen Bann. Die Faszination für ihn, der ich versucht habe, solange zu widerstehen, verschlingt mich nun mit Haut und Haaren.

Ich sehe in sein Gesicht und beiße mir so fest auf die Unterlippe, bis ich den metallischen Geschmack von Blut schmecke.

Ehrfürchtig sehe ich seine wunderschönen Augen, die mich wie magisch dazu verleiten, mit ihm der Zivilisation zu entfliehen.

Immer härter nimmt er mich, gibt sich uns komplett hin und stöhnt nun ebenfalls. Ich bin so kurz davor, dass ich immer lauter keuche. Woraufhin er den Rhythmus noch weiter beschleunigt.

»Du fühlst dich so gut an.« Fester packt er meine

Hüfte, krallt seine Finger in mein Fleisch und hinterlässt Abdrücke, die ich mit Stolz tragen werde.

Erneut habe ich keine andere Wahl, als jeden Laut in die stille Nacht zu schreien, inklusive seines Namens.

Ich vergrabe die Finger in dem nassen T-Shirt, das wie eine zweite Haut an seinem Körper klebt. Jeder Muskel seines Sixpacks zeichnet sich unter seinen Bewegungen ab.

Meine Beine zittern und je weiter er sich in mich treibt, desto wahrhaftiger fühle ich mich. Fasziniert verfolge ich die Spur der Regentropfen, die über Ziams Gesicht laufen. Sie verfangen sich in seinen Wimpern, perlen über seine leicht geöffneten Lippen und fließen über sein Kinn, um daran herabzutropfen. Seine Sehnen treten an den Armen und am Hals hervor.

Plötzlich stoppt er seine Bewegung und bleibt mit seinem Schwanz bis zum Anschlag in mir.

»Versprich mir, dass das nicht einer dieser vielen Momente ist, die am Ende verblassen. V-versprich mir, dass wir nicht so sein werden«, flüstert er. Die Intensität, mit der er mich ansieht, verschlägt mir die Sprache.

KAPITEL 25

Immer noch bis zum Anschlag in ihr, pinne ich sie an den Baum und versinke in ihren hellblauen Iriden. Ihr Mund ist leicht geöffnet und über ihr Gesicht laufen die Regentropfen, die auf uns niederprasseln.

Ihre Schönheit ist betörend und lässt mich vor Ehrfurcht zu Eis erstarren. Ihre Kälte war einst ein Schutzpanzer, eine Eisschicht gebildet aus ihren Zweifeln, Ängsten und Vergangenheit. Sie war wie eine Eiskönigin, die mit ihrer Unnahbarkeit erkaltet wirkte, dabei war sie nur eine Blüte, die durch kleine, glänzende Eiskristalle verhüllt war. Bis ihr reines, bezauberndes und wunderschönes Licht erstrahlte. Doch ich konnte von Anfang an alles sehen. Auch die verruchte, mit Dornen versehene Seite ihrer Blüte, die tief unter der dicken Schicht nach Befreiung schrie. Diese bildschöne Blume wurde einst versiegelt, aber ich habe sie befreit. Und nun gehört sie für immer mir.

»Wir sind anders als alles Bisherige, versprochen.«

Ihre Stimme ist nur ein Hauch, der durch das Gewitter fast verschluckt wird, aber meine Seele mit einer Wärme umhüllt.

Ihr Körper erzittert, ob es von der Kälte des Regens, ihrer prophezeienden Worte oder dem abgebrochenen Orgasmus ist, weiß ich nicht, aber es ist mir auch egal, weil sie sich so nur noch weiter an mich drückt. Als wäre ich ihr Halt und genau das will ich ab heute auch sein. Für sie werde ich mich verändern und auch Kompromisse eingehen.

»Ich liebe dich«, wispere ich direkt an ihren Lippen, ehe ich sie küsse und erneut beginne mich zu bewegen. Erst langsam und dann immer schneller stoße ich in ihre enge Mitte. Abellas Stöhnen mischt sich mit meinem, den Lauten des Waldes und formt sich so zu einer Harmonie, die für immer in meinem Gedächtnis bleiben wird.

Mir ist heiß, obwohl der Regen meine Haut kühlt, aber mein Orgasmus ist so nahe, dass ich augenblicklich kommen könnte.

Verzweifelt lecke ich über Abellas Hals, versuche, es noch länger hinauszuzögern, und gleite weiter in sie.

»Gott, Baby, bitte«, stöhnt sie und kratzt mit ihren Fingernägeln über meine Schultern.

»Bitte, was?«, necke ich sie und vergrabe die Zähne in ihrem Fleisch.

»Lass mich kommen, Ziam.« Ihre fordernde Stimme lässt mich schmunzeln, ehe ich mich ein Stück aufrichte und meine Finger zwischen uns platziere und grob über ihre Klit reibe.

»Komm für mich, Mi Belleza. Komm mit mir.« Stöhnend stoße ich immer weiter in sie, gleite über die empfindliche Stelle, bis ich nicht mehr kann.

»Fuck.« Knurrend ergieße ich mich in Abella, während sich ihre Mitte um mich zusammenzieht. Ihre Beine zittern und verlieren den Kontakt zu meinen Hüften. Sie bricht wortwörtlich in meinen Armen zusammen.

»Ich liebe dich.« Ihre zarte Stimme dringt an mein Ohr, als ich sie an den Baum hinter uns lehne und ihre Füße langsam auf den Boden stelle.

»Musik in meinen Ohren.« Ich drücke ihr einen Kuss auf die Stirn, bücke mich zu der Boxershorts und Jeans und ziehe sie hoch. Auch wenn ich nichts gegen meine eigenen Körperflüssigkeiten habe, brauche ich gleich dringend eine Dusche. Und Abella auch. Es ist immerhin nicht besonders warm hier.

Sanft streiche ich Abellas Rock zurecht, blicke auf und erkenne ein breites Grinsen auf ihrem Gesicht.

»Wir sind noch in der, wir sind eigentlich glücklich Blase, oder?« Ich nicke.

»Das war richtig heiß. Würdest du mich nächstes Mal wirklich jagen?« Ihre Augen glitzern und ihre Vorfreude springt mir förmlich aus jeder Zelle entgegen und geht auf mich über.

»Ich jage dich, solange und so oft du willst. Und wenn es unser neues Streitbewältigungsprogramm wird.« Schmunzelnd sehe ich sie zustimmend mehrmals nicken.

»Gut. Aber jetzt bin ich noch sauer. Lass uns zurückgehen, ehe Kiyan einen Aufstand veranstaltet.« Auch wenn sie noch wackelig auf den Beinen ist, läuft sie erhobenem Hauptes los, bis zu dem Augenblick, in dem ich mein Handy anhebe und sie in Dunkelheit getaucht wird.

Tja, kleine Eisblüte, Pech gehabt.

»Ziam.« Kurz darauf höre ich sie meinen Namen meckern. »Ich schlafe im Gästezimmer.«

»Wehe«, knurre ich. Diese Frau macht mich fertig.

»Gut, dann schwing deinen Arsch her.« Sag mal.

»Pass auf, was du sagst.« Mit den Worten bin ich bei ihr und schlinge die Arme um sie. Jedoch versteift sie sich sofort. »Du ziehst das mit dem Sauer sein echt durch, nicht wahr?«

Mit einem amüsierten Grinsen lasse ich von ihr ab und deute mit der Hand in Richtung meines Hauses, um ihr den Weg zu leuchten. Ja, ich kann auch ein Gentleman sein und ich verstehe, wieso sie versucht, jetzt klar aufzuzeigen, dass ich eine Grenze übertreten habe. Das Signal ist angekommen. Definitiv.

KAPITEL 26

Abella

Angespannt nestele ich an dem Notizbuch, das ich mir gegen die Brust drücke und begrüße dabei mit einem freundlichen Nicken die anderen Mitarbeiter, die an mir vorbeilaufen. Wie ich es Ilas versprochen habe, treffe ich mich mit ihm auf der Arbeit.

Erst einmal muss ich dringend wissen, welches Problem bei der Homestory aufgetreten ist, denn ich konnte heute Morgen nichts herausfinden. Das muss nichts heißen, nicht ohne Grund ist Ilas meiner Meinung der beste Assistent. Wir funktionieren wie eine geölte Maschine. Wahrscheinlich ist ihm wieder eine Unstimmigkeit aufgefallen, wofür ich kein Auge habe oder was mir tatsächlich aufgrund des Stresses der letzten Wochen durchgerutscht ist.

Noch dazu muss ich dringend wissen, dass Ilas sich auch wirklich nach dem Verlust seiner Schwester um sich kümmert. Denn meistens ist er deutlich besser darin, sich um andere zu kümmern als um sich selbst. Während er mich teilweise noch aus dem Feierabend kontaktiert, damit ich nicht zu lange arbeite – was oft vorkommt, überzieht er selbst immer, ohne dass ich ihn aufhalten kann. Deswegen ist es für mich ein Muss, dass ich versuche, etwas für ihn zu tun.

Wie gesagt, ich bin keine perfekte Führungskraft, das wollte ich auch niemals sein, aber jetzt gerade muss ich die Fähigkeiten wohl dringend ausgraben und dazu meinen guten Geist der Freundschaft mit in die Waagschale werfen. Aber machen wir eins nach dem anderen.

Tief atme ich durch und komme vor dem Besprechungsraum an, den Ilas uns für unser heutiges Meeting reserviert hat. Es ist einer von denen, die mit einem komfortablen Stil eingerichtet sind. Sitzbälle, Sitzblöcke, Sessel, Stehtische und spezielle Raumgestaltung, die ein entspanntes Ambiente zaubert.

»Du kannst hier vor der Tür warten.« Mit einem freundlichen Lächeln deute ich Levi Decker – meinem Bodyguard – an, zur Wand im unteren Teil des Gebäudes von *CDC – Celebrity Dance Concepts* zu gehen.

»Nein, ich komme mit hinein.« Levi versperrt mir den Weg, was mich abrupt stocken lässt, weil ich sonst gegen seine Brust geprallt wäre.

Gut, damit habe ich gerechnet und mir zum Glück im Kopf schon einen Text zurechtgelegt.

»Ich verstehe dich. Das ist dein Job und auch wenn es mir auf einer Seite Sicherheit gibt, muss auch ich meinen Job machen. Und der beinhaltet Vertraulichkeit. Da ist es mir egal, wie gut und vertrauenswürdig ihr seid, das geht nicht und deshalb wirst du hier warten. Da drin kann mir nichts passieren, außer mir sticht einer mit einem Board-marker das Auge aus.«

Levis Mundwinkel zuckt kurz, ehe er sich mit einem ergebenen Schnaufen gegen die Wand lehnt.

Als ich die Tür öffne, verschafft er sich kurz einen Überblick des Raumes und ich erblicke sofort Ilas, der allerdings nicht einmal zuckt, obwohl wir sicherlich nicht leise sind.

Rasch schiebe ich Levi aus dem Raum und höre ihn noch murmeln: »Lass mich das nicht bereuen.«

Eine leise Musik dringt an mein Ohr, sobald ich die Tür schließe. An der Wand ist bereits ein Bild projiziert und Ilas hockt immer noch, ohne sich zu rühren, auf einem der Sitzblöcke direkt in der Mitte des Raumes. Seine Arme hat er auf den Oberschenkeln abgestützt, sein Kopf hängt zwischen den Schultern und von hier kann ich nur seinen Rücken sehen, der verdächtig verkrampft ist und leicht zittert. Weint er?

Sofort lege ich das Notizbuch auf den hohen Tisch, neben dem ich stehe und trete so langsam, wie es mir trotz der Sorge möglich ist, auf ihn zu.

»Ilas?«, hauche ich, sobald ich neben ihm stehe und gehe in die Hocke.

»Es tut mir a-alles so l-leid.« Wimmernd vergräbt er das Gesicht in den Händen.

»Dir muss gar nichts leidtun. Beruhig dich erst einmal.« Mit sanfter Stimme versuche ich ihn nicht noch mehr aufzuwühlen, was eindeutig scheitert, als er ruckartig den Kopf hochreißt und mich aus roten, verquollen Augen anstarrt.

»Du weißt nichts.« Ein Muskel an seinem Kiefer zuckt, so fest beißt er die Zähne aufeinander.

»Dann erkläre es mir.« Ich ziehe mir einen der Sitzbälle heran, die sich neben ihm befinden und erblicke dabei einen kleinen Tisch, auf dem zwei Kaffeebecher stehen.

Ein kurzes Schmunzeln schleicht sich auf mein Gesicht. Selbst wenn es ihm so schlecht geht, denkt er an unser Ritual immer morgens erst einmal gemeinsam einen Kaffee zu trinken.

Sobald ich auf dem Ball sitze, greife ich nach dem Becher, auf dem mein Name steht, und will ihn an die Lippen setzen, als Ilas plötzlich nach meinem Handgelenk greift.

»Versprich mir, dass du mir hilfst?« Fragend sehe ich ihn an.

»Natürlich. Dafür bin ich hier. Willst du mir erzählen, was passiert ist, wieso es dir so schlecht geht? Falls nicht, ist das auch okay. Dann regeln wir nur das Geschäftliche. Denn ich will, dass du dich erholst, ausruhst, und Kraft tankst. So lange muss ich aber eine Vertretung für dich haben. Ich sage eindeutig Vertretung, denn niemand kann dich ersetzen. Darum soll es auch nicht gehen.«

Nach meinen Worten, auf die ich wirklich stolz bin, weil ich sie mir sehr lange zurechtgelegt habe, damit er weiß, dass ich ihm nichts Böses will, nehme ich einen großen Schluck des grandiosen Latte macchiato.

Ilas starrt mich aus großen Augen und leicht geöffneten Lippen an. Ich kann immer noch Tränen schimmern sehen.

»Es liegt ganz bei dir. Es ist alles deine Entscheidung.

Ich bin da.« Sanft lächle ich und versuche, ihm so die Angst zu nehmen, dass er nun auch noch seinen Job verliert. Das wird er nicht, solange ich seine Chefin bin.

Erneut nippe ich an meinem Kaffee und beobachte Ilas, der weiterhin zu Eis erstarrt dasitzt und mich nur anstarrt.

»Es tut mir leid. So leid.« Eine Träne läuft über seine Wange, seine Hände ballen sich zu Fäusten und in der nächsten Sekunde rauft er sich die Haare und springt auf. »Was mache ich denn hier? Bin ich verrückt?«

Ruckartig dreht er sich zu mir um, schlägt mir den Kaffeebecher aus der Hand. Das heiße Getränke spritzt hoch, verteilt sich auf dem Boden und ich sitze wie erstarrt da.

»Du musst gehen, sofort. Verschwinde schnell.« Verwirrt blinzle ich ihn an, kann aufgrund des schnellen Stimmungswechsels nicht erfassen, was er von mir möchte. »Abella.«

Mir wird komisch, meine Lider unglaublich schwer und meine Gliedmaßen machen nicht, was sie sollen.

»Ilas«, nuschle ich und sofort ist er bei mir, greift unter meine Achseln und stellt mich auf.

»Geh, Abella. Bitte. Es geht um dein Leben, bitte lauf weg.« Laufen? Leben? Was?

Seine Worte kommen nur noch vage bei mir an, dafür sackt mir mein Magen eine ganze Etage tiefer. Wieso ist mir denn so komisch?

Als Ilas mich loslassen will, geben meine Beine nach, meine Sicht verschwimmt und im letzten Moment hindert er mich daran, auf den Boden aufzuschlagen. Gemeinsam knien wir auf dem Teppich, während ich immer mehr die Kontrolle über meinen Körper verliere.

»Fuck. Zu spät. Scheiße.« Ilas drückt meinen Kopf gegen seine Brust und das Letzte, was ich wahrnehme, ist sein rasender Herzschlag, ehe alles um mich herum schwarz wird.

KAPITEL 27

Angespannt sitze ich im Sessel auf der Galerie und starre hinaus in den Wald. Dabei pustet der Laptop auf meinem Schoß vor sich hin, weil er wieder irgendein beknacktes Update fährt. Natürlich in einem Moment, in dem ich dafür keine Zeit habe.

Nervös trommle ich auf der Lehne und warte darauf, dass sich endlich die Dateien öffnen, die mir unser Anwalt geschickt hat. Es sind die letzten wichtigen Informationen, ehe morgen die Anhörung meines verfickten Erzeugers stattfindet. An der meine Mutter, Abella und ich teilnehmen. Wir haben lange diskutiert, ob es die richtige Entscheidung ist, dass wir uns gemeinsam zeigen. Aber ich habe mich am Ende durchgesetzt. Abella gehört an meine Seite und das kann ruhig jeder wissen. Mir persönlich ist es egal, was die Leute darüber denken, und Abella wird das mit meiner Hilfe lernen. Außerdem war meine Dummheit mich am Anfang von ihr fernzuhalten, nun doch zu etwas gut, denn auch mein Beziehungsstatus wird jetzt erst in der Presse diskutiert. Es ist also der perfekte Moment.

Über mich gab es früher nur die Standard-Vermutungen, die jeder Popstar über sich ergehen lassen muss, aber nun sind die Fotos handfester. Kein Wunder, Abella und ich haben uns auch nicht unbedingt versteckt. Warum auch.

Trotzdem habe ich ein ungutes Gefühl, wenn ich an morgen denke. Für uns alle wird sich das Leben schlagartig verändern. Immerhin wird dann bekannt, dass Senatorin Parson meine Mutter und Ella meine Halbschwester ist, wir die Kleine vor dem Tod gerettet haben und dass ich ein Opfer meines Vaters liebe. Klingt das wie in einem schlechten Film? Absolut. Nur mit einem Unterschied. Diese Geschichte wird ein Happy End haben, dafür sorge ich.

Nach gefühlten Stunden ist der Laptop endlich so weit. Rasch öffne ich die Auflistung der Zeugen. Wie vermutet, befinden sich ein Psychologe, Wärter und Mitinsassen mit Abella auf der Liste.

Bald ist es vorbei.

Fest balle ich meine Hand zur Faust und versuche, die Sorge und Wut zurückzuhalten. Mir passt es absolut nicht, dass Abella nicht hier ist, sondern auf einem Samariter-Trip, um ihrem Assistenten zu helfen. Wir sollten uns in Ruhe auf morgen vorbereiten, aber ich muss ihren Willen akzeptieren.

Erneut höre ich ihre Worte, ehe sie das Haus verlassen hat.

Worauf soll ich mich da vorbereiten, Ziam? Ich habe nichts davon vergessen, kann heute alles spüren, wie an dem Tag, als es passiert ist. Alles danach und an jede Zeile der Briefe. Ich brauche keine Auffrischung, eher brauche ich eine Gehirnwäsche. Es wäre gelogen, wenn ich sagen würde, dass ich keine Angst habe, glaube mir, die habe ich. Doch ich kämpfe für mich und das fühlt sich gut an. Ich bin wütend, zum ersten Mal seit Langem. Endlich bin ich nicht mehr traurig oder verletzt, sondern verdammt sauer. Aber ich weiß, wie ich daraus Stärke ziehen kann und ich werde gewinnen. Wir werden gewinnen.

Gänsehaut erfasst mich, als ich daran denke. Sie hat mir die euphorische Rede förmlich ins Gesicht geschmissen. Ich habe ihr jedes Wort davon abgekauft, deshalb habe ich sie gehen lassen und weil ich aus meiner letzten besitzergreifenden Aktion gelernt habe. Abella kann sich nur entwickeln und zu einer noch besseren Version von sich werden, wenn ich ihr Freiraum gebe. Sollte ich das nicht tun, bin ich genauso ein Arsch wie mein Widerling von Spermageber, der sie einmal handlungsunfähig gemacht hat. Möchte ich dennoch am liebsten auf meinen Boxsack einprügeln? Sicherlich. Nur hält mich da jemand von ab, damit ich mich nicht verletze und vor Gericht als aggressiver Schläger wirke.

»Moreno. Schwing deinen Arsch her.« Genau er. Kiyan Rush. Mein Bodyguard und guter Kumpel, der heute schon den ganzen Tag dafür sorgt, dass ich bloß nicht zu lange in meinen Gedanken versinken oder ihm im schlimmsten Fall noch entwischen kann, um zu Abella zu fahren.

Die Uhr zeigt mir an, dass es gerade Mittag ist und sie erst in einigen Stunden wiederkommt.

»Jetzt«, hallt Kiyans Stimme durch mein Haus.

Schmunzelnd erhebe ich mich und laufe mit dem Laptop in den Händen die Wendeltreppe nach unten.

»Bin ich jetzt dein Welpe, oder was?« Amüsiert trete ich auf die Couch zu, an der mein Kumpel lehnt und ein Tablet in der Hand hat. Ich stelle meinen Laptop ab und gehe zu ihm.

»Manchmal fühle ich mich so, ja. Guck dir das mal an.« Ohne aufzuschauen, zitiert er mich mit einem Finger zu sich und deutet auf den Bildschirm.

Gerade stört es mich nicht, dass er mich so behandelt. Das liegt sicherlich an der Dusche, die ich heute Morgen hatte und die meinen Körper in eine Art entspannten Modus versetzt hat. Abella und ich haben zusammen geduscht, herumgealbert und dabei ihren Geruch nach Beeren einzuatmen, war offenbar wie eine Droge.

»Was soll -« Erschrocken reiße ich die Augen auf und zerre das Tablet aus Kiyans Händen, um ihn danach am Kragen zu packen und gegen die Wand zu drücken. »Hast du sie noch alle? Mutierst du zum Spanner, oder was?«

Ich bringe mein Gesicht direkt vor seines. Doch statt mich zu beruhigen, verdreht er nur die Augen, woraufhin ich knurre.

»Fahr den Höhlenmenschen zurück, Moreno. Ich habe kein Bedürfnis, dir beim Sex zuzusehen. Achte auf den Hintergrund.« Mit einem Kopfnicken deutet er auf das Tablet.

Ohne ihn loszulassen, hebe ich es an und halte es so, dass wir beide auf den Bildschirm schauen können. Es kribbelt im Lendenbereich und alle Gefühle der Situation kommen erneut hoch. Auf der Aufnahme sind Abella und ich bei unserer Liaison im Wald zu sehen.

Erst nach kurzer Zeit schaffe ich es, mich von dem Anblick loszureißen und meinen Blick auf den Hintergrund zu fixieren.

»Fuck.« Ich lasse Kiyan los und halte mir das Tablet näher vors Gesicht.

»Gib her.« Der Bodyguard entreißt mir das technische Gerät und zoomt heran.

Nun erkenne ich es noch besser. Gott. Was bin ich für ein Vollidiot?

Dadurch, dass ich Abella gefolgt bin und keinen Gedanken daran verschwendet habe, dass wir eventuell übereinander herfallen, habe ich nicht darauf geachtet, wie nah wir der Grundstücksgrenze sind. Tja, das habe ich nun davon.

Im Hintergrund erkennt man den Zaun, der zwar größtenteils durch Efeu, Ästen und Blättern verdeckt wird, aber eben nicht an allen Stellen. Und an der einen kann man erkennen, wie uns jemand beobachtet. Wichser.

»Kennst du ihn?«

Rasch schüttele ich den Kopf. »Den Typen habe ich noch nie gesehen.«

Sofort greift Kiyan sich ans Ohr und spricht leise vor sich hin. Mit großer Wahrscheinlichkeit ist es Tec, mit dem er kommuniziert. Immerhin ist so etwas genau sein Ding.

Es ist zwar schon ungewöhnlich, dass sich jemand nach hier draußen verirrt, aber unmöglich ist es auch nicht. Vielleicht bedeutet es nichts und er hat nur zufällig zugesehen?

Genau. Man wird aus Versehen von der Straße abgedrängt, beim Sex auf einem abgelegenen Grundstück beobachtet, total normal. Fast als würde jeden Tag jemand auf den Mond fliegen. Verstehe ich natürlich total deine Gedanken. NICHT. Drehen wir jetzt völlig durch Moreno? Hier läuft etwas schief, streng mal deine Gehirnzelle an.

Knurrend schließe ich die Augen, um meine innere Stimme ruhigzustellen. Gut, dass sie recht hat, darüber brauchen wir nicht sprechen, aber ein Versuch, es mir unproblematisch zu reden, sei mir gestattet.

»Findet -«

»Schon dran.« Kurz kneife ich mir in die Nasenwurzel, ehe ich wieder Kiyan fixiere.

»Wieso fragst du mich dann?«

»Um uns Arbeit zu ersparen, aber das hat nicht geklappt. Deswegen sucht Tec jetzt noch tiefer nach Ungereimtheiten.«

»Aber eins steht fest. Es stimmt etwas nicht.« Mein Kumpel bringt es so neutral rüber, als würde er hier gerade das Wetter verlesen.

»Bist wirklich ein richtig guter Bodyguard«, spucke ich ihm entgegen, ehe ich mich auf die Lehne der Couch setze.

»Witzig«, stößt er trocken aus und dreht sich zu mir. »Das Auto, das uns gerammt hat, gehört ihm. Tec hat über die Autovermietung seinen Namen herausbekommen.«

»Was?« Überrascht reiße ich die Augen auf.

»Also, warum sollte er das tun, wenn ihr euch nicht kennt? Ein Fan ist er nicht, das haben wir schon geprüft.«

»Das heißt?«, knurre ich.

»Ich denke ...« Kiyan unterbricht sich, zieht die Augenbrauen zusammen und blickt an mir vorbei.

»Ja?« Aber er hebt nur eine Hand, um mir anzudeuten, dass ich still sein soll.

Ich verdrehe die Augen, weil ich mich langsam ernsthaft fühle wie ein Welpe. *Mach Sitz. Komm her. Sei still.* Super.

»Okay. Okay. Levi, atme tief durch. Ruhe bewahren. LEVI.« Ich zucke unter Kiyans plötzlichem Brüllen zusammen. Da kam eindeutig der Ex-Cop in ihm durch.

»Gut. Hol Jared ans Telefon. Tec, kannst du unsere Kommunikation auf Ziams Fernsehen bringen? Ich brauche freie Hände.«

Fragend ziehe ich eine Augenbraue in die Stirn. Was zum Teufel ist hier los? Moment, Levi?

»Was ist mit Abella?« Entsetzt starre ich Kiyan an, aber er ignoriert mich und läuft auf die Fernbedienung zu, um das Gerät einzuschalten.

In der nächsten Sekunde erscheinen Tec und Jared in einer Art IT-Raum auf der einen Seite des Bildschirms und Levi in einem Besprechungsraum auf der anderen.

»Ziam hinsetzen.« Bei Jareds Befehlston starre ich zwischen dem Fernseher und Kiyan hin und her, aber als er mich nur mit seinem unnachgiebigen Blick ansieht, wird mir bewusst, dass ich lieber hören sollte. Sobald ich auf der Couch sitze, beginnt Jared weiterzureden. »Du wirst nicht ausrasten und uns vertrauen. Ist das klar? Kiyan wird dich im Notfall mit Gewalt aufhalten.«

Mit verschränkten Armen lehne ich mich zurück, während das ungute Bauchgefühl noch intensiver wird. Meine Finger kribbeln und meine Kiefer knacken, so fest beiße ich die Zähne aufeinander.

»Der Kerl, der euch bespannt hat, ist auch der, der euch von der Straße abgedrängt hat.«

»Lass mich raten. Das war die Vorspeise? Spuck es

einfach aus.« Wütend lehne ich mich vor und warte auf den Einschlag, den ich bereits in jeder Faser meines Körpers spüren kann.

»Abella ist verschwunden.«

Immer wieder hallt die Aussage in mir nach, sorgt dafür, dass ich nichts tun kann, außer dazusitzen und auf den Bildschirm zu starren.

»Ziam.« Kiyans Hand auf meiner Schulter holt mich wieder zurück.

»Verschwunden?«, frage ich dümmlich. »In Nichts aufgelöst? Weggebeamt?« Die Taubheit verzieht sich aus meinem Körper und die Angst packt mich mit ihren Klauen. »Was zum verfickten Scheiß bedeutet das genau?«

»Sie war in einem Besprechungsraum mit ihrem Assistenten. Als ich nach der abgelaufenen Zeit nach ihr gesehen habe, war der Raum verwaist. Nur ein Fenster zum Innenhof stand offen.«

»Ernsthaft?«, frage ich, eindeutig zu nüchtern. Denn in mir brodelt Wut und Levi Decker kann froh sein, dass er nur auf dem verflixten Bildschirm ist oder er hätte jetzt meine Faust in seiner Fresse.

»Beruhig dich.« Kiyan bedeckt mich mit einem mahnenden Blick.

»Wirke ich denn nicht ruhig?«, frage ich mit schräg gelegtem Kopf.

»Spar es dir. Wir wissen beide, das ist nicht die Wahrheit.« Touche, Rush. Aber nur weil du genau weißt, wann der Wahnsinn mich ergreift und wann ich hilflos bin. Das hier ist einer dieser Momente.

Danach tritt erneut Stille ein, wahrscheinlich damit ich mich sammeln kann. Kann ich aber nicht.

Fühlst du das? Diese Leere, es ist ätzend. Wir brauchen die kleine Eisblüte. Tue etwas!

Meine innere Stimme hat recht. Ich habe das Gefühl, von innen heraus zu erfrieren.

»Verdammte Scheiße.« Wütend schlage ich auf den Glastisch vor mir.

Ehe ich den Männern von SAVE die Hölle heiß machen kann, dass sie mein Mädchen finden sollen, erklingt Tecs entsetzte Stimme aus dem Fernseher. »Was zum heiligen Engel ... O mein Gott.«

»Was ist Tec?«, fragt Kiyan, während ich nur auf die entsetzten Gesichter von Tec und Jared blicken kann.

»Seht ihr das. Das ist sie, oder?« Luars Stimme aus dem Hintergrund macht mich nur noch rasender. Was passiert denn da? Und was hat das mit Abella zu tun?

Wütend springe ich auf, aber Kiyan hält mich mit einer Hand an meiner Brust zurück.

»Tec«, knurrt er darauf und in der nächsten Sekunde schallt die Stimme des Technik-Freaks erneut aus den Lautsprechern.

»Schwer zu erklären, aber ich sehe Abella. Aufgrund meiner speziellen Suchalgorithmen, die ich für andere Fälle angelegt habe, spuckt das System mir Informationen, die den Parametern entsprechen, aus. Und einer dieser hat nun Abella erfasst.« Was?

Herrje, ich verstehe bei diesem Schwachsinn nur Bahnhof.

»Welcher Fall ist es?«, fragt Levi.

»Erklären wir dir, wenn Ziam nicht dabei ist.«

»Halt endlich die Schnauze«, brülle ich. »Was bedeutet das denn?«

»Sie wurde entführt und auf einer Seite im Darknet wird ein Livestream gezeigt, wie sie gefangen gehalten wird.« What the fuck?

Sorge flutet jede Zelle meines Körpers und eine Kälte erfasst mich, die ich bisher noch niemals so gespürt habe. Entsetzt schaue ich zu Kiyan, der sofort fest meine Schulter packt. »Tief einatmen, Ziam.«

Ich folge seiner Anweisung und wiederhole es einige Male, bis er mir zunickt. Dadurch, dass ich weiß, dass ich hier die besten Männer in der Branche habe, schaffe ich es mich auf das Wesentliche zu fokussieren, nämlich meine Freundin zu finden.

»Zeigt mir das Bild.« Fordernd drehe ich mich zu Jared, der mich ohne Regung in seinem Gesicht anstarrt.

»Ziam, das ist keine gute Idee, glaube mir.« Das Tec, anders als sonst viel geschäftlicher klingt, sollte mir keine Sorgen machen, tut es aber. Denn ich weiß, dass er seinen Humor selbst in unangebrachten Situationen nicht zurückschrauben kann.

»Zeigt es mir«, fordere ich knurrend, während ich immer noch Jared fixiere.

»Auf deine Verantwortung«, stimmt mir Jared zu und gibt Tec ein Zeichen.

»Boss, ich -«

»Tue es, Tec«, unterbricht sein Chef ihn.

Nervös starre ich auf den Fernseher, spüre, wie Kiyan direkt neben mir steht und mir nicht von der Seite weicht.

Kurz darauf teilt sich der Bildschirm und dann sehen wir eine Website mit einem Videobild, das mir das Blut in den Adern gefriert.

»Um Himmelswillen.« Kiyan.

»O mein Gott.« Gefangen von dem Anblick meiner Freundin höre ich nur noch vage, wie Jared seinen Mitarbeitern Befehle zuruft.

Ehe ich weiß, was geschieht, hat Kiyan mich auf die Couch gedrückt, während ich immer noch das Bild vor mir fixiere und nicht glauben kann, was ich da sehe.

Abella hängt nur in Unterwäsche bekleidet an einen Pfeiler gekettet in irgendeiner Halle. Ein Mann steht neben ihr und zeichnet ihre Schlüsselbeine mit seiner behandschuhten Hand nach.

Schockiert von dem Anblick tue ich nichts, außer zu atmen, was mein Körper zum Glück alleine kann.

Dann dreht der Wichser sich um und präsentiert uns sein Gesicht. Derselbe Mann wie auf dem Video. Er tritt langsam auf das Bild zu und grinst breit in die Kamera.

»Noch fühlst du dich sicher, aber wir werden dich finden. Und dann mach dich auf was gefasst, du Penner.« Tecs Knurren habe ich nichts hinzuzufügen.

Auch wenn ich denke, dass es nicht schlimmer werden kann, werde ich eines Besseren belehrt, als er plötzlich zu reden beginnt: »Vielen Dank für diesen wunderschönen Schatz. Ich bewahre ihn auf, bis er abgeholt wird und wie besprochen biete ich eine Show, die nie jemand vergisst. Danke, ‚SirProf‘ für dieses Arrangement.« Er setzt sich eine Maske auf, eher er weiterredet. »Lets Go. Markieren, zeichnen und befriedigen wir die Kleine.«

Als würden diese Worte etwas in mir freisetzen, springe ich auf und packe Kiyan erneut an seinem Kragen.

»Findet sie. Verfickte Scheiße. Bitte«, schreie ich verzweifelt.

Denn wenn nicht, weiß ich nicht, ob ich das überlebe.

KAPITEL 28

Abella

Es rauscht in meinen Ohren, so stark, dass ich das Gefühl habe, dass mein Blut versucht, einen neuen Weltrekord zu erreichen. Und zwar darin, sich in seinem eigenen Kreislauf zu überholen, aber das ist natürlich chancenlos und so verschwimmt meine Sicht immer wieder.

Beruhig dich, Abella. Die Situation scheint aussichts-los, aber es hilft nicht, wenn du in Panik verfällst. Tief ein- und ausatmen. Denk dran, dieses Mal bist du schlauer, stärker und eine toughe Frau. Zieh die Luft in deine Lungen und dann öffnest du die Augen und bist stark. LOS!

Beschworen von meiner inneren Stimme, folge ich ihr und sauge tief den Sauerstoff ein, ehe ich die Lider langsam öffne und mir wieder meines Aufenthaltsortes bewusst werde. Ich habe versucht, mich davor zu verschließen, in was ich geraten bin. Doch das bringt nun einmal nichts!

Irgendwie habe ich ein verficktes Déjà-vu. Nicht, weil alles so ist, wie beim letzten Mal. Der Ort, der Mann und die Gegebenheiten sind anders, aber das Machtgefüge ist das Gleiche. Ich bin bewegungsunfähig, nur dieses Mal nicht durch Ketten, die mir mein Gehirn als Schutz bietet, sondern durch Eisenketten. Sie fixieren meine Hände rechts und links über dem Kopf und meine Beine gespreizt am Boden. Ein Ledergurt schließt sich um meinen Bauch und drückt mich damit an den kalten Betonpfeiler in meinem Rücken. Das ich bis auf Unterwäsche nichts trage, wundert mich daher noch weniger. Diese Szenerie erinnert mich an eines dieser Sadomaso-Spiele.

Das mulmige Gefühl in meinem Magen wird nicht besser, als ich mir erneut der Kamera bewusst werde, die sich am Ende des Raumes befindet und direkt auf mich zeigt. Davor steht ein Mann, schmächtig, mit kurz geschorenen Haaren und in komplett schwarzen Klamotten.

Schon bevor er zu reden beginnt, weiß ich, dass die Kamera eingeschaltet ist – nennt es Arbeitsgespür. Mir wird übel. Tief atmend, versuche ich mich zu beruhigen, was alles andere als einfach ist und nicht klappt, sobald seine ersten Worte in meinem Gehirn ankommen.

»Titel der heutigen Show: Das letzte Erlebnis vor der fügsamen Zukunft.« Entsetzt schlucke ich. Wie bitte? *In was für einen kranken Scheiß bin ich denn hineingeraten?* »Dieses Mal habe ich einen besonderen Gast. Ich bin durchaus euphorisiert, mit ihr eine Runde spielen zu dürfen. Sie ist eine teure Leihgabe unseres geehrten Mitspielers ,SirProf‘. Mir ist alles erlaubt, außer sie zu töten. Das hören wir gerne, nicht wahr?« Geschockt reiße ich die Augen auf, während mir der Angstschweiß den Nacken hinunterläuft.

Der Typ ist eindeutig irre. Er moderiert das hier – was auch immer es ist – wie eine verdammte Talkshow am Nachmittag. Und eins weiß ich, das ist es auf jeden Fall nicht.

Mein Herz springt mir fast aus der Brust, als er sich zu mir umdreht und seine graue Maske mit schwarzen Flecken präsentiert. »Hey, Sweetie. Bereit zu spielen?«

Ohne darüber nachzudenken, schüttle ich den Kopf, will irgendetwas sagen, aber kein Wort kommt mir über die Lippen. Der logische Teil in mir weiß, dass es besser ist. Denn ehe er zu mir tritt, biegt er zur Seite ab und geht auf einen Tisch zu, den die Kamera nicht erfasst.

Erneut will ich am liebsten kotzen, als er mit einem Vibrationsstab und einem Skalpell ähnlichen Ding mit einem Zahnrad am Anfang auf mich zukommt.

»Nein.« So gut es mir möglich ist, versuche ich das Wort zu betonen und scheitere jedoch. Meine Stimme wackelt mehr, als ich es will. So viel zu stark sein.

Versuche es noch einmal. Du willst das nicht, also wehr dich. Kämpf.

Erneut bringt mich die Kriegerin in mir auf Kurs. Nur leider zu spät. Ehe ich antworten kann, spüre ich eine Vibration an meinem Bauch, die kurz darauf von etwas Spitzen abgelöst wird.

»Bitte«, wispere ich und kneife die Augen zu, als mir der Geruch von seinem Aftershave in die Nase steigt.

»Bettle ruhig. Das mag ich«, schnurrt er und bringt mich mit der Aussage zum Würgen.

Plötzlich fliegt mein Kopf zur Seite und Tränen lösen

sich aus meinen Augenwinkeln. Er hat mich geschlagen und das nicht sanft. Gegensätzlich zu der Ohrfeige hebt er nun mein Kinn mit einem Finger an und streicht zärtlich über meine Wange. »Wir mögen hier keinen Ungehorsam, Sweetie. Sei ein braves Frauchen und füge dich mir. Du wirst es lieben.«

Zu seinen Worten greift er an meine Brust und knetet sie. Ekel erfasst mich und ich verkrampfe unter der Berührung. Das hilflose Gefühl von damals überrollt mich, die Tränen laufen mir ungehindert über die Wangen und aller Fortschritt der letzten Wochen fühlt sich an wie eine Illusion.

ABELLA. Komm schon. Kämpf und wenn du es nicht für dich kannst, dann für Ziam.

Zwar höre ich meine innere Stimme, aber ich kann nicht reagieren. Die Hand des Perversen wandert über meinen Körper, folgt der Spur der Spitzen des Rädchens am Skalpell, die sich über meine Haut ziehen. Immer näher zu meinem Schritt. Angeekelt zucke ich, versuche, mich seiner Berührung zu entziehen, aber der Bauchgurt macht es mir unmöglich.

Frau. Komm schon. Nur weil Ziam dich einmal genommen hat, nachdem du beschmutzte Ware warst, meinst du, tut er das noch einmal? Sicher nicht. Willst du ihn deswegen verlieren? Falls du denn jemals hier herauskommst. Aber das Schicksal ist ein mieser Verräter, vielleicht sieht er das Video irgendwann und dann. Soll er dich so sehen? Ein verschüchtertes Mädchen, wie damals. Ein letztes Mal: Willst du das?

Dieses Mal ist es kein netter Ratschlag, es ist ein verdammter Schlag in die Fresse. Gemein, vernichtend und kalt. Aber offenbar genau das, was ich gebraucht habe. Als würde etwas in mir angeschaltet, das sich wie Ranken durch meinen Körper schlängelt.

Mein hektischer Atem reguliert sich, meine Gedanken, die eben noch gewirbelt sind, verstummen und obwohl mir die Tränen über die Wangen laufen, sind es jetzt keine mehr aus Verzweiflung. Eins ist mir klar geworden: Ich kann daran nichts ändern, dass ich hier bin oder was der Widerling vorhat, aber ich kann dafür sorgen, dass ich mir ins Gesicht sehen kann. Selbst wenn mein Leben hier heute endet. Egal in welcher Form.

»Du willst, dass ich brav bin?«, flüstere ich zitternd.

»Sicher.« Seine Stimme erklingt zu nahe an meinem Ohr, treibt den nächsten ekelhaften Schauer über meinen Körper. Doch ich ignoriere ihn.

»Vergiss es.« Erneut klinge ich nicht so überzeugend, wie ich es gerne wäre. Um mir Mut zu machen, denke ich an die Augenblicke mit Ziam: Sein Lachen, seine Augen, alles. Angefangen bei seinem Anblick am Morgen bis hin zu seinem Gesicht, wenn er mich verliebt ansieht und sogar, wenn er beim Sex kommt. Es ist abstrus, sicherlich psychisch gesehen nicht normal, aber mein Herzschlag beruhigt sich und mein Mut erobert jede Zelle meines Körpers.

Ja, ich bin nicht allein. Dieses Mal kämpfe ich nicht nur für mich, sondern auch für Ziam. Wie sagt er immer so schön: Ich gehöre ihm, bin sein. Und solange ich atme, bleibt das so und niemand fasst an, was ihm gehört.

Ich sammle den Speichel in meinem Mund und spucke den Unbekannten direkt in seine Visage.

Ein Gefühl von Macht und Überlegenheit flutet mich,

obwohl das nur ein Trugschluss ist, aber es reicht, um mir einen positiven Schubs zu verpassen. Wenn ich untergehe, dann wie ich es will.

»Schlampe.« Erneut schlägt er mich, dieses Mal nur noch fester. Ich spüre, wie meine Lippe aufplatzt und schmecke Blut, aber es hält mich nicht auf, von selbst den Kopf zu heben und ihm wieder entgegenzublicken. Direkt in seine hellbraunen Augen.

Kurz stockt er, ehe er grinst, sich auf den Weg zum Tisch macht und laut brüllt. »Fehler gehören bestraft. Dann soll es so sein.«

Genau. So soll es sein. Leider. Aber versuche ruhig, mich zu brechen, vergewaltige mich, lass dich aus, am Ende wird Ziam dich finden und dir deine Strafe zollen. Das weiß ich.

Räche mich auf deine Art, Baby. Du bist kein Monster wie er, sondern mein dunkler Krieger.

Bis du da bist, kämpfe ich für uns.

KAPITEL 29

Liam

»Ich schwöre bei Gott, wenn du nicht auf der Stelle Gas gibst. Zerschlage ich dir dein verficktes Tablet.« Knurrend deute ich auf die Straße vor uns, während sich das Tor meines Grundstückes langsam hinter uns schließt.

»Nur in Filmen funktioniert es, durch ein Tor zu rasen und normal weiterzufahren«, dröhnt eine Stimme aus dem Bordsystem des SUV.

»Das weiß ich, aber ich will nicht, dass der verdammte Dreckskerl seine Finger an meine Frau legt. Hast du den Ort endlich gefunden?« Mein Blut kocht bei der bekloppten Antwort von Tec nur noch intensiver.

»Es geht nur so schnell, wie es geht. Es hilft nur streicheln und nicht schlagen.« Ich töte ihn.

»Willst-«, setze ich wütend an und balle die Hände zur Faust, die nicht verkrampft das Tablet auf meinem Schoß festhält. Doch Kiyan unterbricht mich. »Tec, beeile dich einfach.«

Immer wieder schwankt mein Blick vom Waldweg,

über den Kiyan fährt, zu dem Video auf dem Tablet. Fest beiße ich die Zähne aufeinander, um nicht zu brüllen, wie ich es beim ersten Mal getan habe.

Erneut sehe ich, wie dieser Widerling seine Hände über den Bauch meiner Freundin gleiten lässt.

Gänsehaut erfasst meinen Körper und nur mit Zwang schaffe ich es, nicht den Blick abzuwenden. Es hat sich falsch angefühlt, es zu tun, denn ich will bei ihr sein. Das ist totaler Bullshit, weil sie verdammt noch mal nicht spüren kann, dass ich auf dem Weg bin und das ich – wir – sie retten. Aber irgendwie hoffe ich, dass irgendeine höhere Macht mir hilft.

Ich habe ihr doch geschworen, dass ihr nichts mehr passiert. Und jetzt?

Wütend haue ich die Faust auf das Armaturenbrett und bin froh, dass Kiyan kein Wort dazu sagt. Bis auf die Geräusche, die immer mal wieder aus dem Gerät auf meinem Schoß oder von Tec aus dem Lautsprecher kommen, ist es still im Auto.

Nachdem Abella erneut geschlagen wurde, kann ich ihren Blick aus der Kameraperspektive nicht mehr sehen. Nur den Rücken des Widerlings und seine Hände, die über Abellas Körper gleiten, erkenne ich. Der Anblick macht mich von Minute zu Minute aggressiver. Ich stelle mir vor, wie ich ihm mehrere Boxschläge verpasse. Nur bringt mich das auch nicht runter.

Wie früher drohe ich in meinen dunklen Gedanken zu versinken. Allerdings habe ich dieses Mal keine Abella, die für mich da ist, sondern bin auf mich gestellt. In dem Moment merke ich selbst, wie ich mir im typischen Rhythmus gegen das Bein schlage.

»Verfickte Scheiße.« Ein lauter Knall erklingt aus den Lautsprechern, ehe irgendetwas zu Bruch geht.

Überrascht blicke ich zu Kiyan, der ebenfalls aussieht, als wüsste er nicht, was los ist, sich aber sofort wieder fängt.

»Tec?«, fragt er, während er die letzte Kurve aus dem Wald nimmt.

Doch keiner antwortet, was zu der Wut nun auch noch Nervosität durch meine Adern pumpt.

»Kiyan«, presse ich besorgt hervor. »Was ist los?«

»Keine Ahnung. Beruhig dich. Das wird.« Wie bitte? Angespannt drehe ich mich im Sitz, um direkt auf den Fahrersitz gucken zu können. Ehe ich etwas sagen kann, atmet er laut aus. »Sorry. So meinte ich das nicht. Bei Tec wird schon alles gut sein. Er schafft das.«

Der intensive Blick, den mein Kumpel mir zuwirft, scheint die kochenden Emotionen in mir ein Stück abzukühlen. Zumindest fällt mir das Atmen etwas leichter.

Vielleicht hat er recht und ich sollte *SAVE* vertrauen. Bisher haben sie immer alles retten können, egal, wie aussichtslos es wirkte. Obwohl ich mich frage, wie viel Unglück wir haben, dass unsere Band immer wieder in solche Blockbuster artige Filmszenarien gerät. Aber gut, es ist nun einmal, wie es ist. Das Kiyan mit seiner Lederjacke und der darunter hervor blitzenden Waffe auch aus ebenso einem Film entsprungen sein könnte, ist da noch ein anderes Ding.

»Entschuldige. Wir sind wieder da. Na ja, so fast. Im Prinzip gibt es ein Problem. Es geht um *Mercium* und den dort liegenden Baustellen. Nämlich dem Hacker der Gegenseite. Und na ja, kurze emotionale Aussetzer, aber es geht sofort wieder.« Keine Ahnung, was ich zuerst verkraften soll. Dass es nicht Tecs, sondern Luars Stimme ist, die aus dem Lautsprecher erklingt. Dass ich das Wort Problem als allerletztes hören wollte, oder dass diese Nachricht eindeutig weitere Probleme bedeutet. Und was bitte ist *Mercium*? Ein Codewort?

Verwirrt krause ich die Stirn und erschrecke mich, als es dieses Mal Kiyan ist, der plötzlich fluchend auf das Lenkrad einschlägt. Sofort schrillen alle meine Alarmglocken.

»Was bedeutet das?« Obwohl ich eindeutig laut genug gefragt habe, antwortet mir niemand. »Ich wiederhole es nur EINMAL. Was heißt das?«

»Über *Mercium* dürfen wir nicht reden.« Luar klingt, als würde er diesen Scheißjob schon seit Jahren machen. Tut er aber nicht, was mich nun zusätzlich noch anpisst.

»Dachte ich mir. Das habe ich nicht gemeint«, brülle ich wütend.

»Ziam.« Kiyan versucht, mich zu beruhigen, doch das kann er vergessen. Es reicht verdammt. Ich werde schier wahnsinnig vor Sorge.

»Sagen wir so. Einfache Hacker-Fähigkeiten reichen nicht, um herauszufinden, von wo dieser Stream kommt. Wir geben alles. Tec ist sofort zurück.« Zurück? What the hell?

Rasch schaue ich auf den Bildschirm und da merke ich erst, dass Abellas Gesicht wiederzusehen ist. Erneut werde ich von einer Welle Gefühle getroffen, die mich durchdrehen lassen.

»Euer Hacker-Wicht soll seinen scheiß Arsch an den PC bringen. Ist mir fuck egal, was sein Problem ist. Findet verdammt noch mal mein Mädchen.« Kurz davor noch einmal auf das Armaturenbrett zu schlagen, stoppe ich, als Kiyans Stimme erklingt.

»Ziam. Ich verstehe, dass du wütend bist. Aber wir geben alles. Wir finden sie.«

Seine Worte beruhigen mich nicht wirklich, aber er hat wohl recht, es bringt nichts, wenn ich hier randaliere.

Gerade als Kiyan auf die Hauptstraße abbiegen und beschleunigen will, fällt mir etwas am Wegrand auf. Zwar dämmert es schon, aber ich kann im Auto jemanden sitzen sehen. Der mir nur zu bekannt vorkommt.

»STOPP.« Brüllend greife ich in Richtung des Lenkrads, um Kiyan aufzuhalten. Aber seine Reflexe sind so gut, dass er sofort mein Handgelenk packt und ruckartig bremst.

»Willst du uns umbringen, Moreno?«, knurrt er und greift noch fester zu, bis meine Finger zu kribbeln beginnen.

»Nein. Aber da ist Abellas Assistent.«

»Wo? Was passiert da bei euch?«, erklingt plötzlich wieder Tecs Stimme aus dem Lautsprecher. »Kiyan Status.«

»Alles in Ordnung. Sekunde, Tec. Du meinst da im Auto?«, fragt Kiyan mich und ich nicke.

Sofort lässt er mein Handgelenk los, wendet rasch und stellt den SUV hinter dem parkenden Wagen am Rand ab.

»Kiyan?« Tecs Stimme klingt nun noch beunruhigter.

»Dieser Ilas ist hier auf der Straße. Ich gehe raus, sammle ihn ein und-« Noch während Kiyan redet, platzt mir der Kragen.

Ohne weiter darüber nachzudenken, stürme ich aus

dem Auto und eile auf den Wagen zu, in dem Ilas sitzt. Dabei höre ich Kiyan zwar hinter mir brüllen, aber ich ignoriere ihn.

Mit einer brodelnden Wut in den Venen reiße ich die Autotür auf, ziehe den Assistenten meiner Freundin heraus und halte ihn am Kragen fest.

»Wo ist Abella?«, brülle ich.

»Ich w-wollte -« Bei dem Wort setzt etwas aus. Ich hole mit der Faust aus und schlage ihm ins Gesicht. Es knackt. Es ist mir scheißegal, ob es seine Nase oder seine Brille sind.

Knurrend drücke ich ihn auf den sandigen Boden des Seitenstreifens und platziere mich über ihm.

»Letzter Versuch. WO IST ABELLA?« Es rauscht in meinen Ohren, Schweiß rinnt über meinen Nacken und meine Hände beginnen zu zittern.

Prügeln wir es aus dem Bastard heraus. Es geht hier um unser Mädchen. Wir müssen sie finden. Denn sie gehört uns, weil wir sie lieben. Gib nicht auf!

Meine innere Stimme bringt mich dazu, meine Hand erneut zu heben.

»Ziam. Bitte, ich will helfen -«, wispert Ilas unter meinem festen Griff.

Geleitet von dem verpesteten Teil in mir, hole ich aus. Doch ehe ich zuschlagen kann, wird mein Ellbogen gepackt und Kiyan hält mich zurück.

»Lass los.« Ein dunkles Knurren löst sich aus meiner Brust, als ich über die Schulter zu meinem Kumpel blicke. »Würde Abella das wollen?« Ruhig steht er hinter mir und hält mich weiterhin fest.

Schwer atmend starre ich auf den Kerl, der irgendetwas mit der Sache zu tun hat und wieder zurück zu meinem Bodyguard. Seine Finger krallen sich grob in meine Haut und sein durchdringender Blick kühlt mich weiter ab.

»Nein.« Langsam steige ich von Ilas herunter und stelle mich neben meinen Freund.

»Danke«, winselt es vom Boden, was mir nur ein Zungenschnalzen entlockt.

»Das kannst du dir sparen. Ich werde Ziams Frage nicht wiederholen.« Kiyan steht mit verschränkten Armen neben mir und starrt auf Ilas, der sich gerade vorsichtig aufrichtet und einen kleinen Blutstropfen unter seiner Nase wegwischt.

»Wo sie ist, weiß ich nicht. Aber ich habe dem Kerl mein Handy ins Auto geschmuggelt. Glaubt mir, ich wollte das nicht.« Zitternd richtet er sich auf und zeigt auf seinen Wagen. »Auf dem Beifahrersitz liegt ein Tablet, darauf könnt ihr die GPS-Daten sehen. Ich wollte es dir bringen.«

»Wer es glaubt, wird selig.« Wütend verschränke ich die Arme, während Kiyan ums Auto herumgeht und tatsächlich ein Gerät hervorholt.

»Hier ist ein gepingtes GPS-Signal.« Überrascht starre ich zu Ilas, der gerade seine verbogene Brille richtet.

»Ich mag Abella. Ich wollte nie, dass es so weit kommt. Ehrlich. Ich -«

»Nimm nicht ihren Namen in den Mund, Arschloch«, unterbreche ich ihn. Und zu seinem Glück verstummt er sofort.

Kiyan drückt mir das Tablet in die Hand, stürmt an mir vorbei und zieht hinter seinem Rücken Handschellen hervor, die er in der nächsten Sekunde am Türgriff und Ilas Handgelenk festbindet.

»Was soll das?«, echauffiert dieser sich.

»Es kommt gleich jemand und sammelt dich ein.« Mit diesen Worten dreht mein Kumpel sich um und steuert unseren Wagen an. Sofort folge ich ihm und steige ebenfalls ein.

»Tec.« Kiyans Stimme schallt energisch durch das Auto, während er aufs Gas drückt und den Highway entlang rast.

»Bin da.«

»Ich habe GPS-Daten von Ilas Handy, das soll bei dem Irren aus dem Video sein. Prüfe sie.« Kiyan reißt mir das Tablet aus der Hand und liest die Koordinaten vor, während er mit einer höllischen Geschwindigkeit über die Straße fährt. »Ach und lass Ilas am Eingang des Highways abholen, da steht er gefesselt an seinem Wagen.«

»Alles klar.« Tec und Luar lachen, ehe es kurzzeitig wieder ruhig wird.

Das Tablet in meinen Händen fühlt sich an wie ein Betonstein, der mich immer schneller in die Tiefen eines unendlichen Ozeans zieht.

Hypnotisiert starre ich wieder auf den schrecklichen Livestream. Der meine Abella zeigt, die bereits aus der Nase und Mund blutet. Gott, was tut der Wichser nur mit ihr?

Plötzlich erklingt leise ihre Stimme, weshalb ich sofort das Tablet lauter stelle.

»Du kannst mich ruhig anfassen, mich schlagen, mich vergewaltigen. Am Ende wird nichts von mir jemals dir

gehören. Denn alles von mir gehört bereits jemand ande-
rem.« Richtig, kleine Eisblüte. Mir!

»Ja, *SirProf.* Von ihm habe ich dich gekauft. Schon
vergessen.« What the hell? Wer ist denn nun dieser Kerl?

»Keine Ahnung, wer das ist. Aber sei ruhig so töricht,
das zu glauben. Dein Problem nicht meins.«

Der Kerl knurrt und greift Abella fest an die Brust, was
mich dazu bringt, die eigene Hand in meinen Oberschenkel zu krallen, um nicht erneut, um mich zu
schlagen.

»Weine ruhig. Das mag ich.« Der Typ macht sich über
sie lustig und streicht ihr übers Gesicht.

»Auch diese Tränen gehören niemals dir. Nichts von
mir wird dir gehören.« Stolz flutet mich, aber das hält nur
so lange, bis dieser Wichser seine Hand um Abellas Hals
legt und seine Lippen viel zu nahe an ihre bringt.

»Das ändert sich.«

»Kiyan«, presse ich angespannt hervor.

»Ich weiß.« Mein Kumpel gibt noch einmal Gas.

Du gehörst mir und ich dir. Gib niemals auf. Halt noch
ein bisschen durch, kleine Eisblüte.

KAPITEL 30

Abella

Kühle Luft streift meine Haut, als der Widerling mit der Schere, die er gerade vom Tisch geholt hat, den BH zerschneidet.

Scham flutet mich, Gänsehaut kriecht über meine Wirbelsäule und Übelkeit erfasst mich.

Bitte, ich will das nicht mehr. Bitte.

»Finger weg«, knurre ich. Es klingt eher wie ein verschüchterter Welpe, als wie eine Bulldogge, aber einen Versuch war es wert. »Fass mich nicht an. Ich will das nicht.«

»Halt endlich die Klappe.«

Ein Schrei entkommt mir, Schmerz schießt durch meinen Brustkorb und ein Brennen breitet sich aus. Entsetzt reiße ich die Augen auf und sehe eine Blutspur, die mir unter dem Schlüsselbein bis zu meiner Brustwarze läuft. *O mein Gott.*

Er hat die Schere über meine Haut gezogen und mir einen Schnitt verpasst.

Erneut steigen mir Tränen in die Augen, wenn sie denn überhaupt jemals weg waren.

»Rot steht dir«, säuselt er und streicht mit seinem Finger über die Wunde. Mit einem Zischen versuche ich mich der Berührung zu entziehen, aber scheitere erneut. Hilflosigkeit und Verzweiflung erobern alles von mir.

Warum? Warum hört es nicht auf? Ziam, bitte. Ich will zu dir.

Mein Geist driftet immer wieder ab, während ich erneut spüre, dass der Kerl mich überall bekrabbelt. Auch wenn ich versucht habe, ihn mit Worten und Taten abzulenken und dazu zu bringen, mich zu verletzen, statt mich zu vergewaltigen, hat es nicht geklappt.

Wie damals erobert mich eine Eisschicht, die meine Gefühle abschaltet und mich in Watte packen will, um diesen Moment über mich ergehen zu lassen. Und auch wenn ich kämpfe, bin ich nicht stark genug und das ist vielleicht auch okay. Ich habe immerhin alles gegeben.

»Wollen wir langsam anfangen, Sweetie? Oder soll ich dir gleich etwas in deine kleine süße Pussy stecken?« Ekel erfasst mich und ich würge erneut, was mir den nächsten Schlag einbringt, nur dieses Mal zwischen meine Beine.

»Aufhören«, schreie ich und beiße mir auf die Unterlippe, um nicht zu winseln.

»Es ist so schön, wie ungehorsam du bist. Kein Wunder, dass *SirProf* dich ausgesucht hat. Du warst sicherlich eine seiner Schülerinnen, nicht wahr?« Was?

Gerade als ich nachfragen will, schaltet sich mein Kopf in den Shutdown.

Der Widerling schmeißt die Schere zur Seite und wagt es, meine Verwirrung auszunutzen. Er beugt sich vor, krallt seine Finger fest in meinen Kiefer und hindert mich so daran, mich zu wehren. Dann gleitet seine Zunge über meine Lippen.

»N-nein.« Die Worte kommen nur nuschelnd hervor, weil er so fest die Wangen eindrückt, dass ich nicht richtig agieren kann. Auch wenn das nicht meine Art ist, würde ich ihn verdammt noch mal beißen, wenn er mich nicht so einschränken würde.

»Schön, wie ruhig du auf einmal bist.« Schmierig grinsend wandert seine andere Hand über meinen Bauch, bis zu meinem Schritt, und hält an dem Bund des Slips inne. Mit aller Kraft reiße ich an den Ketten, die klirrende Geräusche im Raum erzeugen, aber außer, dass sie in meine Haut schneiden, kann ich nichts ausrichten.

»3.« Er gleitet mit dem Finger unter den Bund.

O Gott, nein. Kälte erfasst jede Zelle meines Körpers.

»2.« Tiefer wandern sie zu meiner Mitte.

Alles in mir rebelliert, aber ich kann nichts mehr tun, außer die Augen zu schließen.

Tut mir leid, Baby. Aber ich kann nicht mehr. Ich liebe dich.

Den letzten Gedanken richte ich an Ziam, ehe ich mich mit meinen positiven Gefühlen hinter einer Eisschicht verschanze.

»1.« Aus seiner Stimme hört man deutlich, wie viel Spaß es ihm macht, als er kurz vor meiner intimsten Stelle innehält.

In der nächsten Sekunde erklingt ein lauter Knall und seine Berührungen verschwinden.

Überrascht reiße ich die Augen auf und kann nicht glauben, was ich sehe. Der Typ, der sich bis eben noch an

mir vergangen hat, wird von einem Mann in Einsatzklei-
dung und Sturmmaske gegen eine Wand gedrückt,
während der Perverse irgendetwas brüllt. Allerdings kann
ich das nicht hören, denn auf meinen Ohren liegt ein
Rauschen, weil mein Herz wie wild das Blut durch meinen
Körper pumpt. Hektisch schnappe ich nach Luft. Was
passiert hier? Wer ist das?

Wir sind gerettet, das geschieht.

Hat meine innere Stimme recht? Ist das so? Oder ist
das ein krankes Spiel?

Panisch sehe ich wieder nach vorn, erkenne nur einen
breiten Rücken, der die Kamera samt Stativ in eine Ecke
des Raumes stellt. Selbst als ich wahrnehme, dass er
gekleidet ist, wie der andere Kerl, und langsam auf mich
zukommt, kann ich nicht erfassen, wer er ist oder was hier
passt.

Hektisch schnappe ich nach Luft, weil ich immer noch
nichts hören kann. Meine Sicht verschwimmt, meine Brust
schmerzt und ich schlucke schwer gegen die Enge in
meinem Hals an.

»Bitte«, winsle ich und weiß selbst nicht, was ich
damit bezwecken will. »Hilfe. Hilfe. Hilfe.«

Der Typ vor mir hebt beschwichtigend die Hände,
dreht sich weg und scheint irgendetwas zu brüllen, dann
tritt er zur Seite und gibt mir den Blick auf die Tür frei.

»O Gott«, wimmere ich und wie Bäche laufen mir
Tränen über die Wangen. Ein Mann kommt auf mich zu
und von einer auf die andere Sekunde fühlt sich die bis
eben herrschende Stille nicht mehr so erdrückend an.

Das Rauschen auf meinen Ohren wird zwar weniger,
aber meine Panik nicht geringer, immer noch fällt mir das

Atmen unglaublich schwer. Krampfhaft behalte ich ihn im Auge, als bestehe die Gefahr, dass er sich in der nächsten Sekunde wieder auflöst.

Abwechselnd blicke ich zwischen den blonden verwuschelten Haaren und seinen mehrfarbigen Iriden hin und her, die unaufhörlich auf meinen Augen liegen.

»Mi Belleza. Du bist in Sicherheit. Hörst du?« Direkt vor mir bleibt er stehen, sodass ich die Wärme seines Körpers spüren kann. Zaghaft legt er seine Finger an meine Wangen und streicht unter meinen Augen lang. Einige Sekunden versinke ich nur in seinem Blick und mit jeder fällt mir das Atmen leichter. »So ist gut. Schön ruhig. Atme mit mir.«

Sein heißer Atem trifft auf mein Gesicht und gibt mir den Rhythmus vor. Plötzlich fühlt sich dieser beschissene Ort weniger endlich an. Auf einmal ist alles schwerelos und die Panik zieht sich langsam zurück. Nun nehme ich auch wieder die Geräusche um mich herum wahr. Männer, die Dinge brüllen, erkenne Kiyans und Cams Stimmen und die Angst verschwindet immer weiter.

»So ist gut, Kleines.« Ziam streicht mir eine Haarsträhne aus dem Gesicht, die sich aus meinem Zopf gelöst hat, und schirmt mich mit seinem Körper von den anderen ab. Nur das Klirren der Ketten und das Ruckeln an meinen Armen zeigen mir, dass wahrscheinlich einer der *SAVE-Männer* meine Fesseln löst.

»Zi-iam«, wimmere ich stockend, weil die Tränen mir das Reden erschweren.

»Richtig. Sag bloß, du hast geglaubt, ich mache mein Versprechen nicht wahr?« Verwirrt sehe ich ihn an. Was für ein Versprechen? »Ich werde dich immer finden, kleine

Eisblüte. Du gehörst mir. Wir gehören einander. Kein Zurück mehr, nie wieder. Ich würde für dich alles tun.«

Genau zu seinen Worten werden meine Hände befreit, zwar werde ich festgehalten, aber das hindert mich nicht daran, mich loszureißen und die Arme um seinen Hals zu schlingen. Sofort schießt ein Schmerz durch meinen Körper, aber das ist mir egal.

Fest ziehe ich Ziam auf mich, auch wenn ich immer noch halb an den Pfeiler gekettet bin.

»Ich wusste, du wirst kommen«, flüstere ich in Ziams Ohr.

Ich verliebe mich noch ein bisschen mehr in den Mann in meinen Armen, denn er vergräbt seine Hände in meinen Haaren und schert sich nicht darum, dass ich mein Blut auf ihm verteile.

»Lass Kiyan und Cam dich losmachen. Du brauchst einen Arzt.« Entsetzt schnappe ich immer noch an ihn gedrückt nach Luft. »Keine Sorge. Glaub mir, ich gehe nirgends hin. Leb schon mal damit, dass ich nun noch besitzergreifender werde.«

»Wusste gar nicht, dass das geht.« Ein zartes Lächeln zupft an meinen Lippen und ich kann ihn leise lachen hören.

»Ihr seid echt perfekt füreinander geschaffen. Dürfte ich jetzt meinen Job machen?« Bei Kiyans Stimme, die direkt neben uns erklingt, werde ich mir plötzlich wieder der Situation bewusst und verkrampfe mich in Ziams Armen. Doch ehe das Gefühl zu stark werden kann, landet etwas Flauschiges auf meinem Rücken.

»Meine kleine Eisblüte gehört zu mir.« Mit seinen

geflüsterten Worten an meinem Ohr schließe ich die Augen und lasse einfach geschehen.

Ich vertraue Ziam und weiß, dass er mich beschützen wird. Denn er ist mein Zuhause, meine Zuflucht und mein perfektes Gegenstück.

KAPITEL 31

»Ich finde das nicht richtig.« Mit verschränkten Armen lehne ich an der Wand des Krankenzimmers und beobachte Abella dabei, wie sie den beigefarbenen Hosenanzug anzieht und ihre weiße Bluse mit Spitze bis zum Hals schließt.

»Ich schon.« Ich sollte eine Liste für alle Sprüche führen, mit denen Abella mich triggert. Wahrscheinlich wäre sie schon voll.

»Abella«, knurre ich.

»Ziam.« Mit dem Rücken zu mir betont sie meinen Namen, als wäre ich ihr verdammter Anwalt und nicht ihr Partner, der gerade versucht, eine Diskussion zu führen.

Mit einem Schritt bin ich bei ihr und stehe direkt hinter ihr. »Kleine Eisblüte.« Ich betone den Kosenamen extra dunkel und schneidend, um ihr klarzumachen, dass das hier kein Spaß ist.

Nachdem sie gestern ins Krankenhaus eingeliefert wurde, ist sie durchgecheckt worden und nur aufgrund meines Wunsches über Nacht geblieben. Ich kenne sie und wusste, dass sie irgendwann mit der ekelhaften Realität konfrontiert wird. War auch so. Mitten in der Nacht hat sie eine Panikattacke bekommen, die nur mit Medikamenten behandelt werden konnte.

Nur ist sie dafür seit heute Morgen ziemlich fit und fordernd. Es ist wie damals, als wir darum gerungen haben, ob das zwischen uns etwas Ernstes wird oder nicht. Nur, dass ich dieses Mal nicht einsehe, ihr ihren Willen zu lassen.

»Wir werden dieses Zimmer nicht verlassen, ehe wir gesprochen haben.«

»Wir sprechen doch gerade. Außerdem hat das Zeit bis danach.« Langsam dreht sie sich zu mir um und ich beiße wütend die Zähne aufeinander. Ihre Wange hat sich verfärbt, eine kleine Wunde ist an ihrer Lippe und zeigt deutlich, was gestern alles passiert ist. Und nein, wir haben nicht darüber geredet, ganz im Gegenteil, sie schweigt beharrlich. Selbst nachdem ich ihr gesagt habe, dass wir alles über einen Livestream gesehen haben, hat sie sich nur entschuldigt. Nur der Gedanke daran macht mich schon wieder wütend.

Gedankenverloren merke ich nicht, dass Abella plötzlich nach meiner Hand greift und mich damit an sich zieht. »Hör auf damit.«

»Womit?«, frage ich verwirrt.

»Dir Gedanken zu machen. Du schlägst schon wieder gegen dein Bein.« Fest drückt sie sich an mich, führt meine Hand an ihren Rücken und stellt sich auf die Zehenspitzen, um unsere Gesichter voreinander zu bringen. »Greif fest zu, Baby.«

Sofort kribbelt es in meinem Magen. Herrje, das ist ja wie ein Teenie-Junge, der so auf seinen Spitznamen reagiert.

»Was wird das?«, frage ich vorsichtig.

»Reden ist doch nicht unsere Stärke. Also. Tue es.« Ein Schmunzeln erscheint auf ihrem Gesicht, während meine Gedanken wie wild durch meinen Kopf schießen.

Kein Sex, Moreno. Sag mal? Reiß dich mal zusammen. Manchmal stehst du echt auf dem Schlauch. Sie beweist dir etwas. Mach doch einmal, was unsere Frau uns sagt.

Jetzt ist meine innere Stimme, die normalerweise gerne meine verpestete Seele verkörpert, auf der Seite meiner Freundin? Das wird ja immer bunter.

Geleitet von dem Vertrauen in sie, komme ich ihrer Forderung nach und kralle meine Finger in ihre Hüfte. Sofort schmiegt sie sich weiter an mich und lässt ihre Nägel sanft über meinen Rücken kratzen.

»Fass mich bitte nicht mit Samthandschuhen an. Ich will es nicht nieder reden, was gestern passiert ist und ich will es auch nicht verdrängen, aber ich will es endlich beenden. Dein Widerling von Erzeuger soll endlich bezahlen.« Fast muss ich schmunzeln, dass sie ihn jetzt auch so nennt. Was ich eindeutig unterschreibe. Denn Abellas Panikattacke kam nicht nur davon, was ihr passiert ist, sondern auch von den Informationen, die Tec herausgefunden hat.

Nachdem Kiyan den Wichser, der Abella gefangen gehalten hat, als den gleichen Kerl an meinem Grundstück identifizieren konnte, hat *SAVE* auch eine Verbindung zu meinem Vater herstellen können.

Dass er ein Perverser ist, wusste ich, aber das hat noch

einmal alles übertroffen. Tatsächlich ist er nicht nur ein elendiger Vergewaltiger, sondern ebenfalls in dieser Gruppe von Spinnern, die im Darknet mit ihren Eroberungen oder Machenschaften prahlen und sich teilweise sogar Frauen untereinander verkaufen. Natürlich war er während seiner Zeit im Knast nicht aktiv, aber scheint wie so ein Sektenanführer immer noch eine hohe Anerkennung zu haben. Sein Anwalt war so dumm, sogar noch Kontakt zwischen meinem Erzeuger und dem Widerling der Abella entführt hat herzustellen. Nur bei dem Gedanken steigt mir erneut die Galle hoch.

Noch dazu hat sich herausgestellt, wie Ilas in die Sache verstrickt war und das macht es auf eine andere Art kompliziert. Denn er ist tatsächlich der Bruder meiner Ex-Freundin. Unglaublich, aber wahr. Soweit ich weiß, war er damals drogenabhängig und lebte auf der Straße. Ich habe ihn nie kennengelernt. Außerdem wurde uns gesagt, es gibt keine Verwandten, die für Ella die Verantwortung übernehmen können. Offensichtlich hat er sich geändert und wollte seine Nichte finden, deshalb hat er versucht, an mich heranzukommen und darüber konnte der Haufen Irrer, die mit meinem Erzeuger in Kontakt stehen, an Abella herankommen. Das Schicksal ist wahrhaft ein absolutes Arschloch. Nur bei den möglichen Dingen, die sie mit meiner Freundin angestellt hätten, könnte ich ausrasten.

»Wenn er gedacht hat, dass er mich so daran hindern kann, kennt er die neue Abella noch nicht.« Abellas Worte holen mich aus den Gedanken.

»Ich vertraue dir und bin unglaublich stolz auf dich. Ehrlich gesagt, weiß ich nicht, ob ich bereit dazu bin. Die unkontrollierbaren Gefühle in mir sind so mächtig. Ich will nicht ausrasten.« Nun ist es raus.

Ein Schmunzeln erscheint auf Abellas Gesicht. »Danke für deine Ehrlichkeit. Das ist in Ordnung, ich weiß auch nicht, ob ich bereit bin. Aber weißt du, was mir hilft?« Kurz legt sie den Kopf schräg.

»Du.« Sie haucht einen Kuss auf meine Lippen und zieht sich wieder ein Stück zurück. »Mit dir bin ich stärker und weiß, dass ich es durchstehen kann. Du machst meine Schwächen unsichtbarer. Sie haben keine Gewalt über mich. Gibst du mir die Chance, dass ich das Gleiche für dich tun kann?«

»Dir gebe ich alles, kleine Eisblüte. Immerhin hast du schon mein Herz bekommen, dass ich niemals wieder jemandem schenken wollte.«

»Über den Rest reden wir danach, versprochen. Jetzt bringen wir Jeremy Hodges für immer hinter Gittern. Okay?«

»Ay, Chefin.« Ich vergrabe meine Hände in ihren Haaren und lege meine Lippen auf ihre. Ohne Vorsicht, ohne Scheu und wie sie es indirekt gefordert hat. Sofort folgt sie mir und erwidert den Kuss.

Ich bin der Mann, der sie mit jeder Zelle seines Seins liebt und der für sie durch die Hölle geht, selbst durch die persönliche. Wir werden siegen, das weiß ich. Weil wir zusammen alles schaffen.

Epilog

ZIAM

Vier Wochen später

Auf dem Rücken liege ich auf dem Bett und starre aus dem Glas Iglu in den Himmel, der sich langsam verdunkelt.

Nachdem Abella vor Gericht ausgesagt hat und die Urteilsverkündung auf heute gelegt wurde, haben wir beide uns entschieden, das Land zu verlassen, um weit genug weg von dem ganzen Trouble zu sein. Abellas Traum war es schon immer, Polarlichter zu sehen. Deshalb habe ich mich auf die Suche gemacht und einen Urlaubsort in Finnland gefunden. Übernachtungen im Glas Iglu, Schnee, wohin das Auge reicht und ein malerisches Ambiente, das auf Leinwände gehört.Abella ist gerade unterwegs, um uns die letzten Lebensmittel aus dem kleinen Hofladen am Anfang des Iglu-Dorfes zu holen, während ich hier liege und darauf warte, dass die Ereignisse nun endlich losgehen. Ich blicke in dem Moment auf die

Uhrzeit, als auch schon die E-Mail des Anwalts meiner Mutter aufleuchtet. Schnell überfliege ich die juristische Scheiße und stocke bei dem wohl wichtigsten Satz.

Dem Ersuch auf Bewährung und frühzeitige Entlassung wurde nicht stattgegeben.

»Fuck ja.« Euphorisch jubelnd richte ich mich auf und starre geradewegs hinaus auf die verschneite Landschaft, die sich hinter dem Whirlpool auf der Terrasse erstreckt.

Kleiner nicht relevanter Einwurf. Klingt ein Whirlpool im Freien im Winter wild? Ja, aber es ist grandios. Das muss man ausprobiert haben.

Im letzten Satz der Mail steht, dass die Medien wahrscheinlich schon Wind davon bekommen haben und die Nachrichten wohl bald überlaufen werden. Kein Wunder, trotz alledem haben wir im Laufe des Prozesses alles über ihn gelüftet. Seine Verwandtschaft zu mir, zu meiner Mutter und Ella. Auch wenn wir bei der Kleinen vage geblieben sind. Immerhin ist es ihre Geschichte, über die sie selbst irgendwann entscheiden darf. Dennoch wird es seine Kreise drehen, wie schon die letzten Wochen, aber nun kann es endlich sein Ende finden.

Gerade als ich etwas in unsere Gruppe mit Javier schreiben will, kommt er mir zuvor.

Das Label hat nun gemeinsam mit CDC eure Homestory hochgeladen. Sie gehen davon aus, dass besonders die Presse um Ziams Dad ihnen Aufschwung verschafft. Ob ich das moralisch richtig finde, steht auf einem anderen Blatt, aber sie werden recht haben. Jungs, das wird euch noch einmal Aufmerksamkeit bringen. Gratulation. - Javier

Das Einzige, was ich dazu zu sagen habe, ist den Smiley zu schicken, der seinen Kopf gegen eine Wand rammt.

> Schön, wie witzig du neuerdings bist, Moreno. Läufst du mir den Rang ab? – Cain.

Wieso wundert es mich nicht, dass der Kerl wahrscheinlich noch ungeduldiger am Handy gehangen hat als ich. Immerhin bedeuten diese zwei Nachrichten, dass ich mich nun einer Sache widmen kann. Der Einen, die für mich viel mehr Wichtigkeit hat als ein Mann, der niemals ein Dad war oder eine Homestory, die mir heute wie ein lächerliches Problem vorkommt. Denn dieser Urlaub ist nicht nur zum Abschalten da, sondern auch, um etwas für immer klarzustellen.

In der nächsten Sekunde erscheint in unserer Band-Gruppe eine Nachricht.

> @Moreno. Tue es jetzt. Ich sterbe noch vor Nervosität. Hayden muss denken, ich habe Hummeln im Arsch – Cain.

Leider kann ich mir bildlich vorstellen, wie er in seiner Wohnung vor der Glasfront auf und ab läuft und Hayden wie immer in den Wahnsinn treibt. Wahrscheinlich sollte ich schockierter sein, dass er offensichtlich die Klappe gehalten und seiner Freundin nichts erzählt hat.

> Du bist grundsätzlich ETWAS aufgedreht. Das sollte sie kennen – Emilio.

Ein Lachen löst sich aus meiner Brust. Ich liebe es, wenn meine Bandkollegen sich gegenseitig aufziehen.

> Vergeig es nicht, Kumpel. Am Ende wartet jemand anderes und macht es besser. - Rome

Ich verdrehe die Augen über Romes dummen Kommentar.

> Falls ja, hätte ich noch eine Liste mit neuen Ideen, wie er es retten könnte. Obwohl das ja schon fast eine Reborn-Story von Frozen sein könnte. - Cain

Möchte ich Cain gerne eine runterhauen? Ja, meistens. Jetzt gerade bringt er mich nur zum Lachen. Ich weiß immerhin genau, was die drei versuchen, nämlich mich abzulenken. Und es klappt.

Denn in der nächsten Sekunde kommt Abella durch die Tür herein.

»Hey, ich habe -« Ehe sie weitersprechen kann oder überhaupt richtig im Glas Iglu ist, stürme ich auf sie zu und reiße sie an meine Brust. Kalte Luft dringt hinter ihr hinein, aber das ist mir egal. Denn alles ist nur auf die wunderschöne Frau vor mir ausgerichtet.

»Es ist vorbei.« Mit einem Grinsen streiche ich über Abellas gerötete Wangen und ziehe ihr Stirnband ein Stück weiter hoch, als sie mich weiterhin nur verwirrt ansieht.

Langsam beuge ich mich vor, bringe meine Lippen an ihr Ohr und wiederhole meine Worte. Ihr noch einmal ins Ohrläppchen zu beißen, kann ich mir nicht verkneifen.

»Ziam.« Ich richte mich wieder auf, um ihr in die

Augen zu blicken. Sie schimmern wie Eis, das von der Sonne beleuchtet wird.

»Abella.« Ich betone ihren Namen weich mit voller Liebe, die ich für diese Frau empfinde.

»Du verarschst mich nicht?« Meine Augenbraue wandert so schnell in meine Stirn, dass ich Angst habe, sie würde davon verschwinden, wenn das möglich wäre. Entsetzt schnalze ich mit der Zunge. »Okay, vergiss die Frage. O mein Gott, ja.« Mit einem freudigen Quietschen lässt sie die Tüte fallen und springt mich an. Ihre Arme schließen sich um meinen Nacken und ihre Beine um meine Hüften.

»Endlich, endlich. Ich liebe dich. O Gott.« Die Worte purzeln nur so über ihre Lippen und ihre Hände wandern über meine Schultern zu meiner Brust. »Ich weiß gar nicht, wohin mit meinen Gefühlen. Könntest du etwas dagegen tun?« Sie zwinkert mir zu und fast entkommt mir ein Lachen.

Manchmal könnte man meinen, sie wäre es, die keine Ahnung von ihren Emotionen hat. Aber seit sie nach der Entführung erneut eine Therapie angefangen hat, ist sie viel ausgeglichener. Ihre schlechten Tage sind da, aber ich kann mit jedem weiteren sehen, wie wohl die frühere Abella war. Die jetzt ist eine neue und bessere Version und das Beste daran, sie gehört an meine Seite und das zeigt sie mir jeden Tag.

»Könnte ich, aber wir gehen erst noch einmal raus.« Ihre Gesichtszüge entgleisen kurz und schockiert rutscht sie von meinen Armen.

»Sollte ich jetzt beleidigt sein?« Unsicher legt sie den Kopf schief und ich schlage mir innerlich gegen die Stirn.

Du bist aufgeregt. Das ist okay, sowas passiert. Jetzt leg aber mal los, ich sterbe vor Nervosität.

Danke an meine innere Stimme. Mir geht es ja genauso.

»Nein.« Ausdrucksstark betone ich das Wort und greife nach ihrem Kinn. »Es wäre mir eine Ehre, dich so zu ficken, dass deine Gefühle ausgeschaltet sind. Solange, bis du darum bettelst, dass ich aufhöre, weil du nur noch mich spüren kannst. Aber der Zeitpunkt ist ungünstig, gedulde dich.« Sanft stupse ich auf ihre Nase.

Abellas Wangen werden noch rosiger und das liegt sicherlich nicht an der Wärme, die hier in diesem Iglu herrscht. Meine kleine Eisblüte steht darauf, wenn ich ihr unanständige Dinge sage oder erkläre, wie ich mit ihr schlafen will, besonders wenn es dreckig und hart zugeht. Sie ist eben mein perfektes Gegenstück.

Richtig. Nicht den Fokus verlieren, Moreno. Wir wollten rausgehen. Hopp.

Innerlich verdrehe ich die Augen über meine innere Stimme, aber sie hat recht. Wie so einige Male in meinem Leben. Auch wenn ich sie oft als Parasit angesehen habe, war sie das nicht. Eher ist sie mein Frühwarnsystem und dafür bin ich ihr dankbar. Denn sobald ich mit ihr geredet habe, habe ich den Fokus für die unmoralischen Dinge in mir nicht mehr so wahrgenommen. Es war eine Art Schutzschicht, die ich niemals gebraucht hätte, wenn ich mich schon damals mehr mit meinen Gefühlen auseinandergesetzt hätte. Das habe ich nur leider nicht. Ich habe den ruhigen, hilfsbereiten und in sich verschlossenen Ziam gegeben, so oft es mir möglich war. Seit ich bei einem Arzt war, habe ich einiges über mich selbst gelernt und weiß nun, dass ich nicht krank bin. Ich lerne, meine Eigenarten und mich zu akzeptieren. So auch meine innere Stimme, die sich gerne noch wie eine zweite Persönlichkeit benimmt, wenn ich überfordert bin. So wie jetzt.

Denn der nächste Moment wird alles verändern. Vielleicht finde ich jetzt endlich Frieden.

Epilog

ABELLA

Die Dunkelheit zieht langsam in den Wald ein, durch den wir laufen. Er liegt direkt neben dem Glas Iglu, in dem wir Urlaub machen und der Standort hat mich am ersten Tag nicht gewundert.

Auch wenn ich kein Fan von Geld, Macht und Besitz bin, hat es eben seine Vorteile.

Bei unserem Iglu hat man einen Blick auf verschneite Felder und ein angrenzendes Waldstück direkt daneben. Noch dazu ist es abgelegener als die anderen, an denen wir am Anreisetag vorbeigegangen sind. Wir haben tatsächlich seit den letzten drei Tagen hier niemanden gesehen und das ist sicherlich kein Zufall. Selbst die Reinigungskräfte habe ich nicht zu Gesicht bekommen.

Das Iglu-Hotel ist wie ein Dorf aufgebaut, die beleuchteten Pfade führen von den Iglus, zu den kleinen Läden, bis hin zu Wanderwegen oder Attraktionen in der angrenzenden Stadt.

Genau auf so einem Weg sind wir jetzt unterwegs. Keine Ahnung, was wir noch einmal draußen wollen, obwohl wir bereits heute Morgen einen langen Spaziergang gemacht haben. Doch ich vertraue Ziam und er wird sich etwas dabei denken, wenn er erneut in die wunderschöne Natur will.

Die Stille um uns herum umhüllt mich und lässt die Energien in meinem Körper zum Glück verstummen. Irgendwie habe ich es noch immer nicht komplett realisiert, was Ziam mir eben gesagt hat. *Es ist vorbei.*

Das ist unglaublich und kaum greifbar. Ich meine, ich wusste, dass es heute eine Entscheidung geben wird, aber seit wir hier in Finnland sind, habe ich keinen Gedanken mehr daran verschwendet. Weder an Jeremy, noch an Ilas oder an meine Traumata. Genau das war unser Ziel. Endlich mal wieder abschalten und nicht über dieses Thema reden, befragt oder ausgequetscht zu werden. Und es hat funktioniert.

Ich spüre, wie Tränen in meinen Augen entstehen, verdränge sie jedoch schnell wieder. Um Himmels willen, ich bin nicht traurig, sondern nur erleichtert, dass es endlich vorbei ist. Etwas anderes hätte ich auch nicht erwartet, sonst hätte ich eindeutig unser Rechtssystem hinterfragt. Aber gut, das ist ein anderes Thema. Durch den Einsatz von *SAVE* und dem FBI haben sie aus meinem Entführer herausbekommen, dass der *SirProf* kein Geringerer als Jeremy war. Der ebenfalls in dieser kranken Community sein Unwesen getrieben hat. Er ist dort angesehen, wie so ein Sektenführer und das, obwohl er schon seit mehreren Jahren im Knast sitzt.

Ehe ich in diesen Gedanken versinken kann, zieht

Ziam mich auf einmal an der Hand von dem beleuchteten Pfad und geht tiefer in den Wald.

»Wo wollen wir hin?«, frage ich unsicher und blicke mich suchend um. Zwar ist es noch nicht so düster, dass man nichts erkennen kann, aber etwas unheimlich ist es schon. Auch wenn wir nicht zum ersten Mal hier sind. Durch Ziam habe ich immerhin verstanden, welche ungemeine Ruhe, Ausgeglichenheit und Entspannung einem der Wald schenken kann.

»Siehst du gleich.« Wieso klingt er so euphorisch?

Nervös blicke ich mich um, kann aber nichts erkennen außer Bäumen, Steinen und verschneiten Büschen.

Immer weiter zieht er mich in den Wald. Unsere Schritte erzeugen das typische Knirschen von Schnee, mein Atem wirft Wölkchen vor meinem Mund und ich vergrabe die Nase tiefer in meinem Schal.

Kurz darauf erkenne ich direkt vor uns etwas. Flackernde Schatten tanzen über die Bäume, der langsam in Dunkelheit getauchte Wald erstrahlt in einem orangegelben Licht und unbewusst bleibe ich stehen.

Sofort dreht Ziam sich um und befördert mich mit seinem wunderschönen Grinsen fast in den Schnee, weil es meine Beine weich werden lässt. »Vertrau mir.«

Schnell nicke ich und lasse mich hinter ihm herziehen, während ich noch versuche, den Anblick meines Freundes zu verkraften. Die Mütze hat er im Iglu gelassen, deswegen schimmern kleine Schneeflocken in seinen blonden Haaren, seine Wangen sind gerötet und sein Gesicht wurde von dem Licht in Schatten getaucht. So wie ich es damals zu ihm gesagt habe, wirkt er nun wirklich wie ein dunkler Ritter.

Herrje, meine Hormone drehen durch. Kein Wunder. Wir haben uns hier eine Blase erschaffen, die uns wortwörtlich von der Zivilisation abschneidet. Wir nutzen jede freie Minute gemeinsam. Und das nicht nur, um uns Geschichten aus der Vergangenheit zu erzählen und Filme zusammen zu schauen, sondern auch um unsere Körper besser kennenzulernen. Und das ist verdammt heiß. Zum Glück denke ich nicht mehr darüber nach, was Ziam früher mit anderen gemacht hat, denn ab jetzt tut er alles mit mir und das ist ein Paradies an Ekstase, das mich süchtig macht. Noch dazu ...

Meine Gedanken stoppen abrupt, als Ziam mich in seine Arme zieht.

»O mein Gott.« Überwältigt reiße ich die Augen auf und kann nicht glauben, wo wir hier sind.

Eine Lichtung erstreckt sich vor uns. Rundherum am Rand des Waldes befinden sich Fackeln, die mit schwarzen verschnörkelten Haltern im Schnee stecken. Vor uns ist ein kleiner Pfad geräumt, der auch wieder mit brennenden Fackeln abgesteckt ist. Er führt direkt in die Mitte, wo große Steine wie ein Mahnmal in die Höhe ragen. Davor steht ein Feuerkorb, in dem ein Feuer knistert und neben dem eine rote Decke liegt. Mehr kann ich von hier nicht erkennen.

»Lass uns gehen.« Sanft schiebt Ziam mich vor.

Je näher wir der Mitte kommen, desto mehr Dinge fallen mir auf. Auf den Steinen sieht man kleine und größere vereiste Kugeln, die durch das Feuer wunderschön in Szene gesetzt werden und Reflexionen erzeugen. Hinter dem Korb steht ein Tisch mit einer Flasche Sekt, zwei Gläsern und einer Schale Obst. Auf der Decke liegt ein

Lautsprecher, aus dem leise, ruhige Musik erklingt und erst als wir direkt daneben stehen bleiben, fällt mir auf, dass es Ziams Stimme ist, die aus den Boxen kommt.

»Das singst du«, hauche ich und drehe mich zu ihm um.

»Richtig. Den Song habe ich mit den Jungs für dich geschrieben und mit Javiers Hilfe wurde er aufgenommen.« Überwältigt schnappe ich nach Luft und starre meinen Freund an.

Mein Herz pumpt wie wild in der Brust und Liebe flutet jede Zelle meines Körpers. So etwas hat noch nie jemand für mich gemacht und ehrlich gesagt, hätte ich es auch Ziam nicht zugetraut. Immerhin ist er nicht der Romantischste, was mich niemals gestört hat, aber umso überraschter bin ich jetzt. Bisher haben wir sonst immer unsere spezielle Romantik geschaffen, die für mich mehr als ausreichend und wunderschön war. Ziam zeigt seine Liebe mit Dingen, die er für mich tut und mir hilft und nicht mit Blumen oder Pralinen.

»Er ist unglaublich, Baby.« Etwas blitzt in seinen Augen auf, was mich grinsen lässt. Es ist fast süß, wie leicht ich ihn mit diesem Spitznamen beeinflussen kann. Mache ich oft genug, es ist einfach amüsant, wenn er sich dann darüber ärgert.

Gerade als ich die Hände in seine Taschen schieben will, packt er jedoch meine Handgelenke und dreht mich so, dass mein Rücken gegen den kalten Stein gedrückt wird. Ein Schauder rinnt über meinen Körper.

»Danke«, flüstert er und haucht mir einen Kuss auf die Wange. »Alles für die Frau, die ich liebe.«

Das ist eindeutig ein Wechselbad. Kälte dringt gegen

meinen Rücken und die Wärme seines Körpers umhüllt mich von vorn. Die kleinen Eiskugeln neben mir glitzern und werfen Reflexionen auf Ziams Gesicht.

»Abella.« Er besieht mich mit einem Blick, der mein Herz noch schneller schlagen lässt, falls das überhaupt noch möglich ist. Hier passiert jetzt nicht das, was ich denke, oder?

Doch. Doch. Doch. Glaub es ruhig. Ich raste aus, das ist besser als in jedem Hollywood-Film.

Innerlich lache ich über die Euphorie meiner inneren Stimme, die gefühlt in einem Meer aus Rosenblättern badet und laut Liebeslieder singt.

Plötzlich erscheint ein teuflisches Grinsen auf seinem Gesicht. »Weißt du, was das für Kugeln sind?« Wie bitte? Was ist das denn jetzt für eine Frage?

Verwirrt sehe ich von der schönen Deko wieder zu ihm und schüttele den Kopf.

Er greift in seine Tasche und holt eine Seifenblasenflasche hervor und hält sie mir entgegen. Ein Lachen löst sich aus meiner Brust, als ich erkenne, dass darauf Elsa und Olaf abgebildet sind.

»Cains Idee.« Mein Freund zuckt mit den Schultern und deutet auf die Eiskugeln neben mir. »Puste auf die Kugeln.«

Kurz sehe ich ihn verwundert an, aber er tritt schon zurück und macht mir Platz. Deshalb folge ich seiner Anweisung und öffne die Flasche, um eine große Seifenblase zu machen.

»Wow.« Ehrfürchtig blicke ich auf die Blase, die sich direkt neben eine der anderen gesetzt hat und nun langsam von einer Eisschicht umzogen wird. Fasziniert beobachte ich das Schauspiel, bis sie genauso aussieht wie die anderen. »Ziam, das ist unglaublich.«

Euphorisiert und mit einem breiten Grinsen im Gesicht drehe ich mich wieder zu ihm zurück, stoppe jedoch sofort. Denn er ist verschwunden.

»Ziam?« Mit einem unguten Gefühl in der Magengegend blicke ich auf den Weg, von dem wir gekommen sind, aber er ist nirgends zu sehen. Schnell trete ich ein paar Schritte vor, bis ich wieder direkt neben dem Feuerkorb stehe und mich nicht mehr so von Dunkelheit umschlossen fühle. Denn es wird immer dunkler. »Wo bist du?«

»Ich bin hier, Mi Belleza.« Seine Stimme erklingt plötzlich direkt an meinem Ohr.

Mit einem erstickten Schrei drehe ich mich um und stolpere erschrocken einen Schritt zurück, aber er packt mich an den Schultern und schubst mich grinsend selbst zu Boden.

»Bist du verrückt?«, stoße ich überrascht aus. Erleichterung flutet mich, dass er nicht verschwunden oder irgendetwas passiert ist. Dennoch ist das eine beschissene Nummer. »Ich hatte Angst. Du kannst nicht -« Zu meinen Worten richte ich mich langsam auf, aber er unterbricht mich.

»Liegen bleiben, kleine Eisblüte.« Wie bitte?

Ich kneife die Augen zusammen und stoße ein überraschtes Keuchen aus, als er plötzlich auf mir sitzt. Immer noch auf den Unterarmen abgestützt, starre ich zu ihm hinauf. Was zum Teufel?

»Abella Bailey.« Ziam betont meinen Namen so sanft, klangvoll und weich, dass mir eine Gänsehaut über die

Wirbelsäule rieselt. Es klingt wie eine Prophezeiung, Offenbarung und Beschwörung zugleich. »Du hast alles in meinem Leben wieder in die richtigen Bahnen geschoben, mir bewiesen, wer ich wahrhaftig bin und als erste Frau akzeptiert, wer ich bin. Noch ehe ich mich selbst lieben konnte, hast du dein Herz in meine Hände gelegt und mir damit gezeigt, dass ich es wert bin. Dank dir kann ich mir vertrauen, mich akzeptieren und bin zu einem Mann geworden, der nun bereit ist, für dich alles zu geben.« Es passiert wirklich. Ehrfurcht erfasst mich, meine Arme zittern und das nicht von meinem Gewicht und meine Augen füllen sich mit Tränen, die ich nun auch nicht mehr zurückhalten kann.

Ziams Blick liegt weiterhin auf meinem und seine eine Hand streicht sanft unter meinem Auge lang, um eine der Tropfen aufzufangen.

»Niemand zuvor hat mir jemals so sehr vertraut und mir so viel bedeutet wie du. Ich will keiner anderen mein Herz schenken, außer dir. Willst du mein Licht sein, für immer, Mi Belleza?«

Ziam zieht seine andere Hand aus der Tasche und eine schwarze Schatulle erscheint, die in der nächsten Sekunde aufspringt und einen Ring preisgibt. In der Mitte prangt ein kleiner, hellblauer Stein, der von Ranken umschlungen ist und die mit Edelsteinen versehen sind, die wie Schneeflocken wirken.

»Er ist wunderschön.« Gerührt schnappe ich nach Luft und blinzle die Tränen fort, die nun noch ungehinderter über mein Gesicht laufen.

Ziam rutscht von mir herunter und kniet sich neben mich, während ich mich ebenfalls auf den Knien aufrichte und die Hände an seine Wangen lege. »Du, Ziam Moreno, bist der einzige Mann, den ich an meiner Seite haben möchte. Du bist mein dunkler Ritter, meine Zuflucht und Sicherheit, wenn ich aus den Standards ausbrechen will. Du bist alles für mich und ich werde dein Licht sein, für immer.«

Mit einem Grinsen beuge ich mich vor und will ihn küssen, aber mit einem Griff an meinem Kinn stoppt er mich.

»Stopp. Du bekommst erst den Ring, bevor du es besiegeln darfst. Das gehört sich so.«

Nun muss ich doch lachen und halte es auch nicht zurück, was sicherlich mit den Tränen irre wirkt, aber das juckt von uns beiden sowieso niemanden. »Sagt ja der Richtige. Wer sitzt bitte auf seiner Freundin, während er einen Heiratsantrag macht?«

Ziam schnalzt mit der Zunge, aber grinst breit. »Du bist frech, kleine Eisblüte. Ich würde mich ja entschuldigen, dass es mit mir durchgegangen ist, wenn ich nicht wüsste, dass es dir gefallen hat. Außerdem sah deine gerötete Haut im Kontrast des Schnees zu überwältigend aus. Es ist eben einzigartig, wie wir.«

Sanft zieht er an der Fingerkuppe des Handschuhs, um meine Hand zu befreien, und schiebt den Ring vorsichtig an den Ringfinger.

»Ich liebe dich, Abella.« Zärtlich greift er meinen Hals und streichelt über meine Wange, wartet ab, bis ich das Schmuckstück bewundert habe und zieht mich dann zu seinem Gesicht.

»Ich liebe dich auch, Ziam.« Sein Name wird von seinen Lippen auf meinen verschluckt. Erst ist der Kuss zärtlich, aber wird nach einigen Sekunden stürmischer, einnehmender und sorgt dafür, dass sich alle Härchen auf meinem Körper aufstellen. Es ist so betörend, dass ich mich komplett in diesem Augenblick und den Mann vor mir verliere.

Das ist in Ordnung, denn bei ihm bin ich in Sicherheit. Bei ihm kann ich mich vergessen, egal wann, er ist bei mir, für immer. Ich bin kein Opfer mehr, sondern eine Kriegerin meiner Wünsche. Ab heute opfere ich mich nur noch für die Dinge, die ich will, und eins davon ist Ziam. Für ihn würde ich alles geben, weil er mir ermöglicht hat zu leben und mich selbst zu finden. Dank ihm weiß ich wieder, wie farbenfroh und lebendig sich das echte Leben anfühlt. Und das werde ich ab jetzt mit ihm gemeinsam genießen.

Ende

Ziam & Abella

Wichtiger Hinweis

In diesem Buch werden fiktive Situationen, Geschehnisse, Verhaltensweise und Lösungsmethoden dargestellt. Es werden Stilelemente genutzt, wie das Hören einer inneren Stimme, was einer multiplen Persönlichkeitsstörung ähnelt.

Diese Geschichte soll solch eine Erkrankung weder romantisieren, beschönigen oder dramatisieren. Sie dient in keiner Art als Ratgeber oder Wegweiser für betroffene Menschen.

Außerdem wird eine Traumabewältigung nach einer Vergewaltigung angedeutet, aber nicht ausgeschrieben.

Hierbei handelt es sich um eine rein fiktive Darstellung, ohne jeglichen medizinischen Fachinhalt.

Sollte euch etwas passiert sein, das ihr nicht allein bewältigen könnt. Es gibt genügend Anlaufstellen, die für euch da sein werden. Ihr seid nicht allein und bekommt Hilfe.

Nachwort

Du: Aber J.J., wieso musste Abella das noch einmal erleben?

Autorin: Glaubt mir, das war nie mein Plan. Doch ist es nicht schön zu sehen, wie sie am Ende gemerkt hat, wie sehr sie sich verändert hat?

Du: Ich bin froh, dass Ziam nicht der Böse ist. Das hättest du uns nicht angetan, oder?

Autorin: Die Frage ist immer: Was ist böse und was ist gut? Jeder hat eine dunkle Seite. Manches gehört zusammen, egal welche Kanten der andere hat, gemeinsam kann man sie schleifen.

Du: Was passiert mit Ilas? Es war ja unverzeihlich, was er gemacht hat, aber wie sieht Abella das?

Autorin: Ihr kennt doch alle unsere Abella, diese Frau hat ein Herz aus Gold. Allerdings ist sie nicht naiv und steht für sich ein. Ilas und sie führen Gespräche, bringen alles auf den Tisch und schauen, ob es die Möglichkeit gibt, das Vertrauensverhältnis wieder herzustellen.

Du: Das hat er nicht verdient.

Autorin: Nicht? Auch Ilas Lebensgeschichte war nicht einfach, auch wenn es solch eine Tat nicht rechtfertigt, aber Angst lässt Menschen dumme Entscheidungen treffen. Unsere Abella weiß schon, was sie tut. Vertraut ihr.

Du: Wie geht es jetzt weiter? Was tun die BEATS?

Autorin: Glücklich bis an ihr Lebensende leben. Ach ne, wartet. Wir müssen da erst noch zwei Streitsüchtigen erklären, dass aus ihnen ein Paar wird. Bereit für Haters to Lovers in Rome Garcias Dilogie?

Die Fortsetzung der BEATS Reihe folgt ...

Danksagung

Danke, dass ihr diese spektakuläre Geschichte beendet habt.

Danke an meine Cheergirls – Ria, Jenny und Jessy, die immer für mich da sind. Ihr seid mein Antrieb!

Danke an meine Testlese- und Bloggermädels. Aaliyah, Aline, Jana, Ella, Jasmin, Joy, Julia, Nicole, Ute, Stephie, Viola, Jessie, Nicole, Vanessa, Yvonne, Victoria und Vici. Mit jeder Nachricht von euch werde ich besser. DANKE!

Auch hier gilt ein besonderer Dank Michelle. Du weißt wofür. #STDF-Team. Außerdem an Lia, die mich bei allem unterstützt!

Danke an meine Familie, die immer hinter mir steht und meinen Traum mit mir lebt!

Das alles wäre nicht möglich gewesen, ohne DICH! Danke für dein Vertrauen, deine Liebe für die *BEATS* und meine Geschichten. Danke für alles!

Ihr möchtet eure Liebe teilen? Dann würde ich euch bitten, hinterlasst eine Rezension.

Ihr möchtet mich etwas Fragen? Ich freue mich immer auf eure Nachrichten.

Triggerwarnung

- Angstzustände
- Gewalt allgemein
- Explizite Szenen
- Flashback (Vergewaltigung)
- Posttraumatische Belastungsstörung
- multiple Persönlichkeitsstörung
- psychische Gewalt
- körperliche Gewalt
- Entführung
- Sucht
- Alkohol
- Betrug, Lügen
- Derbe Aussprache

Die Liste ist ohne Gewähr. Sollten euch Trigger auffallen, die nicht aufgelistet sind, meldet euch bei mir.

E-Mail: mail@jjaden.de

Instagram: @j.j.aden.autorin

Bücher von J. J. Aden

Burning Beats (BEATS 1-3)

Story von Cain Valez und Hayden Moore, Tänzerin in der Crew
‚Equipe', die zwischen dem Blitzlichtgewitter der Paparazzi und
dunklen Geheimnissen, darum kämpfen ihre eigenen Träume zu
verwirklichen. Emotional, spannend und voller Gefühle.

Tropes: Enemies to Lovers – Step up meets You

Bücher von J. J. Aden

Control Beats (BEATS 4-5)

Story von Emilio Delacord und Malia Fiocco, Choreografin und Geschäftsführerin der »Elite Dance Factory«, die zwischen ihrem verruchten Geheimnis und dem wahren Leben, versuchen die Kontrolle zu behalten.

Fifty Shades of Grey meets Thrill.